병의 이야기

TSUKI MONOGATARI

이 책의 한국어판 저작권은 일본 講談社와의 독점 계약으로 (주)학산문화사에 있습니다.
저작권법에 의해 한국 내에서 보호를 받는 저작물이므로 불법 복제와 스캔 등을 이용한
무단 전재 및 유포 시 법적 제재를 받게 됨을 알려 드립니다.

 는 (주)학산문화사가 일본 와 제휴하여 발행하는 소설 브랜드입니다.

빙의 이야기 憑物語

니시오 이신
西尾維新

제체(體)화 요츠기 돌 7

제체(體)화 요츠기 돌

O NON OKI YO TSUGI

001

오노노키 요츠기는 인형이다. 다른 식으로 표현하자면 인간이 아니다. 사람이 아니고, 생물이 아니고, 보통이 아니다. 그것이 오오노키 요츠기, 식신으로서의 츠쿠모가미다.

겉모습은 귀여운 동녀童女이지만.

익센트릭한 언동으로 주위를 즐겁게 만드는 무표정한 아이이지만, 본질은 괴이이자 요괴이자 괴물이자 이매망량의 부류다.

그렇기에.

인간 사회와는 도저히 어울릴 수 없다.

"아니, 너 말이다. 사실은 꼭 그런 것도 아니다. 그 녀석의 경우에는 말이지."

그런 이야기를 던지자 시노부는 그렇게 말했다.

내 그림자 속에서 그렇게 말했다.

"왜냐하면 그 녀석은 바탕이 인간의 시체이자 인형이다. 즉 인간을 본떠서 만들어져 있어. 인간 흉내를 내고 있는 게다."

그것은.

그것은 그녀가 인간이려고, 인간이 되려 하고 있다는 의미일까? 그렇게 생각하고 물어봤는데, 시노부의 말에 따르면 그것도 아닌 듯했다.

본뜨고 있다는 것은.

되려고 하고 있는 것이 아니라는 증명이라고.

어디까지나 그것은 인간 사회에 섞여들기 위한 수단이며—어울리기 위한 수단이며—요컨대 동화하기 위한 수단은 아니라고.

"아무리 열심히 외국어를 익히더라도, 학습하더라도, 유창하게 말하더라도 그것은 타국의 인간과 커뮤니케이션을 취하기 위한 것이지 국적을 바꾸기 위한 행동은 아닐 것이야. 그것과 같은 이치다. 그 녀석이 사람의 형상을 본떠 만들어진 것은 사람이기 위한 것도 사람이 되기 위한 것도 아니다. 사람과 있기 위해서다."

사람이기 위해서도 사람이 되기 위해서도 아니라.

사람과 있기 위해서.

외국어를 예로 든 설명은 확실히 이해하기 쉬웠다. 뭐, 타국이라고 하면 문제가 아주 글로벌해지는데, 하지만 이것을 타문화라고 바꿔 말하면 나에게든 누구에게든 갑자기 일상적인 이야기로 변할 것이다.

다른 문화권에 있는 누군가와 우호관계를 쌓기 위해서는 그 다른 문화를 이해하고 임해야만 할 것이다. 속담에서 말하는 '로마에 가면 로마법을 따르라' 라는 이야기다.

"애초에 너 말이다. 어째서 괴이, 이른바 전승에서 나오는 요괴들의 모습이 인간이 형태를 취하거나 동물의 형태를 취하고 있는지, 즉 비현실의 존재이면서도 현실에 존재하는 형태에 기반하고 있는지 생각한 적은 없느냐?"

생각한 적이 없었다.

뭐, 말하자면 그것은 인간이 지닌 상상력의 한계가 아닐까. '없는 것'을 상상하고 비주얼화할 수는 없으므로, '있는 것'을 베이스로 삼고 그곳에 스파이스를 더해 가는 '제작방식'을 선택할 수밖에 없다는.

이를테면 오시노 시노부의 원형인 키스샷 아세로라오리온 하트언더블레이드. 그 모습은 흡혈귀로서의 그것이라고 말하면서도, 아름다운 귀신이라고 말하면서도 역시 인간을 베이스로 한 모습이다.

날개가 돋아나게 하더라도 그것은 박쥐 같고.

송곳니가 늘어나게 하더라도 그것은 늑대 같다.

흡혈귀라는 비현실, 초현실의 체현이면서도 그 실체는 어디까지나 현실적인 이미지의 집합체, 혹은 이상화理想化일 뿐이다.

그림으로 그릴 수 없는 아름다움은 그림으로 그릴 수 없고.

눈에 보이지 않는 아름다움은 눈에 보이지 않는 것이다.

이것도 언어를 예로 들게 되는데, 사람은 자신이 아는 말로밖에 현실을 이야기할 수 없는 것이다. 필설로 다할 수 없는 현실이더라도, 형언할 수 없는 꿈이더라도 그것은 역시 붓이나 혀를 사용해서 표현할 수밖에 없는 것이다.

말로.

다할 수밖에 없는 것이다.

다만 아무리 그렇다고 해도 그렇게 노골적으로 말해 버려서는 더 할 말도 없다. 인간이 지닌 상상력의 한계로 그 모습이 형상화되고 결정되어 버리는 괴이 쪽은 참기 어려울 것이다. 보는 이에 따라 모습을 바꾸는 불안정함 역시 괴이의 특징이기는 하지만, 주위에 의해 변형하는 것 역시 괴이이지만, 그러나 확실한 형체는 갖고 싶어 할 것이다.

그래서 나는 아무 말도 할 수 없었다.

현실적으로 지금, 발칙하게도 여덟 살 금발 유녀의 모습을 하고 내 앞에 존재하고 있는 괴이, 진 흡혈귀인 시노부에 대해 할 만한 말은 없었다. 그런 내 속마음을 꿰뚫어 보고, 꿰뚫어 보고서도 일부러 그 부분은 언급하지 않고 시노부는,

"결국 인간이 존재하기에, 인간이 있기에 괴이가 있다는 이야기 겠지."

라고 말했다.

"이건 괴이가 사람에게 의존하고 있다는 의미가 아니라, 관측하는 자가 없으면 관측되는 자도 없다는 이야기다."

그것은 무슨 뜻일까.

이른바 관측자 효과 같은 이야기를 하고 있는 것일까? 라고 생각했는데 아무래도 그건 아닌 듯했다. 그게 아니라, 그런 이론적인 것이 아니라 더욱 이모셔널한, 말하자면 센티멘털한 이야기 같았다.

"어떤 존재도, 어떤 행위도 봐 주는 녀석이 없으면 덧없을 뿐이 겠지. 그 어떤 영웅담도, 어떤 괴이담도 이야기되지 않는다면 그것은 없는 것이나 마찬가지일 게야."

시노부는 말했다.

자기 자신을 돌아보듯이.

"나는 전설의 흡혈귀로 불리고 있었다만, 그 전설이 없으면 흡

혈귀가 아닌 것과 마찬가지겠지. 이야기되지 않는 괴이는 괴이일 수 없어."

괴담은.

괴이쩍은 이야기여야만 하는 게야, 라고 시노부는 말했다.

"뭐, 이건 내가 아니라 그 불쾌한 알로하의 가치관, 사고방식이다만. 괴이란 결국 강한 감정이다."

강한 감정. …마음.

그것은 어쩌면 인형에 감정이입하는 듯한 것일까? 츠쿠모가미 같은, 이른바 '버린 물건에서 생겨나는 괴물' 들은 그렇게 태어난 것이라고도 할 수 있다.

만물에 신이 깃든다는 사고방식, 일명 야오요로즈八百万의 신이라는 사고방식은 일본의 독자적인 것이라고 들었다. 그러나 생물과 비생물을 불문하고 인간 이외의 뭔가에 대해 감정이입하는 일은 전 세계에 있을 것이다.

그러므로 괴이담은 전 세계에서 이야기된다.

인간에 의해, 이야기된다.

그것은 분명 납득할 수 있는 이야기였다. 아니, 나로서는 납득할 수밖에 없는 이야기였다. 이제까지 수많은 괴이를.

괴이담을 이야기해 온 나로서는.

흡혈귀에 대한 이야기를.

고양이에 대한 이야기를.

게에 대한 이야기를.

달팽이에 대한 이야기를.

원숭이에 대한 이야기를.

뱀에 대한 이야기를.

벌에 대한 이야기를.

불사조에 대한 이야기를.

이야기해 온 나로서는 납득할 수밖에 없다.

그리고 지금 나는 또다시 인형에 대한 이야기를 하려 하는 것인데, 그렇지만 너무 많이 이야기했다는 느낌이 있는 것도 사실이다.

도시전설도 가담항설도 도청도설도, 너무 많이 이야기하면 단순한 잡담처럼 되어 버린다. 음산함도 장엄함도 사라진다. 2학기 첫날부터 시작된 기묘한 '어둠'에 대한 일이나 연말연시에 일어난 센고쿠 나데코의 신성한 뱀신에 관한 사건 등을 떠올려 보면, 대체 언제까지 이런 일이 이어지는 걸까 하고 조금 진절머리가 나기도 한다. 잇따라 조우한 괴이를 어물어물 넘길 수 없게 되기 시작해서 절망적인 기분이 들기도 한다. 그러나 그런 기분은 사치다.

언제까지나 계속된다.

그런 사치가 이 세상에 존재할 리 없다는 것을, 나는 알았어야 했다. 아니, 그랬어야 했다는 둥 하는 말을 이제 와서 해 봤자 소용없는 일이다.

어떤 이야기에도 엔드 마크가 찍힌다.

어라, 소란스러운 일상은 조금 더 이어질 것 같은데요? 라는 말을 되풀이하더라도 언젠가는 한계가 오는 것이다.

이제부터 하는 인형의 이야기는 내가 그것을 '알았다'라는 이야기이니까. 어쩔 수 없이 알게 되었다는 이야기이니까.

그러니까 이것은 끝의 시작이다.

아라라기 코요미라는 인간이, 아라라기 코요미라는 내가.

끝나기 시작하는 이야기다.

002

"오빠, 아침이야, 인마!"

"이제 그만 일어나야 해~!"

오늘 아침은 갑자기 자명종의 유무에 대해 생각해 보고 싶어졌다. 까놓고 말해서 나는 자명종이라는 말, 혹은 존재를 좋아하지 않는다. 옛날부터 좋아하지 않는다. 진짜로 좋아하지 않는다. 지겨울 정도로 좋아하지 않는다. 좋아했던 적은 한 번도 없다. 자명종을 좋아하지 않는 내 마음에는 빈틈이 없다고 말해도 좋을 것이다.

그렇지만 왜 그렇게나 자명종을 좋아하지 않느냐는 질문을 받는다면, 어지간한 선문답이 될 것을 보증한다. 자명종이기에 싫은 것인지, 싫기에 자명종인지, 싫은 시계라서 자명종인지 분명치 않다. 내가 이 세상에 존재하는 모든 자명종이 지옥에 떨어졌으면 좋겠다고 생각하고 있는 것은 틀림없는 사실이지만, 그러나 지옥에 떨어지는 것이 전부 자명종일 거라고는 생각하지 않는다. 이슬만큼도. 애초에 그 가설을 믿는다면 아마도 지옥에 떨어질 나 또한 자명종이라는 이야기가 되어 버리지 않는가.

자신이 자명종이 아닐까 하는 공포.

그런 것과 싸우고 싶지는 않다.

가설이란 이야기가 나와서 말인데, 내가 전에 했던 어떤 생각을 들어 줬으면 한다. 꼭 들어야만 하는 가설이다. 어째서 내가⋯ 아니, 아마도 온 세상의 모두가⋯까지는 아니더라도 그 대부분이, 대다수의 다수파가 자명종을 부모의 원수처럼 혐오하는가, 딸의 원수처럼 증오하는가, 그 이유를 생각했을 때에 필연적으로 떠오른 가설이다. 가설假說이 아니라 진설眞說일지도 모른다⋯고는 해도 내 깨달음을 마치 대발견인 것처럼 늘어놓는 것은 솔직히 꺼려지지만—그렇다, 자명종이란 뜻의 일본어 발음 중 '메자마시*'와 숙우*의 일본어 발음인 '유자마시湯冷まし'의 어감이 비슷하니까 자명종을 좋아할 수 없는 것은 아닐까 하고 나는 생각한 것이다.

뜨거운 물을 식힌다.

모처럼 끓인 물을 식힌다.

도로아미타불, 아무것도 남지 않는다.

말하자면 엔트로피 법칙에 거스르려는 불경함까지 느껴지는 그 행위가, 잠에서 깨어났을 때의 그 불쾌함과 통하는 것이 있기에 나는, 그리고 우리는, 즉 세계는 그렇게나 자명종을 싫어하는 것이 아닐까 한다. 이것을 나는 뉘앙스 가설이라 부르고 있다. 메자마시와 유자마시뿐만 아니라, 어감이 비슷한 것에는 비슷한 감상을 품게 된다는, 감정이 끌려가 버린다는 가설이다. 예는 얼마든지 들수 있을 것이다. 이를테면 브루스 리와 블루레이는 어떨까? 양쪽

※자명종은 일본어로 메자마시토케이(目覺まし時計)다.
※숙우(熟盂) : 끓인 물을 식히는 다기(茶器).

다 멋지다는 점에서 공통된 감상을 품을 것이다.

그러나 뉘앙스 가설 자체의 진위는 제쳐 두더라도, 자명종을 혐오하는 이유로서 이 가설을 적용하는 것에는 약간의 문제가 발생함을 우리는 여기서 인정해야만 한다. 왜냐하면 첫 번째, 자명종을 혐오한다는 증상은 이미 거듭 이야기한 대로 온 세상의 인간에 공통되는 증상이므로, 이 경우에 일본어에서만 일어날 수 있는 메자마시, '자명종'과 유자마시, '숙우'라는 유사현상을 모든 것의 원인으로 보는 것에는 유감스럽게도 약간의 무리가 있기 때문이다. 상세히 문헌들을 찾아본 것은 아니지만, 설마 자명종의 발상지가 일본일 리는 없을 것이다. 그렇게 되면 시험 삼아 이 두 단어를 영어로 번역해 보고 싶어지기도 하지만, 그러나 제2의 반증을 이야기하면 그럴 필요가 없다는 것도 알 수 있게 된다.

제2의 반증. 그것은 이른바 '찍소리도 못 하게 되는 반론'이라는 이야기가 된다. 이러면 '제2'라기보다 절대적인 반증이라고 말해야 할지도 모르겠는데, 요컨대 어감이 비슷한 일본으로 필드를 한정하면 평균적인 일본인으로서 자랐을 경우에 숙우라는 단어를 자명종이라는 단어보다 먼저 익힐 리 없을 것이라는 반증이다.

이 반증.

찍소리도 안 나온다.

듣고 보니 나도, 지금 현재에 이르러도 유자마시湯冷まし란 단어의 정식 의미를 모른다. 의미로서는 湯, 뜨거운 물. 冷まし, 식히다. 끓인 물을 식히는 것임은 그 명칭에서 간신히 예상할 수 있지만, 명확한 정의를 묻는다면 침묵할 수밖에 없다. 침전해서 묵묵히

있을 수밖에 없다. 그렇다기보다, 어디까지나 뉘앙스 가설의 입장을 취한다면, 굳이 말하자면 자명종 때문에 숙우의 인상이 나빠졌다는 이야기일 뿐일지도 모른다.

그래도 나는 자명종이 싫다.

옛사람이 말하길 호불호에 이유는 없다, 좋아하는 것에도 싫어하는 것에도 이유는 없다, 이유는 필요없다…고 하던데, 그렇다 해도 자기 자신이라는 인간, 즉 인물이 이유도 없이 호불호를 가리는 옹졸한 인물이라고 생각하고 싶지 않은 것도 거짓 없는 사실이다. 인간은 누구나, 뛰어난 인물이고 싶어한다. 억지를 써서라도 그곳에 어떠한 이유를 붙이고 자신의 가치를 높이고 싶다고 생각하는 것은 결코 내가 속물이기 때문은 아닐 것이다.

그렇다면 여기서 생각을 더욱 심원으로 이끄는 것도, 내가 속물이 아니기 때문이라고 말할 수 있을 것이다. 있을 수 없는 것은 나이지만 생각할 수 없는 것은 내가 아니라는 말은 정말 절묘한 말이다. 아니, 그럴싸한 격언처럼 말해 본 것뿐이고, 이런 의미불명이자 의미전무한 말을 한 것은 내가 인류사상 처음이겠지만. 사상가는 물론이고 옛사람으로부터의 전승을 인정해야겠지만, 그러나 자기 자신의 우매함에 대한 책임을 옛사람에게 떠넘겨서는 안 된다.

그거 그렇고, 자명종.

눈을 뜨게 하는 시계, 자명종.

뉘앙스 가설의 제2법칙에 대해서 나도 깜빡 설명을 잊고 있었는데, 그것은 어감뿐만 아니라 겉모습에 대한 조항이다. 생긴 것이 비슷한 글자는 그곳에서 느껴지는 감촉도 비슷하다, 비슷한 것은 같은 것이라고 판단하게 된다. 말하자면 제1의 가설이 청각에 기초한다면, 제2의 가설은 시각에 기초한다는 것이다.

알기 쉽게 말하자면 일본어 'め메'와 'ぬ누'는, 발음은 전혀 다르지만 형태가 9할 정도 비슷하기에, 그러하기에 거기에서 얻어지는 뉘앙스도 비슷할 수밖에 없다는 것이다. 이 경우에 거론해야 할 히라가나의 예는 물론 'わ와'와 'ね네'여도 괜찮다.

그리고 그 가설로 보는 한, 자명종을 뜻하는 일본어 '目覺まし메자마시'는 자각 없음이라는 뜻의 일본어 '自覺なし지카쿠나시'와 생김새가 비슷하다. 이건 정말 똑같다, 동일하다고 판단하는 자가 있어도 이상하지 않을 정도로. 점 하나를 떼는 것만으로 '自'자는 '目'자가 되고, 'な나'를 좌우에서 프레스로 압축하면 'ま마'자가 되리라는 것은 이미 이론의 여지가 없다.

그렇다면 자명종은 자각 없음과 동일하다.

이퀄이라고 말하지는 않더라도, 니어 이퀄이다. 이것을 부정할 증거는 현재 거론되고 있지 않다.

그리고 '자각이 없다'는 말은, 아니, 문장은, 혹은 대사는… 이라고 말하는 편이 좋겠지만, 어쨌든 뭐라 표현한들, 어떻게 표명한들 자각이 없다는 말은 긍정적인 의미로 사용되지 않을 것이다.

무슨 말을 했는가는 중요하지 않다, 누가 말했는가가 중요하다, 라고 세상에서는 말한다. 그렇다기보다 지긋지긋할 정도로 들어왔다. 하지만 자각이 없다는 대사는 어디의 어느 분께서 말씀하시더라도, 누구에게 들더라도 그것은 일률적으로 기본 부정적인 질타, 더 말하자면 험담이 될 것이다.

당신은 자각이 없군요.

자각이 없구나, 너는.

얼굴을 마주하고 이런 말을 듣고서 만세! 칭찬받았다! 라고 생각할 사람은 없을 것이다. 설령 자신이 가르침을 받는 선생님이나 스승으로부터의 애정이 담긴 말일지라도, 아주 약간이라도 기분이 상하지 않을 사람은 없을 것이다.

그 혐오감이 자명종에 대한 혐오감으로 이어지고 있는지도 모른다는 생각은 아주 논리적이면서 이지적이고, 이치에 맞고 있으며 반론의 여지가 없다고 생각된다. 자명종은, 말하자면 자각 없는 시계라고.

다만 내가 이 이론의 학회 제출을 주저하고 있는 것은, 결코 영예를 꺼리는 겸손함에서가 아니라 조금 전과 마찬가지로 두 가지 이유다. 즉 자명종과 자각 없음의 유사함도 일본어에 한정된 현상이며, 또한 숙우 정도로 극단적인 단정은 할 수 없다고 해도 자각 없음이라는 말보다 자명종이라는 말을 나중에 알게 되는 일은 없으리라 생각된다.

아니, 단어로서, 요컨대 언어에 대한 지식으로서 어느 쪽을 먼저 아는가는 접어 두더라도, 인간이 어떠한 스탠바이 상태에서 '눈을 뜨기' 이전에 자각이 없다고 혼나는 일은 없으리라는 것은 앤지 모르게 직감적으로 이해할 수 있을 듯하다. 추리하는 데 직감에 의존하는 것은 조금 어리석은 듯하다는 생각도 들지만, 그러나 직감이란 것은 상당히 의지가 된다.

예를 들면 '안 좋은 예감이 든다' 라고 하면 대개 맞는다. 안 좋은 일이 하나도 없는 인생, 기분 나쁜 일이 하나도 없는 날은 유감스럽게도 확실히 없기 때문이다. 인생에 하루도 없기 때문이다. 뭐, 그러니까 자기암시로서는 일단 아침에 일어나면 '오늘도 좋은 일이 있을 것 같아!' 라고 뻔뻔스럽게 단언해 버리는 편이 낫다. 실제로 느껴지든 안 느껴지든, '좋은 예감이 든다' 라고 말해 버리면 된다. 좋은 일이 하나도 없는 인생, 좋은 일이 하나도 없는 날 역시 없기 때문이다. 아니, 그렇다기보다 아침부터 그런 말을 할 수 있는 환경에 있다는 것만으로 충분히 좋은 하루라고 말할 수 있을 것이다. 어쨌든 직감은 의지가 된다. 그렇다기보다 자명종과 자각 없음이 서로 관련이 없다는 것 정도는 생각하지 않더라도, 설명할 수 없더라도 왠지 모르게 알 수 있을 것이다.

그러므로 뉘앙스 가설에 대해서는 일단 잊도록 하자.

그것은 안 좋은 농담.

자고 난 기분이 영 안 좋아지는 이야기였다.

자신과 비슷한 자를 찾는 행위가 대부분 헛수고인 것처럼, 자명종과 비슷한 물건을 찾는 행위 역시 헛수고라고 생각하고, 그렇다면 개별적인 개체로 생각하도록 하자. 친구는 친구를 부른다는 말이 있는데, 이 말을 친구는 서로 비슷한 부류라고 해석한다면 그 자명종에 친구가 있다고 생각할 수 없으므로 비슷한 부류가 있을 리도 없다. 그렇게 되면 필연적으로 자명종을 이 세상에 현존하는 유일한 물체, 유일한 개념으로서 이야기해야 비로소 이 혐오의 정체를 알 수 있을 것이다. 그래야 인간은 발전할 수 있다.

자명종 시계—메자마시토케이目覺まし時計.

메자마시토케이메자마시토케이메자마시토케이.

이 말을 이렇게 반복하고 있으려니 메자시*라고 들려서, 극히 평균적인 일본인인 나로서는 아침밥을 연상하지 않을 수 없다. 그렇지만 그것은 오히려 기쁜 연상이며, 또한 연상은 일단 더 이상 하지 않기로 정했으므로 그 이상은 말하지 않겠다.

논의는 그다음이다.

자명종은 '메자마시目覺まし'라는 약어로 표기하는데, 이 말을 문장으로서 풀어 보면 '눈을 뜨게 한다'는 뜻이 될 것이다. 대상, 즉 그 옆에서 자는 인간, 이른바 실체로서의 '나'의 눈을 뜨게 만드는 시계라는 이야기가 된다. 그것이 자명종의 정의, 과장스럽게 말하자면 존재이유가 될 것이다. 눈을 뜨게 하지 못한다면 자명종이라 할 수 없다고 해야 할 것이다.

말하기 어렵다.

그리고 이 부분이다.

그 눈을 뜨게 한다는 그 말 자체에 미칠 듯한 강압을 느끼기에 나는, 우리는 자명종을 혐오하는 것이 틀림없다. 애초에 눈이란 것은 가만히 내버려 두면 대개 떠지는 것이며, 그것을 기계에 의존한다는 것 자체가 마음에 들지 않는다는, 말하자면 러다이트Luddite 운동 같은 마음이 나에게 있음이 틀림없다. 하지만 그 이전에 이째서 눈을 떠야만 하는가 하는 근본적인 문제가 있다.

눈을 뜨지 않는다는 것, 그것은 꿈을 꾸고 있다는 뜻이다. 눈을

※메자시(めざし) : 정어리 등을 나무로 꿰어서 말린 식품.

뜬다는 것은 즉 꿈에서 깬다는 뜻으로, 이것도 인상이 별로 좋지 않다. 좋지 않다. 확실히 말해서 '나쁘다'. 극악한 행위의 구현이라는 표현이 적절할 것이다.

불황, 불경기, 앞일을 알 수 없는 세상.

꿈을 꾸는 것도 불가능한 이런 세상이기에, 잠잘 동안 정도는 꿈을 꾸고 싶지 않은가. 그것을 센스 없게 뒤엎어 버리는 자명종. 일부러 '그들'이라고 의인화해서 부르겠는데, '그들'의 행위는 도저히 용서하기 어렵다. 사람은 언젠가 현실을 알게 된다. 그렇다면 자는 아이를 깨워서는 안 되는 것이 아닐까.

가능하면 나는 잠을 깨고 싶지 않고.

꿈을 깨고 싶지 않고.

그리고 흥을 깨고 싶지 않다.

간혹 일찍 일어나셨네요, 라고 인사하는 경우가 있는데, 이른 시간이라고 생각한다면 그냥 조금 더 자라고 말해 줬으면 싶어지는 것이 인지상정일 것이다. 일찍 일어나셨네요, 가 아니라 딱 좋게 일어나셨네요, 라는 인사를 듣고 싶다. 적어도 전날 밤에 안녕히 주무세요, 라고 말했다면 푹 자게 해 줬으면 좋겠다. 자기 전에 잘 자라고 말해 준 사람이 아침나절에 만나자마자 일찍 일어났냐는 말을 해 온다면 솔직히 배신당한 기분이 들 만도 하다.

배신은 슬프다.

애초에 아침이니까 일어나야만 한다는 발상 자체가 이미 구태의연한 자세임은 이미 증명되어 있는 사실이기도 하다. 역사가 증명하고 있다. 일본이 자랑하는 국제적 문화인 애니메이션의 대부분이 심야에 방영되고 있다는 점에서도 분명한 것처럼, 현재 인류는 야행성이다. 이것은 머지않아 생물학자도 인정하게 될 것이다. 이미 농담이 아니라 흔들림 없는 사실이다. 공부도 작업도 심야에 이루어진다. 야행성이 됨으로써 인류는 새로운 진화를 이루려 하고 있는 것이다. 그렇게 되면 이후로 달이나 태양의 이미지가 반대가될지도 모른다. 그렇기에 사람은 아침에 자야만 하며, 그렇기에 그 아침에 사람을 깨우는 자명종은 인간의 진화를 저해하는 악귀나찰이라고 이야기하지 않을 수 없을 것이다.

마음은 이해한다.

자명종이라고 하는 하나의 기능에 의지하고 싶어지는 마음은 이해한다. 그러나 지금이야말로 인간은 용기를 가지고 그 기능에 작별을 고해야 하지 않을까. 결별의 때가 온 것이다.

이제는 괜찮지 않은가. 눈 같은 것을 뜨지 않더라도. 평생 흐리멍덩하게 산다고 한들, 기껏해야 일소에 부쳐지는 정도다. 오히려 웃음거리가 되지 못하는 인생에 무슨 재미가 있겠는가.

모두의 웃는 얼굴을 보면서 살고 싶지 않은가.

그래서 우리는 자명종에 이렇게 고한다.

혐오가 아니라, 감사의 마음을 담아서.

"고마워. 그리고 잘 자."

"다시 자지 마!"

"다시 자지 마!"

얻어맞았다. 걷어차였다.

찔렸다. 박치기를 당했다.

그것도 정확하게 급소를. 그 급소가 인체에 다수 있는 급소 중 어디인지를 열거하는 것에는 수고가 필요하므로 여기서는 덮어 두겠는데, 상당히 크리티컬한 급소뿐이었다는 것만큼은 밝혀 두지 않으면 그 후의 내 고통과 전개가 이어지지 않을 것이다.

　　"일어나고 싶지 않다는 이유만으로 얼마나 핑계를 댈 생각이냐고, 오빠."

　　"애초에 우리는 눈을 뜨게 하는 시계가 아니라 자매고 말이야. 눈 뜨게 하는 자매."

　　그렇게.

　　아라라기 카렌과 아라라기 츠키히, 침대 곁에 인왕상처럼 버티고 서 있는 나의 두 여동생은 그렇게 말하는 것이었다. 이 경우에 인왕상처럼 버티고 서 있다는 것은 비유가 아니라, 이야기를 재미있게 만들기 위한 언어상의 예가 아니라 정말로 인왕상처럼 떡하니 버티고 서 있다. 마치 사찰 입구에 선 아훔상* 같은 포즈를 하고서 그녀들은 나에게 불평불만을 늘어놓고 있는 것이다.

　　카렌이 아阿고

　　츠키히가 훔吽.

　　재미있군.

　　이대로 피겨 같은 걸 만들어 줬으면 좋겠다.

　　"괜찮다고. 이 코요미 박사님이 제창하는 뉘앙스 가설에 의하면, 비슷한 말은 같은 것이라고 판단해도 좋다고 되어 있으니까."

※아훔상(阿吽像) : 사찰의 중문 양쪽에 있는, 하나는 입을 벌리고 하나는 입을 다문 금강역사상. 들숨과 날숨처럼 호흡을 맞춰 사찰을 지켜 준다고 한다.

"자명종하고 자매가 어데가 비슷하다는 긴데! 어데가!"

카렌이 간사이 사투리로 날려 버렸다. 간사이 지방에 어떠한 연고도 갖지 않은 카렌의 간사이 사투리는 인토네이션이 이상하다는 정도를 넘어서 '어데'가 '오뎅'으로 들렸다.

뭘 어떻게 조리한 기냐.

"자명종하고 자매면 앞글자만 같을 뿐이잖아."

츠키히도 말했다.

그것은 딴죽을 건다기보다도 그냥 트집을 잡으려고 꺼낸 듯한 말이었지만, 그러나 나는 그 말에서 다음과 같은 발상(의 비약)을 얻었다.

"떠올랐어! '자맹종'이라는 굿즈를 판매하는 건 어떨까? 긴 바늘이 카렌이고 짧은 바늘이 츠키히. 그리고 아침에 깨우러 오는 거지. 키타무라 씨와 이구치 씨*의 목소리로."

"특정 개인의 이름을 꺼내지 마."

"오빠. 애니메이션은 이미 끝났어. 굿즈도 더 이상 안 나와."

"그런가…."

슬프구나.

슬픈 사실이구나.

하지만 슬프게도, 받아들여야만 하는 현실이었다.

물론 카렌이나 츠키히도 애니메이션 버전으로 깨우러 온 것을 보면, 나름대로 마음에 남아 있는 것이겠지만.

※키타무라 씨와 이구치 씨 : 키타무라 에리, 이구치 유카. 각각 애니메이션에서 카렌과 츠키히의 성우를 맡았다.

"으~~~~음."

그렇게.

충격적인 현실과 마주했기 때문은 아니지만 여동생들과 이야기를 하는 동안에 역시나 잠이 깨기 시작해서, 잠기운이 가시고 눈앞이 맑아지기 시작해서 나는 신음하면서 웅크리듯 둥글게 몸을 움츠린 자세에서 등을 쭉 펴는 포즈를 취했다. 암표범이 네발로 엎드려 있다가 엉덩이만 들어 올린 듯한 그것이다. 별로 상상해 주기를 바라지 않는, 아라라기 코요미의 암표범 포즈.

"좋아, 깼어. 의식이 각성했어."

나는 말한다.

자맹종들, 즉 여동생들 쪽을 향해서.

"지금은 몇 세기지?"

"아니, 잠깐. 왜 콜드 슬립에서 깨어난 녀석인 척을 하는 거야."

"세기를 뛰어넘을 정도로 자지는 않았잖아."

트윈 엔진으로 딴죽이 들어왔다.

굉장한 서라운드 시스템이다.

3인조인데 딴죽 거는 사람이 둘이라는 패턴은 보기 드물다…는 기분이 든다.

다만 그 보기 드문 상황을 좀 더 체험해 보고 싶기도 해서, 나는 말을 계속해 보았다. 딴죽 걸기 쉬운 빈틈을 보여 보았다.

"나를 깨웠다는 것은 특효약이 개발되었다는 얘긴가."

"왜 치료약이 만들어질 때까지 콜드 슬립 되어 있던 녀석이냐고."

"오빠를 고칠 수 있는 약은 아직 개발되지 않았어."

재미있다.

츠키히가 존경해야 할 오빠에 대해 너무 신랄해서, 평소처럼 무난한 딴죽밖에 걸지 않는 카렌의 입장이 딱하다는 기분도 들지만.

"핵전쟁은 이미 끝났어?"

"뭔 소리야, 핵전쟁 안 끝났어."

"엑…?!"

카렌의 대사에 츠키히가 당황했다.

전언 철회.

카렌이 실수한 경우에 휘말리듯이 같이 실수한 것이 되어 버리는 츠키히의 입장 쪽이 본격적으로 딱해 보였다.

"흠…. 하지만 이거 해 볼 만하겠는걸. 아라라기 세 남매의 예고편."

"저기, 오빠. 그러니까 애니메이션은 끝났다니까. 애니메이션이 끝났으니까 예고편도 없어."

"예고 PV도 없어."

딴죽이 세차다.

아니, 근데 예고 PV도 없는 거냐.

"그런가…. 그러면 원점으로 돌아와서 처음부터 다시 시작이네. 완전히 맨몸이야."

맨몸이라고 하면 칸바루 같은 애가 기뻐할 것 같지만, 어쨌든 그 정도의 마음가짐이다.

처음부터 다시 시작.

열심히 하다 보면 언젠가 또다시 영상화 이야기가 나올지도 모른다고.

"그건 그렇고, 카렌. 지금 몇 시야?"

"하나, 둘, 셋, 넷, 다섯, 여섯…… 응?"

라쿠고 같은 느낌으로 한순간 상대해 줄 것 같았던 카렌이었지만, 현대를 살아가는 중학교 3학년인 그녀는 아무래도 원전*에 대해서는 잘 몰랐는지 어중간한 곳에서 멈춰 버렸다.

이것 역시 츠키히가 아무 말도 할 수 없는 패턴이었다.

딴죽 담당 2인 시스템에는 역시 무리가 있는 듯했다.

나는 두 사람에게서 답을 얻는 것을 포기하고 방에 놓여 있는 시계를 보았다. 참고로 내 방에는 시계가 네 개 있다. 네 개 전부 알람 기능은 갖추지 않았다.

예전에 자명종을 놓아둔 적도 있었는데 카렌의 올바른 주먹, 즉 정권 지르기에 박살 났다. 우와, 쇠는 신문지처럼 찢어지는구나! 하고 나는 새로운 사실을 깨우쳤다.

카렌의 말로는,

"오빠의 잠을 깨우는 것은 우리의 역할이야! 기계에게 일을 빼앗길 순 없어!"

라고 한다.

신기한 캐릭터를 가진 여동생이었다.

러다이트 여동생이라고도 할 수 있다.

※원전 : 고전 라쿠고 『토키소바』를 말한다. 국수를 먹고 요금을 치를 때, 일부러 가게 주인에게 시간을 물어봐서 셈을 헷갈리게 만드는 장면이 나온다. 원래는 8까지 센다.

나를 매일 아침 정시에 깨운다는 것은, 곧 이 녀석들은 그것보다 일찍 일어나야만 한다는 뜻이다. 그것은 결코 간단한 일이 아닐 텐데, 그것을 인생적인 임무로서 등에 지고 있는 것은 무슨 이유일까….

어디 보자, 그렇다.

확실히 중학교부터였지.

내가 중학교에 올라가고 나서부터 이 녀석들은 나를 깨우게 되었다. …어째서지? 왜 이 녀석들은 나를 깨우지?

잃어버린 가족의 연을 되찾으려 하고 있는 걸까…. 그렇다면 그것은 언제 상실된 것일까.

왠지 모르게 그런 새삼스런 의문을 머릿속에 남기면서도, 잠에서 깨어난 나라는 인간은 지금이 6시라는 것을 확인한다. 긴 바늘과 짧은 바늘이 180도 각도를 이루고 있는 것을 확인한다.

설마 저녁은 아닐 테니까 당연하게도 아침 6시…. 또한 내가 콜드 슬립을 받은 것이 아니라는 사정을 감안하면 오늘 날짜는….

"2월… 13일인가."

나는 소리 내어 확인한다.

시계가 네 개 있는 방이지만 달력은 없다.

이름에 달력을 뜻하는 력曆자가 들어가는 이리기기 고요미曆인데도 방에 달력이 없는 것은 좀 뭣하다는 느낌이지만, 나는 그렇게까지 이름에 입각한 생활을 보내고 있는 것은 아니다.

이름은 몸을 나타내지 않는다.

"밸런타인데이 전날이네. 이봐, 여동생들. 나한테 줄 초콜릿 준

비는 되었냐?"

"우와아."

센스 있는 위트에 대해, 질려서 뒤로 빼는 소리를 낸 것은 츠키히 쪽이었다. 말라붙은 꽃이라도 보는 듯한 시선이었다.

"정말 안쓰러운 오빠네…. 여동생에게 당당하게 초콜릿을 요구하다니, 너무 안쓰러워. 사람으로서 있을 수 없는 행동이야. 인간의 최종형태란 이렇게 되는구나…."

"무슨 소리야. 쪼~꼬 안쓰러운 정도잖아."

"지금의 발언으로 안쓰러움이 극에 달했어. 절대 해서는 안 되는 대사였어. 오빠는 불쌍해. 여친이 있다는 것도 분명히 거짓말이겠지. 센조가하라 씨는 시급 1천 엔에 고용된 엑스트라구나."

"센조가하라 씨를 엑스트라 취급하지 마. 그 녀석은 돈으로 움직이는 여자가 아니야."

그렇게 말해 보긴 했지만, 가만히 생각해 보니 돈에 대한 집착은 꽤 강해 보이는 여자였다. 시급 1천 엔이라면 일단 움직일 거다. 스피디하게 움직일 거다. 그것을 알고 있는 듯한 츠키히는 오히려 자신만만한 얼굴이었다. 의기양양하게 웃는 얼굴이었다. 이 녀석, 남자친구인 체하고 있지만 자기 여자친구에 대해서는 아무것도 모르는구나, 라는 듯한.

하긴.

확실히 아무것도 모를지도 모르지만.

무지몽매할지도 모르지만.

…그 점을 제쳐 두더라도, 이 여동생들에게 센조가하라를 소개

한 이래로 친밀한 관계인 것 같았는데 말이야. 특히 츠키히는 성격적으로 잘 맞는지 사이좋게 지내는 모양이었는데.

이 눈치라면, 여동생들은 나에게 줄 초콜릿은 준비하지 않았어도 센조가하라에게 줄 것은 준비해 놓았을지도 모른다.

"그렇구나…. 이제부터는 백합 진개를 진면에 내세우고 살 셈인가. 이 약삭빠른 장사치 녀석."

"오빠가 무슨 소릴 하는지 모르겠어. 백합이라니, 뭔지 모르겠어. 백의 합 같은 건 모르겠어. 그리고 장사로 한몫 잡으려면 백합보다는 차라리 BL 쪽으로 노선을 변경해야 해."

여동생이 무서운 계획을 꾸미고 있었다.

과연 파이어 시스터즈의 참모 담당.

다 생각해 놨었다는 듯이 계략이 거침없다.

"그렇다기보다 오빠는 밸런타인데이 같은 것에 신경 쓰고 있을 상황이 아니잖아. 아니지 않을 거 아니냐고. 으랴, 으랴."

그렇게 말하며 카렌이 나를 밟기 시작했다. 암표범 포즈를 계속 취하고 있던… 아니, 그렇다기보다 잠을 깰 겸 맨손체조를 반복하고 있던 나의 등을 콱콱 밟으며 그녀는 말하는 것이다.

"대학 입시 일정까지 앞으로 한 달 남았다고. 알고 있는 거야? 모르고 있다면 죽는 편이 낫다는 건 알고 있는 거야? 콱 죽어 버린다?"

"어? 그런 소릴 들을 일을 한 기억은 없고, 죽게 될 짓을 한 기억도 없는데?"

그렇지만 분명 오늘부터 딱 한 달 뒤인 3월 13일이 드디어 나,

아라라기 코요미가 대학 입시를 치르는 날이었다.

다행히 센터시험*에서 커트당하는 일은 없었다. 그 무렵의 상황을 생각하면 그것은 기적적인 결과였다고 말할 수 있을 것이다. 결과라기보다 성과라고 말하고 싶다. 물론 아슬아슬한 결과였으므로, 성과였으므로 종합적으로 보면 아쉽게도 허들은 오히려 높아졌다고 말하지 못할 것도 없지만….

"정말, 정말 참. 이래서 오빠는 쓰레기라니깐."

카렌은 팔짱을 끼고 말했다. 심한 소리를 했다.

만화 같은 데서는 흔히 보는 표현이지만, 현실 세계에서 살아 있는 사람을 향해 쓰레기라고 부르는 인간은 좀처럼 없을 거라 생각하는데.

"자기가 해야 하는 일이 보이지 않는 거야. 눈앞의, 내일의 일만 보이고, 한 달 뒤의 일 같은 건 전혀 보이지 않는 거지. 미래에 대한 아무런 전망도 없어. 눈을 감고 있어, 꽉 감고 있는 거지. 그런 전망도 없이 어떻게 살아가려는 거야. 그 꼴로는 죽지도 못할 거라고. 설령 대학에 합격했다고 해도 그 뒤가 빤해서 걱정스러워졌어. 안 봐도 빤해서 걱정스러워져 버렸다고. 나를 져버리게 만들다니, 패배를 경험시키다니 대단한걸. 너무 대단하시다고, 이 친선대사."

"친선대사라니…."

산 사람 중에서 이런 식의 매도를 당한 사람도, 뭐, 나 정도이겠

※센터시험 : 일본에서 대학 입시에 앞서 전국적으로 실시하는 시험. 한국의 수능과 비슷한 시험으로, 국공립대학의 경우 센터시험과 대학별 개별시험 성적으로 합격을 판단한다.

지만. 그건 그렇고 중학교와 고등학교의 차이가 있긴 해도 같은 3학년인, 그러면서도 에스컬레이터식 학교라 진학을 위한 공부를 거의 하지 않은, 하지 않아도 괜찮은 카렌 아가씨는 나에 대해 상당히 고자세였다.

안 그래두 키가 커서 시선도 높은데(게다가 믿기지 않는 일이지만 이 녀석은 아직 성장 중이다! 나보다…라기보다 주위의 그 누구보다도 장신이 되어 가고 있다), 태도까지 고자세가 되다니.

여기까지 오면 콤플렉스가 아니라 쾌감을 느끼게 되어 버린다. 키 큰 여동생에게 콱콱 밟히면서 내 생활 태도나 인생관을 깐족깐족 비난당한다. 게다가 그것을 막내 여동생이 빤히 바라보고 있는 것이다.

"자, 얼른 일어나서 공부해. 스스로를 몰아붙이라고."

"확실히 막판 몰아치기에 들어갈 시기이긴 하지만, 스스로를 몰아붙일 시기는 아니라고 생각한다고…. 그런 소릴 하는 너도, 너무 방심하다가는 진학 못 할지도 모르니까 내 걱정만 하고 있을 상황은 아닐걸."

그렇게 말하며 나는 몸을 비틀어 자세를 바꿔서, 나를 짓밟고 있던 발을 잡았다. 키가 크니까 당연한 일이지만 카렌의 발은 상당히 크다. 두 손으로 잡아도 남아돈다는 느낌이다

"에잇. 간질여 주지. 에잇, 에잇."

"하하하. 하나도 안 간지러운데? 단련되어 있어서 내 발바닥 가죽은 상당히 두껍다고."

"에잇, 그러면 핥아 주지. 에잇에잇."

"우햐웃!"

실제로 핥았는지 어땠는지, 카렌이 내가 핥기 전에 발을 뺐는지 어땠는지는 우리 남매의 프라이버시를 지키기 위해 특별히 감추겠지만, 어쨌든 카렌은 발을 빼 주었다. 그것으로 나에게 자유 활동이 허락되어서, 나는 침대에서 내려왔다.

지금은 완전히 잠에서 깨어 있다.

말똥말똥하다.

까딱 방심하면 다시 자 버리는 의지박약한 나이지만, 그러나 이 정도로 여동생들이 상대해 주니 그 두 번째 타이밍을 완전히 놓친 느낌이다.

아무래도 그것은 깨우러 와 준 두 사람에게도 전해졌는지,

"이젠 괜찮아 보이네."

라며 카렌은 만족스러운 듯 끄덕였다.

고작 오빠를 깨운 것 정도로 큰 사업 하나를 성취해 낸 분위기를 풍기고 있다.

대단한 자기긍정력이다.

"그럼 난 러닝하고 올게. run을 ing하고 온다고. 목욕물 좀 받아 줘. 델 정도로 뜨거운 목욕물을 말이야. 뭣하다면 오빠도 한 번 같이 뛰는 게 어때?"

"네 페이스를 어떻게 따라가라는 거야. 네 경우에는 러닝이 100미터 달리기 속도라고. 게다가 그 속도로 마라톤을 하잖아, 42.195킬로미터라고. 칸바루라도 불러서 같이 뛰든가."

"진짜로 칸바루 씨와 지나치는 일도 있어, 이 시간이면."

"그렇구나."

떠올려 보니, 그 사랑스럽기 짝이 없는 후배는 매일 10킬로미터 대시를 두 번 한다고 했었지. 풀까지는 아니어도 하프 마라톤을 하는 거구나. 그렇다면 확률적으로 카렌의 마라톤 코스를 지나치는 일도 있겠지…. 타입이 다르니까 단순히 말할 수는 없을 것 같지만, 칸바루와 카렌 중에 어느 쪽이 체력이 강할까?

"그럼 이만 가 볼게. 내가 없는 동안에 쓸쓸하겠지만, 오빠, 다음에는 아침 식사 자리에서 만나자고. 결석하면 그대로 결석재판에 처넣을 줄 알아!"

"나의 무슨 죄가 까발려지는 거냐고."

하긴 뭐.

짚이는 게 없는 것도 아니지만.

까딱 잘못하다간 '범죄자처럼'이 아니라 '조개처럼' 속이 까발려지는 걸까.

"잘 있어! 오빠 아찌*!"

대사에서 그것이 뭔가의 흉내라는 것은 왠지 모르게 알 수 있었지만, 너무나도 닮지 않아서 그냥 우연인가 하고 의심하게 될 만한 대사를 남기고 카렌은 내 방에서 나갔다. 뛰어나갔다. 러닝이어도 100미터 달리기여두 마라톤이어두 상관없지만, 그러나 집 안에서부터 도움닫기를 하며 달려가는 녀석도 저 녀석 정도일 것이다.

뭐, 옷을 갈아입을 필요도 없는 운동복녀이니까.

※아찌: 〈루팡 3세〉에서 루팡이 제니가타 경부를 부르는 별명으로, 루팡의 대사를 패러디한 것이다.

운동복, 저지jersey의 앞 글자만 따서 저녀라는 단어를 생각해 봤지만 전혀 뜰 것 같지 않다.

"카렌, 머리카락이 많이 자랐네."

그렇게.

그런 카렌을 떠나보내고서 내 방에 홀로 남은 츠키히가 그런 말을 했다.

"쭉쭉 길어졌네. 여름방학에 포니테일을 자절自切했을 때는 깜짝 놀랐는데 말이야. 거의 원래대로 돌아왔네. 돌아돌아왔네. 역시 성장이 빠른 타입의 애는 머리카락이 자라는 것도 빠른 걸까?"

"으음, 그렇지…."

자절이라는 말은 도마뱀의 꼬리 자르기 같아서 표현으로서는 조금 섬뜩하지만, 완전히 틀린 이야기는 아니다. 확실히 카렌의 포니테일도 많이 회복되었다. 역시 원상복귀라고까지는 말할 수 없다고 해도, 짧은 꼬리를 만들 수 있는 정도로는 길어진 것이다.

"너 정도는 아니지만 말이야, 츠키히."

"너 정도도 아니겠지, 오빠."

"야, 너라고 부르지 마."

오빠의 강권을 발동하는 어른스럽지 못함은 둘째 치고, 확실히 지금 나와 츠키히의 머리카락 길이는 비정상적이라고 해도 될 정도가 되어 있었다.

츠키히가 머리 모양을 휙휙 바꾸는 것은 어제오늘 일이 아니다. 그런데 지금은 어떤 심경의 변화인지, 그녀의 마음에 무슨 일이 있었는지, 어느 시기부터 츠키히는 머리카락을 계속 기르기만 하고 있었다. 츠키히의 몸을 기준으로 말하면 지금 발목에 닿을락 말락 하는 정도의 생머리다.

뭐랄까, 취미로 입고 있는 기모노도 거들어서 머리카락을 무기로 싸우는 여닌자 같다. 쿠노이치* 츠키히다.

그냥 닌자처럼 츠키카게月影라고 불러야 하시 않을까.

그리고 나는 나대로 내 이야기를 하자면, 애초에 '목덜미'를 가리기 위한 목적으로 기르고 있던 머리카락이 그 지옥 같은 봄방학으로부터 약 1년, 발목까지 올 정도는 아니지만 상당한 길이가 되어 있었다. 머리카락 끝이 등의 중간 정도까지 올 정도, 그야말로 옛날에 카렌이 했던 포니테일 정도는 만들 수 있을 만한 길이가 되어 있었다.

나중에 자르면 되지, 내일 자르면 되지, 어차피 언젠가 자를 텐데 그 언젠가가 지금일 필요는 없어. 그런 식으로 미루기를 반복한 결과, 일이 커지고 말았다.

엄청나게 커졌다.

"나는 그렇다 치고, 오빠는 입시 전에 잘라 두는 편이 좋지 않겠어? 면접 같은 데서 인상이 안 좋을 거 아냐."

"면접 같은 건 없다고. 대학 입시에 면접 같은 건 없어. 아르바이트 같은 게 아니니까. 으음, 하지만 시험관을 대하는 인상이란 것은 있겠네. 그야 있겠지, 난처하게도. 그렇다기보다 나도 좋아서 기르고 있는 게 아니지만, 오히려 자르고 싶을 정도지만 입시원서

사진을 이 상태로 찍어서 보내 버렸으니 지금 잘랐다간 그때 못 알아보겠지."

나는 특별히 뻗치지도 않은 머리카락을 만지작거리면서 말했다.

"뭐, 입시가 끝나면 자를 거야. 싹둑 하고."

"보고 있기만 해도 내가 다 덥다고. 겨울인데도."

"너에게 듣고 싶지 않은걸. 네 머리카락은 머리카락이라기보다 트렌치코트라고…. 으음."

별 의미도 없이 츠키히 쪽으로 손을 뻗어서 그 머리카락을 이리 저리 휘젓는다. 엄청난 양의 머리숱이다. 남 탓으로 돌리는 것은 좋지 않지만, 뭐랄까, 이 녀석이 머리카락을 이 정도로까지 기른 것이 내 감각을 마비시키고 있던 것 같은 기분이 든다. 그 왜 있지 않은가, 두 개의 막대기를 나란히 놓고서 어느 쪽이 길까요? 라고 묻는 그런 느낌.

뭐, 츠키히 쪽이 배 정도는 길지만….

"그건 그렇고…. 그러면 카렌을 위해 목욕물이라도 데워 주기로 할까. 아침부터 수고를 들여서, 시간을 쪼개서, 늙은 몸에 채찍질을 해서 저 녀석을 위해 목욕 준비를 해 주기로 할까."

"억지로 은혜를 입히려 드네, 오빠. 은혜의 겹겹이 껴입기를 강요하는구나."

"저 녀석, 저렇게 몸을 일본도처럼 매섭게 단련하고 있는데 말이야. 날카로운 내가 고찰하기로는, 뭔가 동아리 활동 같은 데에 안 들어가는 거야?"

아라라기 카렌은 가라테 걸이다.

요즘 스타일로 말하자면 가라테녀다(이게 요즘 스타일인가?).

그렇다면 가라테부라든가, 그렇지 않더라도 어떤 운동부 같은 곳에 속해 있어도 괜찮아 보이는데…. 여동생 따위에는 아무런 흥미도 없는 나는 그런 것을 지금까지 생각도 하지 않았고 상상도 하지 않았지만, 지금 문득 신경이 쓰였다.

"카렌은 동아리에 들어갈 수 없어. 이거야 원, 오빠는 아무것도 모른다니깐. 그렇다니깐."

츠키히는 의기양양한 얼굴이었다.

남에게 뭔가를 가르치는 것을 좋아한다는 의미에서는 친절한 녀석이지만, 그것을 가미하더라도 영 불쾌한 태도다.

뭐, 츠키히가 짜증 나는 것은 어제오늘 일이 아니므로 나중에 흠씬 두들겨 준다 해도, 그 전에 카렌이 동아리에 들어갈 수 없다는 말이 신경 쓰였다. 어떻게 된 일이지?

"어째서 카렌은 동아리에 못 들어가는 거야? 그건 정말 완벽하게 처음 듣는 얘긴데. 여동생에 대해 내가 모르는 것이 있다니, 있어서는 안 될 일이야. 블랙리스트에 오르기라도 한 거야? 아니면 설마 파이어 시스터즈로서의 활동이 너무 바쁘기 때문이야?"

그렇다면 파이어 시스터즈로서의 활동을 지금 당장 금지해야만 한다고 생각한다. 그 구실이 생겼다고 할 수 있을 것 같은데, 츠키히가 대답했다.

"아냐, 아냐. 다니는 가라테 도장의 규칙이야. 학생은 동아리 활동 금지. 실전파니까. 초超실전파니까. 그런 유파니까. 그러니까."

"……? 이해가 잘 안 되는데?"

나는 고개를 갸웃거렸다.

"너도 여동생이니까 오빠인 내가 제대로 이해할 수 있도록 설명하라고, 이 어리석은 녀석아. The Fool 같으니."

"무지무지 거만한 태도네…. 내 태도도 안 좋지만 오빠의 태도는 최악으로 나빠. 심각하게 심해. 완전 말도 안 돼. 아니, 그러니까 무술의 유단자이거나 프로복서 자격증을 가지고 있으면, 그건 흉기 휴대와 같은 취급이 된다고들 하잖아. 그것하고 마찬가지야."

"아아…. 그런 얘기가 있긴 하지."

으음.

그건 속설이라는 이야기도 들었지만. 뭐, 하지만 카렌이 동아리에 소속될 수 없는 이유는 알았다. 요컨대 다니는 도장의 규약에 반하기 때문인 것이겠지.

실전파.

초실전파.

알 듯 말 듯한 그 표현의 내실이 어떠한 것인지는 좀처럼 확실치 않지만, 그 가라테 기술을 직접 체험해 본 적이 있는 나로서는 수긍할 수 없는 이야기는 아니다. 그걸 일반 세계에서 사용하면 여러 가지로 파워 밸런스가 무너져 버릴 것 같다.

적어도 나라면 맨손 찌르기로 잡지를 꿰뚫을 수 있는 녀석하고 대련하고 싶다는 생각은 하지 않는다. 그런 생각을 할 수 있는 녀석은 자기도 같은 짓을 할 수 있는 녀석, 요컨대 같은 도장 사람들뿐일 것이다.

"아, 그러고 보니 그 얘길 요전에 들은 적이 있었지. 여동생 따위는 어떻게 되어도 상관없어서 잊고 있었어."

"설명하게 해 놓고 그런 소릴 하기야?"

"그 얘기가 나온 참에 또 기억났어. 언젠가 그 녀석의 스승하고 만나지고 생각하고 있었어. 그 복선을 회수해 둬야겠지. 그 복선만 회수하면 모든 복선을 회수했다고 말해도 될 거야."

"전혀 아니라고 생각하는데…."

"하지만 어쩐지 아깝다는 기분도 드네. 아깝다고 해야 할지 뭐라고 해야 할지. 카렌의 그 체력이, 육체강도가, 피지컬의 강함이 표면 세계에 드러나지 않고 파이어 시스터즈 내의 비합법적인 활동 중에 묻혀 간다는 것은."

"비합법이 아니야."

츠키히는 그렇게 주장했지만 그 말은 무시한다.

비합법 취급을 받지 않은 것은 두 사람이 여중생이기 때문이었고, 그녀들의 활동 자체는 대부분 합법의 범위를 넘어서고 있다.

법률의 바깥이다.

말이 나온 김에 이야기하자면, 내가 보기에는 정의조차도 아니다. 하지만 여동생과 그 의논을 시작하면 끝이 나지 않으므로 여기서는 가볍게 받아넘기는 정도에서 끝내 두기로 하지.

그러나 그런 관점에서 봐도, 요컨대 정의 운운, 활동의 의의 운운하는 것은 자비로운 마음으로 내버려 둔다고 해도 파이어 시스터즈의 활동에는 쓴소리를 해 두고 싶어진다.

"츠키히, 너는 아깝다고 생각하지 않아? 카렌의 그 재능이 묻혀

가는 것이."

"냥?"

"나 정도는 아니라고 해도 그 녀석이 재능 넘치는 인간이란 사실은 분명하잖아. 뭐랄까, 정식 무대에 서게 해 줄 수 없을까 하는 생각이 들지 않아? 도장이라든가 파이어 시스터즈 같은 것에 얽매이지 않고… 아, 그래. 올림픽 같은 것을 목표로아얏!"

발을 밟히고 있었다.

게다가 귀엽게 밟은 것도 아니고, 츠키히는 내 새끼발톱을 자신의 발꿈치로 밟아 으깨고 있었다. 제대로 노린 핀 포인트 공격. 밟아 으깼다는 표현은 과도하게 과장한 것이 아니라 엄연한 사실이다. 그도 그럴 것이 발톱이 깨졌으니까.

"야, 무슨 짓이야!"

"어? 하지만 오빠가 짜증 나는 소릴 하니까…."

한순간 피크에 달했던 감정은 벌써 식어 버렸는지, 츠키히는 멀뚱한 얼굴로 대답했다. 자신의 행동에 아무런 의문도 느끼지 않는 눈치다.

"파이어 시스터즈의 인연을 갈라놓으려는 녀석은, 설령 오빠라고 해도 용서치 않아."

"어…. 너도 해산할 생각을 했었잖아. 나를 여중생들이 우글거리는 해산 파티에 초대해 준다고 말했었잖아."

"남한테 들으면 화가 난단 말이야."

어쨌든 자신을 꾸미지 않는 여동생이었다.

위험하다. 데인저러스하다.

"속에서 울컥울컥한단 말야. 뭐야, 뭐가 올림픽이냐고. 그런 이벤트는 이미 매너리즘에 빠졌잖아. 매번 똑같은 것만 하고 말이야."

"전통을 매너리즘이라고 부르지 마. 4년에 한 번 있는 제전을 매너리즘에 빠졌다고 하지 말라고. 올림픽을 끝장낼 소리 하지 마. 넌 어떻게 된 애가 그러냐."

"뭐, 오빠 따위가 알려 줄 것도 없이, 언젠가 카렌이 파이어 시스터즈를 은퇴하리라는 점은 확실하지만 말이야."

그런 행동을 해 놓고는 이렇게 냉정한 이야기를 꺼내고 있으니, 이 여동생은 참 어렵다. 밉살스럽다.

"고등학생이 되면 이런저런 일들이 있을 거라고 생각하니까. 생기기 시작할 거라 생각하니까. 환경도 바뀔 테고. 하지만 그래도 카렌이 도장을 그만두는 일은 없을 거라고 생각해. 카렌은 스승님에게 완전히 빠져 있으니까."

"흐음…."

뭘까.

여동생이 완전히 빠져 있는 듯도 보도 못한 상대가 있다는 이야기를 들으니, 어째 속이 편치 않은걸. 이건 복선 회수 운운하는 걸 제쳐 두더라도 그 스승인지 뭔지 하는 놈하고는 한 번 만나 두는 편이 좋을지도 모른다. 나의 정신위생상.

"스승님 쪽도 그리 쉽게 카렌을 포기하지 않을 테고 말이야. 왜냐하면 그 사람은 오빠 이상으로 카렌의 피지컬을 높이 평가하고 있을 테니까."

"뭐라고? 나 이상으로 카렌을 높이 평가한다고? 그 자식, 무슨 생각이야. 그 스승인지 뭔지 하는 놈이 대체 부드러운 카렌의 혀에 대해 뭘 안다는 거야."

"아니, 그건 모를 거라고 생각하는데…."

혀의 부드러움 같은 걸 어느 타이밍에 알았는데? 라며 츠키히가 나를 노려보기 시작했다.

"어째서 오빠가 카렌의 구강 내의 매력을 꿰고 있는 거지?"

"으음."

이런, 퇴각할 때가 온 것 같다.

이 이야기는 여기까지.

어차피 잡담이다. 나도 지금, 오늘 아침의 시답잖은 잡담 중에 카렌의 이후 진퇴를 결정할 수 있을 거라고 생각하지는 않는다. 우선 츠키히에게 파이어 시스터즈 해산에 기꺼이 협력하겠다는 의지가 남아 있다. 아직 그때의 이야기를 잊지 않았음을 안 것만으로도 수확이다.

뭐, 내 입시가 어떻게 굴러갈지는 아직 알 수 없지만, 어떻게 자빠질지는 아직 알 수 없지만, 어쨌든 얼마 안 있으면 카렌 이상으로 내 환경이 변하리라는 것도 확실하다.

그 전에 카렌과 츠키히.

이 두 여동생에게 어떠한 사전 준비를 하게 해 주고 싶다는 오빠로서의 마음이, 뜻밖에도 나에게 전혀 없는 것도 아닌 것이다. 그렇다, 이제 슬슬 파이어 시스터즈도.

눈을 떠야 할 무렵인 것이다.

나도.

003

아라라기 카렌과 아라라기 츠키히, 츠가노키니 중학교의 파이어 시스터즈라고 불리는 나의 밉살스런 두 여동생은 친절한 마음에서인지 습관인지, 아니면 심술이나 오빠보다 우위에 서고 싶다는 욕구인지, 무엇인지 무엇도 아닌지, 어쨌든 나를 아침마다 깨운다. 밤에 산책하듯 아침에 깨운다. 평일이든 일요일이든 휴일이든 상관하지 않고, 거의 그것이 생업이라는 듯이, 목숨을 걸었다는 듯이 나를 깨운다.

나는 그것을 성가시다고 생각하며 여동생들을 매몰차게 대한 적도 있었지만(주로 고등학교 1학년 무렵이었을까), 그러나 그 점에 관해서만큼은 그녀들은 꺾이지 않았다. 그 뒤에 무슨 꼴을 당하더라도, 눈도 맞춰 주지 않을 정도로 무시를 당해도 그녀들은 나를 깨우는 것이었다. 그것에는 어쩐지 집념이 느껴질 정도였다.

최근에, 즉 요즘 들어 나는 한동안 입시 공부를 해야만 했고 그것이 늦은 밤까지 이어지는 일도 잦았다. 그런 때에는 두 사람의 '잠 깨우기'가 참 고마웠다. 지금도 솔직히 고맙다. 그렇다기보다, 돌이켜 보면 늘, 언제나 고마운 이야기였다.

그것에 감사할 정도로는 나도 어른이 되었다.

다만 고교 3학년인 나는 이 2월이라는 시기에는 학교에 가지 않아도 괜찮기 때문에, 굳이 말하자면 이렇게까지 일찍 일어날 필요는 없다. 효율을 생각하면, 그리고 건강을 생각하면 일정 시간의 수면도 필요하니까 일찍 일어나는 것 자체에 그리 구애될 것도 없다. 하지만 지금까지 약 반년간, 진절머리 나게 그 은혜를 입어 온 것을 생각하면 저버릴 수도 없다. 뭐 그러니까, 저버린다 하더라도 그녀들은 결코 그만두지 않겠지만, 입시 공부는 고사하고 고교 1학년 후반부터 2년에 걸친 지각과 결석과 조퇴 탓에 애초에 졸업 자체가 위태로워져 있던 나를 구한 것이 파이어 시스터즈였던 것을 생각하면 저버릴 수 없다. 정의가 어떻고 하는 것은 접어 두고, 그녀들의 착실한 잠 깨우기 활동에는 무시할 수 없는 공적이 있는 것이다.

입시에 관해서 나의 학력 향상을 도와준 것이 하네카와 츠바사와 센조가하라 히타기 두 사람이라는데 의심의 여지가 없는 것처럼, 나의 졸업을 지원해 준 것이 아라라기 카렌과 아라라기 츠키히 두 사람이란 것 또한 틀림없는 사실이다. 그 사실을 생각하면, 그렇지, 가벼운 보은報恩 정도는 해 주고 싶어지는 것이 인지상정이다.

사람의 정이다.

만일을 위해 말해 두겠는데, 이것은 내가 '여동생 모에' 속성이기 때문은 아니다.

그런 것은 만화 속에서만 존재한다(몇 번째로 하는 대사일까).

그게 아니라 이것은 심리학에서 말하는 반보성返報性의 원리라는 것이다. 분명 그럴 것이다. 인간은 누군가에게 뭔가 은혜를 입으면 그것을 갚고 싶어지는 '경향'이 있다고 한다.

뭐, 이 말만 들으면 마치 인간이 공정한 생물이며 공정한 정신을 지니고 있는 듯한 인상을 받게 되는데, 실제로는 그런 아름다운 이야기가 아니고, 요컨대 '타인에게 빚을 지고 있는 상태가 기분 나쁘다' 라는 이야기인 듯하다.

은혜를 입으면 그것을 갚아서 홀가분해지고 싶나, 혹은 소금 넉넉하게 갚아서 이쪽이 우위에 서고 싶다…. 뭐, 그런 느낌일까.

그렇기에 지금 나는 카렌과 츠키히가 계속 깨워 준 반년… 아니, 이 6년간의 빚을 이제 슬슬 갚고 싶다고 생각하는 것이다.

오빠로서.

여동생들의 장래에 대해 숙고하는 형태로.

"뭐, 카렌 쪽은 그 피지컬과 육체미를 가지고 있으니 내가 특별히 걱정하지 않더라도 장래에 뭔가 되기야 되겠지만…. 내버려 둬도 한 가닥 하는 인물이 되겠지만."

나는 투덜거리면서 계단을 내려간다.

낮말은 새가 듣고 밤말은 쥐가 들으며, 그림자 속의 흡혈귀도 듣는다.

어디에서 누가 듣고 있을지 알 수 없으므로 일부러 끝까지 말하지는 않았지만, 응, 그렇지만 츠키히는 걱정이다.

아라라기 츠키히.

그 녀석의 장래는 상당히 진지하게 걱정된다.

마음을 쓰지 않을 수가.

마음을 태우지 않을 수가 없다.

내년 이맘때에 저 녀석이 뭘 하고 있을지 전혀 상상이 가지 않는다. 머리 회전은 빠른 녀석이지만, 그 회전의 사용법을 완전히 잘 못 잡고 있는 녀석이니까.

회전이 헛돌고 있다.

파이어 시스터즈의 전투 담당…이라기엔 과도한 폭력을 지니고 있는 아라라기 카렌이란 오버스펙 병기, 까놓고 말하면 쓰기 불편 한 폭력을 사용하고 있었기에 역으로 아라라기 츠키히는 파이어 시스터즈의 참모로서 제대로 기능하고 있었던 것이라 볼 수 있으 니…. 행동의 자유도가 상승해 버렸을 때에 저 녀석이 무슨 책략을 꾸밀지 상상도 가지 않는다…기보다, 생각도 하고 싶지 않다.

저 녀석의 인생을 저 녀석이 어떻게 살든 자기 마음이겠지만, 그 래도 역시 인지상정으로서 나에게 인터뷰 요청이 들어올 만한 사 태는 피하고 싶은 법이다.

그렇다.

그런 이런저런 것들을 포함해서 생각해 보기에 고교 졸업을 눈 앞에 둔 내가 현재 해야만 하는 일은 물론 말할 것도 없이 첫 번째 가 입시 공부의 마무리, 그리고 두 번째가 여동생들, 특히 츠키히 의 갱생이다.

뭐, 구체적으로 그런 이야기를 부모님과 나눴던 것은 아니지만, 만약 내가 대학에 합격한다면 아마 나는 집에서 나가 살게 될 것이 다. 그렇게 되었을 때, 저 여동생들을 남겨 두고 간다는 것은 너무 나도 견디기 힘든 일이다.

오빠로서 무책임하다는 기분도 들고 말이야.

오빠로서, 라기보다는 사람으로서, 일까?

했던 이야기를 또 하게 되는데, 저런 녀석들이 어떻게 되든 내가 알 바 아니다. 아니지만, 어떠한 인생이든 마음대로 보내시란 기분이지만, 그래도 나중에 내가 책망 들을 일이 없도록 할 수 있는 일은 해 둬야 한다.

그런 이유로 오늘은 일단, 어차피 또 땀에 푹 젖어서 돌아올 카렌을 위해 아침 목욕물을 준비해 주려는 것이었다.

아닙니다, 저는 무책임하지 않습니다, 책임을 포기하거나 한 적은 조금도 없다고요, 그도 그럴 것이, 보세요, 저는 그 녀석을 위해 목욕할 준비를 해 두었으니까…. 이 말을 할 수 있을 거라고 생각하니 내 얼굴은 벌써 의기양양해졌다.

크크크크.

녀석이 좋아하는 뜨끈한 온도로 맞춰 주지.

나쁜 짓을 하는 척하면서 그런 배려를 했던 것이 안 좋았다. 카렌이 좋아하는 온도는, 델 정도로 뜨끈한 온도는 내가 좋아하는 온도이기도 했던 것이다. 욕실을 청소하거나 샴푸나 비누 등을 정리하는 동안에 나도 욕조에 몸을 담그고 싶어지기 시작했다.

뛰지도 않았는데 아침부터 목욕을 하는 녀석이 어디 있느냐는 말을 들을지도 모르겠는데, 인간은 자는 동안에 컵 하나 분량의 땀을 흘린다고 한다. 그렇다면 설령 조깅 같은 것을 하지 않더라도 아침부터 목욕을 하는 것은 잘못된 일이 아니다. 게다가 오늘에 한해서만 그런 것이 아니라, 아침에 일어난(깨워진) 뒤에 입시 공부에 앞서 잠기운을 씻어 내기 위해 샤워를 하는 것은 나에게 그리 드문 일이 아니다.

"……."

그렇지.

옛 일본 전국시대의 무장은, 식사를 하기 전에 음식의 맛을 보고 독의 유무를 판단하는 몇 명의 시식 담당을 세웠다고 한다. 그 때문에 무장의 입에 식사가 들어갈 무렵에는 그 음식이 완전히 식어 있었다고 하는데, 이것은 그만큼 그의 목숨이 소중히 여겨졌다는 뜻이다. 자칫 이 일화는 너무 조심한 나머지 맛난 음식을 먹을 수 없게 된 무장의 비애를 비웃는 것으로 여겨질 법한데, 실은 그렇지 않다. 그것은 평화로운 현대에서의 거만한 시선일 뿐이다. 이런 구조 때문에 실제로 목숨을 잃은 시식 담당도 있었을 것이다. 그 정도로까지 무장의 두 어깨에는, 그리고 건강에는 많은 목숨이 실려 있었다는 뜻이다.

그것을 돌이켜 보고, 그렇다면 나도 카렌을 정말로 소중히 해야 겠다고 생각한다면, 카렌의 몸을, 장래를 진심으로 염려한다면, 지금 그녀를 위해 할 수 있는 일은 물을 받아 놓은 욕조 안에 맨 먼저 들어가게 해 주는 것이 아니라, 먼저 욕조 안에 들어가서 위험이 없는지 확인하는 것이 아닐까.

욕실이라는 곳은 안전해야 할 집 안에서 가장 사망사고가 많이 일어나는 장소 중 하나라고들 하니, 러닝을 마친 카렌을 그런 위험 지대에 들여보내기 전에 내가 안전을 확인해 둘 필요가 있다. 목욕 물의 위험을 판단하는 '시욕 담당'을 내가 맡는 것이다. 어쩔 수 없이.

그런 이유로 나는 욕조에 들어가기로 했다.

기분 좋게 목욕을 하기로 했다.

이거 참, 오빠는 괴롭구나. 여동생을 위해서 내키지도 않는 목욕을 해야만 하니까. 그렇게 중얼거리며 나는 탈의실에서 재빨리 옷을 벗기 시작했다. 그런데 그 타이밍에.

"어."

그렇게.

츠키히가 그곳에 나타났다.

그것도 절반은 알몸, 즉 반라로 나타났다. 아무래도 입고 있던 유카타를 복도에서부터 벗어 던지며 이 탈의실에 들어온 모양이었다. 늘 있는 일이다. 츠키히는 벗어야겠다는 생각을 한 그 자리에서 바로 옷을 벗는다. 입고 벗기 쉽다는 유카타의 장점이 마이너스로 작용하고 있었다. 그 벗어 던진 유카타를 누가 정리하는가 하면, 그건 당연히 츠키히 이외의 누군가다(주로 나다).

츠키히는 반라의 상태로 번뜩 나를 노려보더니,

"오빠, 악취!"

라고 말했다.

"아니, 그게 아니라 최악이야! 카렌을 위해서 목욕물을 준비한다고 해 놓고, 자기가 먼저 들어갈 생각이구나! 최악, 최악, 최악, 최악!"

"아니, 그 모습을 보기로는, 그 망측한 모습을 보기로는 너도 완전히 똑같은 생각이었다고밖에 생각되지 않는데…"

오히려 네 경우에는 목욕 준비를 하지도 않고, 내가 카렌을 위해 받아 놓은 목욕물을 가로챌 생각이었을 테니 그만큼 더 질이 나쁘다고 할 수 있을 텐데 말이야. 그런데다 이쪽을 힐문하고 있으니, 정말 이 녀석의 장래가 걱정된다.

그렇다기보다, 이런 인격으로 용케 지금까지 14년 동안이나 무사히 살아올 수 있었구나, 이 녀석.

여하튼 츠키히는 신진대사가 활발한 녀석이기 때문에, 말하자면 땀을 많이 흘리기 때문에 틈만 나면 목욕을 하고 싶어 한다. 도라에몽으로 말하면 이슬이 같은 녀석이다.

이 기회를 놓칠 수 없다며 나타난 것이겠지.

빈틈없는 녀석.

뻔뻔스러울 정도로 빈틈없는 녀석이다.

"어쨌든 거기서 비켜, 오빠. 그 욕조 안에는 내가 들어갈 거니까. 나를 방해하면 아무리 오빠라도 곱게 끝나지 않을 거야."

"어째서 너란 녀석은 목욕 순서를 정하는 문제 정도에, 그것도 아침 목욕 순서를 정하는 문제 정도에 남매 관계에 균열이 갈지도 모를 위험한 대사가 튀어나오는 거냐고…."

무섭다고.

얼마나 그때그때의 기분에 휩쓸리며 살고 있는 거냐.

"왜냐하면 난 이미 완전히 목욕하고 있는 기분인걸. 육체야 아직 여기에 있지만 마음은 이미 욕조 안에 들어가 있단 말야."

"바보 같은 소리 하지 마. 아직 물은 반 정도밖에 받아져 있지 않을 거라고."

"내 몸의 부피만큼 벌써 늘어났어."

"여자가 몸의 부피를 자랑하지 마."

그렇지만 여기서 순서를 양보하기에는, 나 역시도 완전히 목욕하는 기분이 되어 있었다. 아니, 츠키히 정도로 욕조에 잠겨 있는 기분인가 하면 그 정도는 아니고 마음도 몸도 아직 이 탈의실에 있다. 하지만 여동생에게 목욕을 양보하라는 말을 듣고 간단히 물러서게 되면 오빠의 체면 문제가 된다.

욕실에 들어가려 하는 여동생을 오빠가 밀어내고 들어가는 것은 지극히 당연하다고 말할 수 없는 것도 아니지만, 그 반대가 있어서는 안 된다. 그것은 그것대로 오빠로서의 책임을 다하지 못했다는 말을 피할 수 없는 것이다.

그래서 나는 가슴을 펴고(참고로 나는 지금 상반신을 훌렁 벗은 상태다. 반라의 여동생에게 반라의 오빠가 마주하고 있다는 대립 구도다), 츠키히에게 이렇게 선언해야만 했다.

"여동생아. 무슨 일이 있어도 목욕탕에 들어가고 싶다면 이 오빠를 쓰러뜨으아아앗!"

아슬아슬하게 피한 것은, 녀석이 주저 없이 던진 샴푸 통이었다. 건방지게도 이 중학생은 자기 전용 샴푸를 가지고 있는 모양이다. 까딱하다간 비누로 머리를 감을지도 모르는 카렌과는 그 부분이 다른 멋쟁이라고 말할 수 있겠지만, 그러나 진정한 멋쟁이라면 샴푸 통에 회전을 가해서 사람이 얼굴을 향해 던지지는 않는다.

"칫."

그리고 멋쟁이는 혀를 차지 않는다.

아니, 진짜 무섭다고, 이 여동생.

대체 무슨 생각이야. 아무 생각도 안 하는 거냐?

"위험하잖아! 무슨 짓을 하는 거야, 너!"

"오빠를 쓰러뜨리라고 하길래."

"아냐, 아니라고. 쓰러뜨리라는 것은 정신적인 의미야. 육체적으로는 오히려 쓰러뜨리지 마. 존경하고 무릎 꿇을 정도의 마음을 가졌으면 좋겠어."

"귀찮네."

그렇게 말하면서 츠키히는 등 뒤로 손을 뻗어 문을 닫았다. 잠그지는 않았지만, 어쨌든 자신은 이 장소에서 나갈 생각이 결코 없음을 어필하는 듯했다. 그리고 내 뒤쪽으로 날아간 전용 샴푸 통을 주우러 왔다.

게다가 그대로 자연스럽게, 물 흐르는 듯한 움직임으로 욕실 쪽으로 들어가려고 해서 나는 당황하며 그것을 가로막았다.

남자답게 몸을 내밀면서. 상처 입은 아이들을 지키는 것처럼, 나는 목욕탕으로 들어가는 입구를 막았던 것이다.

"여기를 지나가고 싶다며으앗!"

이번에는 손가락으로 눈을 찌르고 들었다.

눈 찌르기 같은 건, 초기의 센조가하라가 할까 말까 싶은 공격이라고(했었지만).

게다가 센조가하라의 경우는 그나마 자신이 안고 있는 고민, 문제 때문에 공격적인 자세가 되었다는 이유가 있지만, 츠키히의 경우에는 그냥 욕실에 들어가고 싶다는 이유뿐이다.

"이제 그만 좀 해, 오빠. 목욕물이 딱 좋게 데워진 시점에서 오빠의 역할은 끝난 거야."

"절대 해서는 안 되는 대사구나, 그것도."

"비켜."

"싫어."

왜 여기서 이렇게까지 고집을 피우는지 알 수 없지만, 여동생에게 저지세로 나가기 싫다는 오빠로서의 내 프라이드만이 나를 지금 여기에 서게 만들고 있었다.

공포에 오금이 저려서 움직일 수 없기 때문이라고 말해도 되겠지만.

그도 그럴 것이, 츠키히가 나를 진짜로 노려보고 있다니까?

마음이 병들었다는 '얀데레'도 아닌데 어딘가 병적이라고, 이 녀석.

얀데레에서 데레를 빼면 이미 그냥 병든 사람일 뿐이잖아.

"이 목욕물은 내가 데웠으니까 내가 가장 먼저 들어갈 권리가 있어."

"나를 위해서 목욕물을 데워 줬으니 그걸로 만족하라고, 오빠."

논의는 평행선을 그렸다.

그렇다기보다 논의조차 되지 않고 있다.

이야기가 맞물리지 않고 있다. 굳이 말하자면 지금이라도 물고 물리는 싸움이 시작될 것 같나 싶을 정도다.

애초에 카렌을 위해서 데운 목욕물이라는 전제가 어디론가 사라져 있다.

그러기는커녕, 이 시점에서 두 사람의 머릿속에서는 현재 어딘가를 기분 좋게 달리고 있을 카렌이 깨끗이 사라져 있었다.

그 녀석이 상쾌하게 아침 바람을 즐기고 있는 사이에 우리는 질척질척한 남매간의 싸움, 이른바 골육상쟁을 벌이고 있다는 이야기이니 아라라기 카렌은 우리 세 사람 중에서 가장 승리자일지도 모른다.

다만 그 카렌도 언젠가는 그 러닝에서 돌아와, 땀을 씻어 내려고 이 탈의실에 등장하는 것이다. 땀에 푹 젖어서 상쾌하게 등장하는 것이다.

그런 삼파전이 벌어졌을 경우에 누가 승리하는가 하면, 그야 두말할 것도 없이 카렌일 것이다. 상황적으로도 누가 봐도 목욕하기에 충분할 땀을 흘리며 등장할 것이 틀림없고, 또한 힘으로 해결하게 되었을 때에는 나와 츠키히가 손을 잡은들 그 녀석의 한쪽 팔에도 이길 수 없다.

이렇게 나와 츠키히의 상황이 길항하고 있는 것은, 그렇다, 나와 츠키히의 전력이 거의 길항하고 있기 때문이다. 물론 나는 남자이므로 남자 나름의 완력을 가지고 있지만, 그러나 츠키히에게는 나에게는 없는 광기가 있다. 망설임 없이 인체의 급소를 노릴 광기가 있다.

즉 호각인 것이다.

이렇게 되면 이대로 나와 츠키히가 균형을 유지하고 있는 동안, 땀에 젖은 카렌이 나타나서 어부지리를 얻으리라는 미래도가 눈에 훤히 보였다. 그것은 또한 츠키히에게도 보이는 미래도일 것이다.

그것조차 모를 정도로 뒷일을 생각하지 않는 여동생은 아니다. 아니, 뒷일은 기본적으로는 생각하지 않겠지만, 어쨌든 머리 회전만은 빠르다. 나보다도 먼저 그 미래도에 이르렀을 것이다. 다만 감정의 브레이크가 잘 듣지 않았기 때문에, 결과적으로 지금 그 사실을 깨달은 나와 같은 대응밖에 할 수 없었을 뿐이다.

"좋아, 알았어. 오빠, 절충하자."

"절충을 헤?"

타협안인가.

호오.

그렇군, 참모다운 제안이다.

전쟁은 보통 처음부터 끝낼 때를 상정하고 시작한다고 하니까.

그러나 이 경우, 나와 츠키히 사이에 어떤 절충점, 타협점이 있다는 것일까. 맨 먼저 욕조에 들어갈 권리라는 것은 말하자면 하나밖에 없는 상품이며, 그것을 서로 경쟁한다는 상황은 제로섬 게임이다. 한쪽이 이기면 한쪽이 진다는 룰. 그렇다면 그곳에는 어떤 타협점도 타협안도 없을 터인데.

그러나 츠키히는 과연 대단했다.

겉멋으로, 게다가 이런 성가시기 짝이 없는 성격으로 중학생들의 카리스마적 존재가 된 것이 아니다. 어지간한 참모는 생각도 못할 제안을, 파이어 시스터즈의 참모는 나에게 했던 것이다.

"절충해서, 같이 들어가자."

004

절충했다.

어째서인지 츠키히와 같이 욕조에 들어가게 되었다.

"왜지…."

어째서냐.

어쩌다 이렇게 됐지.

그것은 그저 서로 고집을 부려 댄 결과라고 말할 수 있을 것이다.

말할 수 있더라도 말하고 싶지는 않지만, 말할 수 있다.

"에에~? 들어가고 싶지 않아~? 그렇다면 오빠는 여동생의 알몸에 욕정을 느낀다는 거~? 말도 안 돼~. 욕조인 만큼 말도 안 돼~."

…라는 소릴 해댄 녀석의 말에 넘어간 결과라고도 말할 수 있다. 하지만 애초에 츠키히 쪽도 처음에 그 타협안을 제시한 시점에서는, 그렇게 제안하면 내가 겁을 먹고 맥없이 탈의실에서 걸어 나가리라고 예측했을 것이다.

그런 수읽기가 있을 것을 알고 있었기에 나도 얌전히 나갈 수는 없었다.

"야, 뭐야. 넌 말뿐이냐? 말해 본 것뿐이냐? 이 조숙한 녀석. 사실은 나랑 같이 욕조 안에 들어갈 배짱은 없었던 거지? 이 치킨녀!"

그래서 오히려 이렇게 도발적인 태도를 취하게 되었고, 그리하여 현재에 이른 것이다.

이른 것이다, 갈 데까지 간 것이다.

나와 츠키히, 오빠와 여동생이 욕실 한구석에서 나란히, 두 사람이 붙어 앉아서 긴 머리를 감고 있다는 상황이다. 모처럼의 기회라 츠키히의 개인 샴푸를 얻어 쓰고 있는데, 흠흠, 과연. 확실히 이것은 거품부터 다르다.

"……."

"……."

좀 그러네.

이거 영 좀 그러네.

상상했던 것의 열 배 정도 힘드네, 이 정도로 다 자란 남매가 같이 욕실에 들어와 있다는 그림은…. 애니메이션판 정도로 넓은 설정의 욕실은 아니라 일반 가정의 일반적인 욕실 사이즈이므로 중고생 둘이 나란히 앉아 있으면 상당히 비좁다.

머리를 감는데 서로의 팔꿈치가 딱딱 부딪칠 듯한 느낌이었다.

"…오빠."

"왜, 여동생."

"뭔가 말 좀 해 주세요. 생각보다 부담스러워."

"응…."

그 말이 맞기는 한데, 네가 그 얘기를 꺼내지 말라고.

뭐, 말을 꺼내 준 덕분에 이쪽으로서는 한시름 덜기는 했지만.

이대로 무한한 침묵이 이어져서는 이야기적으로도 힘들었다.

가끔 텔레비전이나 라디오 같은 곳에서 나오는 연예인의 에피소드로서 요즘에도 부모님과 목욕탕에 같이 들어가는 다 큰 딸의 이야기 같은 것을 듣는 경우가 있는데, 하지만 남매의 사례는 좀처럼 없을 것이고 존재하지도 않을 것이다.

그런 의미에서는 현재진행형으로 나와 츠키히는 레어한 리포트를 보내 드리고 있다는 이야기가 되는데, 이 레어함을 누군가는 원하고 있는 것일까.

오히려 웰던이라는 느낌이다.

그러나 이런 상황이 거북하다고 '그럼 나는 먼저 나갈게. 천천히 씻고 나와' 라든가 '난 이만 나갈게. 오빠, 미안' 이라는 말을 꺼낼 수 없는 것이 나이고 츠키히다.

오히려 역으로….

"거북하다면 나가라고, 츠키히. 넌 만날 허세만 부리고 말이야. 한 번 뱉은 말을 무를 바에야, 처음부터 하질 말라고."

"오빠야말로 누워서 침 뱉기야. 나는 오빠의 꾀죄죄한 몸뚱이를 보는 것이 부담스럽다고 한 거지, 같이 욕실에 들어와 있는 것 자체는 아무 감정도 느끼지 않아. 완전히 불감증이야."

이렇게 주거니 받거니 하고 마는 슬픔이 있었다.

우린 그냥 죽어야겠다.

"꾀죄죄한 몸뚱이라니, 실례잖아. 이 몸짱 근육을 두고."

"몸짱 근육? 그건 먹짱 편육을 잘못 말한 거 아니야?"

"그건 말이 너무 바뀌었잖아, 헛소리하지 마. 하지만 츠키히, 네가 정말로 부탁한다고 말한다면 나가 주지 못할 것도 없어."

"정말로, 정말로, 정말로, 정말로 나가 주기를 바라지 않아."

그래도 간신히 제시한 나의 양보를 걷어차 버리는 츠키히.

뭐 이런 녀석이 다 있지.

이 녀석, 고집만으로 똘똘 뭉쳐 있구나.

"아니면 뭐야, 오빠? 여동생의 알몸에 욕정을 느끼고 있어서 얼른 나가고 싶은 거야? 욕실에서 나가고 싶은 거야?"

"두 번 말하기냐? 그걸 두 번 말하는 거냐고, 너는. 너야말로 사실은 내 몸매에 매료되어 있는 주제에. 사실은 갈라진 복근을 건드려 보고 싶지?"

"그런 생각 안 해. 그렇게 여덟 쪽으로 갈라진 복근 따위."

"세어 보지 마. 복근이 갈라진 개수를 세지 말라고. 뚫어지게 봤단 거잖아."

"오빠야말로 사실은 여동생의 가슴을 뚫어지게 보고 있었지?"

"말도 안 되는 소리. 여동생의 가슴 따위야, 처음 보는 것도 아닌데."

"이상하잖아? 여동생의 가슴을 처음 보는 것도 아닌 오빠라니."

"다 알고 있지, 훤히 꿰고 있다고. 그 두 개의 고깃덩이에 대해서는."

"고깃덩이라고 하지 마. 여자의 가슴을 불고깃집 주인처럼 표현하지 마."

"핫! 이 새가슴이. 자유롭구나, 너는."

말해 보기 했지만 역시 이 상황에서 동요하고 있었던 걸까. 나는 단어로서 새가슴의 의미를 깜빡 잊고 있었다. 어느 쪽일까. 큰 가슴이라는 의미일까, 완만한 가슴이라는 의미일까.

츠키히가 히죽 웃은 것을 보니 전자였는지도 모른다. 아차, 남좋은 짓만 해 버렸네. 그렇다기보다 이 경우, 그야말로 새 까먹은 소리*, 라는 느낌일까.

뭐가 '그야말로'인지는 그것이야말로 의미 불명이지만.

"애초에 잘 생각해 보면…"

나는 태도를 새로이 했다.

새삼스럽게.

"여름이 되면 너희 자매는 아무렇지도 않다는 듯 늘 반라로 복도를 걸어 다니고 있잖아. 반라라고 할까, 4분의 3라裸 정도로 생활하고 있잖아. 생명활동을 보내고 있잖아. 그걸 생각하면, 같이 욕조 정도 들어가는 건 전혀 별것 아니라고. 문제가 있다고 한다면 거리가 너무 가깝다는 것 정도잖아."

"그러니까 그 부분이 문제잖아. 그러니까 그 부분이 큰 문제잖아, 오빠? 한여름의 복도에서라도 오빠가 이 거리까지 다가오면 엘보라고."

"엘보냐…"

리얼한 공격방법이구나.

지금도 팔꿈치는 닿고 있지만.

"옷을 입고 있어도 엘보야."

"오빠를 너무 싫어하는 거 아니야? 그렇다기보다 진짜 좁구나…. 어딘가의 모 씨의 마음 정도로 좁디좁은 도량이야. 츠키히, 너 얼른 머리 감기를 끝내. 욕조 안에 먼저 들어갈 권리는, 어쩔 수 없지, 이번에는 양보해 줄게."

※새 까먹은 소리 : 근거 없는 말을 듣고 퍼뜨린 헛소문을 비유적으로 이르는 말.

그 부분을 양보하면 대체 무엇을 위해 이 목욕 순서 경쟁을 하고 있었는지 알 수 없게 되어 버리지만, 이미 목적은 그런 곳에 없다.

지금의 내 목적은 츠키히를, 아라라기 츠키히를, 이 건방진 중학생 여동생을 복종시키는 것에, 위에 서서 지시를 내리는 것에 있으며 ~~목욕물~~이 어떻다느니 먼저 들어간다느니 하는 곳에는 없는 것이다.

태어나서 한 번도 감사인사를 해 본 적이 없지 않을까 의심되는 이 여동생에게, "고마워, 오빠."라는 말을 하게 만들고 싶다.

감사의 말을 입 밖에 내게 만들고 싶다.

그러나 그렇게 재촉하면 거스르는 것이 아라라기 츠키히였다.

그렇다기보다, 그녀는 그녀대로 나와 비슷한 심경인 듯했다.

"홋. 오빠야말로 얼른 끝내고 들어가지그래? 오빠에게 양보를 받을 바에야 차라리 내가 양보하겠어. 혼자 유유자적하게 목욕해. 유자 목욕이네."

"유자? 동지도 아닌데*? 웃기지 마, 먼저 들어가라고."

"싫다니깐!"

"크아!"

"크으!"

고집부리기 경쟁이 언어를 잃으면 만기末期 상황이다.

세상의 끝이다.

결국 격렬하게 서로의 팔꿈치가, 머리를 감는 서로의 팔꿈치가

※동지도 아닌데 : 일본에는 동지에 유자를 띄운 탕에서 목욕을 하는 풍습이 있다.

쟁탈전을 벌이듯 딱딱 부딪칠 뿐이었다. 지금은 서로 정면을 향하고 있으니 괜찮지만, 이대로는 복근과 가슴이 마주하게 될지도 모른다.

말다툼을 한 것으로 거북함 쪽은 조금 수그러들었지만, 그것으로 근본적인 상황이 해결된 것은 아니다.

배덕감 넘치는 상황이라고 할까, 그냥 꺼림칙하고 싫은 상황일 뿐이다.

다만 여기서도 똑똑한 것은 츠키히 쪽이었다. 역시 머리 회전에 있어서는 이 여동생, 나보다도 빠르다.

그녀는 이런 제안을 해 왔다.

"오빠. 그러면 말이지, 한 명씩 머리를 감자. 둘 다 머리카락의 양이 너무 많으니까 이렇게 나란히 앉아서 머리를 감는 것은 비효율적이야. 경제적이지 못해."

"머리를 감는 데 경제는 아마 상관없을 거라 생각하는데 말이야…"

하지만 비효율적이라는 말은 맞았다.

가끔씩은 맞는 말을 할 때도 있네?

모처럼 좋은 샴푸를 쓰고 있는데, 이래서는 코스트 퍼포먼스가 최악이다. 오히려 스트레스로 머리가 빠질지도 모른다.

"하지만 츠키히. 나란히 앉아서 감는 게 안 된다면 어떡할 셈이야. 한 사람씩 머리를 감는다는 건, 구체적으로는 어떤 포지셔닝을 말하는 거야?"

"요컨대 이렇게 하는 거지!"

츠키히는 기운차게 일어나서는 내 뒤로 돌아갔다. 이런 식으로 아무런 전조도 없이 갑자기 활달해지는 것도 츠키히의 기복 심한 성격의 일환이라고 할 수 있을 것이다. 그것은 뒤집어 말하면 감정의 기복이 플러스인지 마이너스인지, 핫인지 쿨인지 전혀 예측할 수 없는 골치 아픈 녀석이라는 뜻밖에 되지 않지만, 어쨌든 그녀는 내 뒤로 돌아가서 거품을 내고 있는 내 머리카락 안에 손을 찔러 넣었다.

"이렇게 내가 오빠의 머리를 감겨 주는 거야!"

"오…!"

이 '오'는 놀라움의 표현으로서의 '오옷!'을 줄인 '오'였지만, 그러나 동시에 '옳거니!'를 줄인 '오'이기도 했다. 확실히 이 비좁은 공간에서 각자 동시에 자기 머리를 감는 것은 어렵지만, 상대의 머리를 감겨 주는 것이라면 마치 퍼즐을 끼워 넣는 듯이 딱 들어맞는 형태가 되는 것이었다.

예를 들자면 유괴당해서 뒷짐을 진 자세로 결박당한 인질들이 좁은 방 안에 갇혔다고 할 때, 그 밧줄은 스스로는 풀 수 없을지도 모르지만 인질끼리 등을 마주 붙여서 서로의 매듭을 풀면 의외로 금방 풀 수 있는 것과 같다고 할까.

정말 대단한 발상의 전환.

코페르니쿠스적인 발상의 전환이다.

이것은 츠키히에게 한 방 먹었다며 샤포*를 벗어 경의를 표해야

※샤포 : Chapeau. '모자'를 뜻하는 프랑스어.

만 할 것이다.

"…샤포가 뭐였지?"

"모자잖아? 이 길고 긴 머리카락의, 자다가 삐친 부분을 감추기 위한 모자."

"쓸데없는 소리 하지 마. 삐친 머리를 감추기 위해서 모자 같은 걸 쓴 적은 없어."

"그렇구나. 나는 있는데."

"너의 멋쟁이 생활의 뒷사정을 나한테 까발리지 마."

"보글보글~."

내 머리카락으로 거품을 내면서 의성어를 내는 츠키히.

어쩐지 내 머리에서 그런 수수께끼의 소리가 나고 있는 듯해서 바보 같다는, 혹은 바보 취급당하는 것 같다는 생각에 울컥해서 그만두라고 할까 싶었다. 하지만 이 여동생이다. 일일이 이런 일로 머리에 거품을 물어 봤자… 아니, 입에 거품을 물어 봤자 소용없으므로 거기서는 꾹 참았다.

어른의 태도, 어른의 품격.

"흠. 사람의 머리를 감긴다는 것은 뭐랄까, 우위에 선 기분이라 쾌감이 느껴지네. 두부頭部라는 인체의 급소를, 문자 그대로 움켜쥐고 있는 느낌이 이루 말할 수 없이 즐거워. 생사여탈권을 쥐고 있다고 해야 할지~. 이거 참, 미용사의 기분을 알아 버렸어."

"혼자 멋대로 남의 기분을 안 것처럼 행동하지 마. 그리고 얼토당토않은 소리 하지 마. 미용사는 그런 생각은 안 한다고."

"아니, 하지만 이발소 같은 데서는 면도칼로 수염을 깎거나 하잖아? 얼굴에 칼을 대는 거잖아? 그건 정말, 절대적인 상하관계잖아."

"상하관계라기보다…."

신뢰관계라고 불러야 하는 것이 아닐까.

다만 표현이야 이쨌든, 츠키히가 하는 말은 이해가 안 가는 것도 아니다.

그리고 그 반대 또한 그렇다.

생사여탈권이라고 부르는 것은 아주 과장스런 표현이지만, 어쨌든 인체의 머리 부위를 타인에게 맡긴다는 것은 경우에 따라서 쾌락이라고 말할 수도 있을 것이다. 사람은 평범하게 생활할 때에도 무의식중에 자신의 몸을 지키기 위해 사방에 주의를 기울이고 있다. 그 경보기를 끌 수 있다는 것은 어떤 종류의 해방감이 될지도 모른다.

물론 상대가 자신에게 위해를 가하지 않는다는 것이 전제이지만…. 사람이 대인관계에서 신뢰를 중요하게 생각하는 큰 이유는, 사람을 신뢰한다는 것이 어떤 종류의 해방감, 혹은 쾌감으로 이어지기 때문이다… 라는 설에는 나름대로 설득력이 있을 것 같다.

…다만 극악한 여동생인(정의는 대체 어디에 가 버린 거냐) 츠키히는 그 신뢰관계를 곧 상하관계라고 간주하고 있는 모양이지만.

그것 또한 진리.

진리이자 심리.

누군가를 절대적으로 복종시킨다, 신뢰를 받는다는 것 역시 해방감이며 쾌감이니까. 뭐, 이야기가 너무 확장되었는데, 지금 상황을 정리해 보면 아침부터 여동생이 머리를 감겨 주고 있을 뿐이다.

"으음."

"왜 그래, 머리 감기는 이."

"여동생을 이상한 요괴처럼 부르지 마. 나는 머리를 감길까, 사람을 잡아먹을까* 하는 소리 같은 건 안 한다고. 우와, 사람의 머리를 이렇게 직접 만져 보니, 보글보글 쓱싹쓱싹 해 보니 의외로 쪼그맣다고 생각했어."

"쪼그맣다고 하지 마, 쪼그만 여동생."

"아니. 저기, 지금은 나하고 오빠하고 키 차이도 별로 안 나지 않아? 나도 요즘 들어 성장기인 것 같고."

"자매끼리 몇 센티미터가 될 생각이냐고, 너희는…."

"나도 역시나 카렌 정도로 크고 싶지는 않지만…. 그 사이즈는 역시나 여러 가지로 고생스러울 것 같아. 하지만 그래도 자매니까. 나도 카렌처럼 키가 커 버려도 어쩔 수 없을지도 모르겠네. 생각해 보면 초등학교 시절에 나하고 카렌은 키가 비슷했으니까."

"……."

그렇지만 상상하는 것만으로도 무서운 사태네.

두 여동생이 모두 오빠인 내 키를 넘어선다는 것은…. 오빠의 위엄도 체면도 남아나지 않는다.

※머리를 감길까, 사람을 잡아먹을까 : '팥 씻는 이'라는 뜻의 아즈키아라이(小豆洗い)라는 요괴를 빗댄 말. 냇가에서 팥을 씻는 듯한 사각사각 소리만을 낼 뿐 해는 없다고 하나, 지방에 따라서는 "팥을 씻을까, 사람을 잡아먹을까."라고 노래하기도 한다고 한다. 소리만 낼 뿐이라 모습을 본 사람은 없지만 노인의 외모를 하고 있다고 여겨진다.

쪼그만 것이 머리만이 아니게 된다.

"아니, 하지만 어쩌면 그것은 희망이 있는 이야기일지도 몰라. 오빠인 나 역시 카렌 정도로 키가 클지도 모른다는 희망이, 그 판도라의 상자 바닥에 잠들어 있는지도 몰라."

"고3부터 키가 자라지는 않을 거 아냐…. 자랄 공산이 없잖아. 그 희망은 두 손 들었다는, 요컨대 항복 선언이잖아."

"삼단 활용으로 내 희망을 박살 내지 마. 판도라의 상자를 뒤엎지 말라고. 말해 두겠는데, 츠키히. 만약 네가 내 키를 넘어서는 일이 있다면 발목을 잘라 내서라도 나보다 작게 만들 줄 알아."

"무서운 소리 하지 마. 범행 예고잖아, 그거."

"무슨 소릴! 발목이라는 부분에서 오빠의 정을 느끼지 못하는 거냐, 너는? 원래대로였다면 그냥 목이었을지도 모른다고?"

"그런 '원래대로였다면' 이 어디 있어!"

츠키히가 내 목을 비틀었다.

생사여탈권이 쥐여져 있던 것을 깜빡했군.

"으음. 잘라 낸 발은 내 방에 보존해 주려고 했는데."

"엽기성이 늘어났다고. 팍팍 곱빼기야."

"팍팍 곱빼기냐."

"뭐, 사실은 지금이라도 내 머리카락을 전부 거꾸로 세우면 오빠는 고사하고 카렌까지도 제쳐 버리겠지만 말이야. 쑥쑥 제쳐 버리겠지만."

"그 정도 양의 머리카락을 거꾸로 세우다니, 그거야말로 이미 요괴 같잖아. 어떻게 되어 먹은 젤을 쓰는 거야. 생각을 해 보라고,

키 정도 되는 길이의 머리카락이니까 단순 계산으로도 두 배가 될 거라니까?"

"그렇겠네."

"오빠로서, 그런 여동생하고는 바이바이야."

"어? 지금 뭔가 말했어?"

"되묻지 마!"

뭐, 거꾸로 세우지 않더라도 발목까지 오는 머리카락만으로도 100퍼센트, 120퍼센트, 130퍼센트 요괴 같지만 말이야. 만화라든가 일러스트 같은 데서는 나름대로 없지도 않은 디자인의 여자이지만, 현실에 존재한다면 사실 상당히 무서운 길이다.

무서운지 무섭지 않은지는 제쳐 두더라도, 집 안에서 자기 머리카락을 밟고 넘어진 츠키히를 몇 번인가 본 적이 있고 말이지.

수험생 앞에서 미끄러지지 말라고. 부정 타니까.

역시 자르는 게 좋을 거란 생각이 안 드는 것도 아니지만, 그 부분은 분명 나와 마찬가지로 타이밍을 놓친 상태일 것이다.

"했던 얘기를 또 하게 되는데, 역시 머리가 자라는 게 무지막지하게 빠르구나, 넌."

"오빠야말로 사돈 남 말하네. 올해부터 기르기 시작했을 텐데, 보통은 1년도 안 돼서 이 정도까지 자라지는 않는다고. 어떤 비밀훈련을 하는 거야?"

"머리를 기르는 데 비밀훈련 같은 건 안 한다고. 뭐, 나도 나름대로 신진대사가 좋은 편이니까."

정확히 말하면.

봄방학 이래로 신진대사가 좋아진 것이지만.

"에잇. 곤두서 버려라!"

그렇게 말하며 츠키히가 내 머리카락으로 장난을 치기 시작했다.

거품으로 형태를 다듬으면서, 내 머리를 '철완 아톰'의 머리 같은 모양으로 만들기 시작했던 것이다.

"굉장해. 철완 오빠다. 슈퍼 오빠야."

"초사이어인처럼 말하지 마."

"헹굴게~."

그렇게 말하며 츠키히는 샤워헤드를 들고 내 머리에서 거품을 씻어 냈다. 헹굴 때에도 두피 마사지를 잊지 않는 손놀림은… 뭐, 미용사 같은 느낌이긴 했다.

옛날에는 미용실에서 헤어스타일을 휙휙 바꾸던 츠키히이니, 서당 개 3년에 풍월을 읊는다는 상황일까.

이어서 컨디셔너다.

이것도 츠키히의 전용 컨디셔너다.

생각해 보면 이 녀석의 머리카락 양으로는 세 번만 머리를 감으면 컨디셔너가 바닥나 버릴 것 같은데…. 신진대사는 좋을지 모르지만 연비는 나쁜 체질이다.

"어. 컨디셔너는 왁스 느낌이라 세팅의 자유도가 더욱 올라가네. 우후후, 이번엔 리젠트 스타일로…."

"야, 남의 머리로 노는 것도 정도껏 해…. 모든 것을 정도껏 하라고."

어떻게 되어 있는지 나에게는 보이지 않지만.

아마도 비참한 모습이 되어 있으리란 기분이 든다.

"케케케. 이대로 몸도 씻겨 주지!"

내 말에는 귀를 기울이지 않고, 목욕탕에 상비되어 있는 가족 공용 보디 소프 통을 드는 츠키히. 그것을 손에 적당히 덜어서 거품을 내기 시작한다.

"앗! 오빠, 오빠."

"뭐야, 그렇게 명백히 뭔가 떠올랐다는 듯한 목소리를 내고."

"한 방 개그를 생각해 냈어. 엄청 재미있는 거."

"뭐야, 그 말은. 그냥 불안해질 뿐이라고."

애초에 '엄청 재미있다'라는 형용 자체가, 한 방 개그라는 울림과 어울리지 않는 기분이 든다. 아니, 한 방 개그를 생업으로 하는 분들에게는 조금 실례되는 말이 될지도 모르겠지만, 한 방 개그란 건 기본적으로 재미있고 없고가 아니라 기세가 전부라는 이미지가 있는데 말이야.

"저기, 저기 말이야. 이쪽, 이쪽을 봐 봐."

"뭔데 그래?"

부르는 소리에 나는 고개만 돌렸다.

그건 그렇고 이 여동생, 이미 부끄러움이고 뭣도 없이 자신의 알몸을 보라고 요구해 왔네…. 그 언행이 너무나도 자연스러웠기 때문에 나도 자연스럽게 그 말에 따르고 말았는데, 정말 이래도 괜찮은 걸까?

괜찮지 않았다.

이보다 더할 수 없이, 괜찮지 않았다.

여동생은 알몸으로 포즈를 취하고 있었다.

두 손을 머리 뒤에서 깍지를 끼고 무릎을 세우고 있었다.

게다가 손바닥으로 풍성하게 거품을 낸 보디 소프를 가슴과 허리, 넓적다리에 듬뿍 묻힌 모습으로.

"타이틀, 〈도쿄도 조례〉."

"무서워!"

풍자하지 마!

나는 당황하며 욕조에서 대야로 떠낸 뜨거운 물을 끼얹었다. 거품은 날아갔다. 도 조례적으로는 보다 위태로운 상황하에 놓이게 되었다는 기분도 들지만, 그러나 이런 것은 교묘하게 감추는 편이 훨씬 외설스럽다는 것이 내 생각이다.

알몸은 건강하며 예술적인 것이다.

"무슨 짓이야!"

"너야말로 '무슨 짓이야' 란 소릴 들을 상황이라고!"

"으음. 포징은 이렇게, 두 손을 모아 위로 뻗어 올리면서 〈스카이트리〉라고 하는 편이 에두른 표현이라 좋았으려나~."

실제로 그 포즈를 취하는 츠키히.

본인은 방금 전에 탈의실에서 부피가 어떻고 하는 소리를 했던 것처럼 자신의 체중을 신경 쓰는 눈치이기도 했는데, 실제로는 그렇게까지 살집이 좋은 편이 아니므로 그렇게 세로로 몸을 쭉 뻗으면 갈비뼈가 또렷하게 드러나기도 하니, 뭐, 도쿄 스카이트리 같다고 말하지 못할 것도 없었다.

"하지만 스카이트리라고 할 거라면 머리카락을 거꾸로 세우는 편이 좋을지도 몰라. 그거, 높이가 600미터를 넘는 모양이니까."

"그렇다냐~. 내 머리카락도 역시나 600미터는 안 되지만. 하지만 그렇게 되면 카렌이 하는 편이 좋을지도 모르겠네~."

"흐음…."

확실히 설득력이 있어 보인다.

그러나.

"하지만 츠키히, 카렌의 경우에는 키가 큰 만큼 가슴도 상당히 거대하니까 타워라고 하기에는 굴곡이 위험해애애앳!"

츠키히는 욕실이라는 덴저 존에서 다짜고짜 발차기를 날려 왔다. 게다가 하이킥, 내 목을 노리고 날린 것이었다. 이 녀석의 딴죽…이라기보다 공격은 말없이 갑자기 날아오니까 진짜 살인적이다.

"여동생의 가슴을 비평하지 마. 나란히 놓고 비교하지 마."

"훗. 과연 확실히 그것에 대해서는 내가 잘못했지만, 내가 잘못했다고 해서 그렇게 간단히 사과할 거라고 생각하면 큰 오산이라고."

"정말 지독하다니까…. 자, 몸을 씻을 거니까, 이제 저쪽을 봐도 돼~. 보글보글~."

"그 효과음 말인데, 어쩐지 네가 상상하는 것 이상으로 저연령 스러운데 말이야…. 조금 더 똑똑해 보일 수는 없는 거냐, 너?"

"그러면 아바바바바."

"아쿠타가와 류노스케*냐."

그것은 그것대로 그 문호의 이미지를 무너뜨릴지도 모르는 제목이지만.

　적어도 고상하지는 않다.

　"그렇다기보다 그거, '바'의 숫자는 맞는 거겠지?"

　"당연하지. 딱 맞아. 뭐하다면 검증해 보든가."

　츠키히는 내 등을 씻으면서 자신만만하게 말했다.

　그러나 츠키히의 경우에 자신감과 내실이 일치하는 경우가 적으므로, 그렇다기보다 자신 없을 때일수록 자신 있는 것처럼 행동하는 경향이 있으므로 그 태도로 봐서는 맞지 않을 가능성 쪽이 높은 듯 생각되었다.

　"아바바. 아바바바바바, 아바바바바바바바~."

　아니나 다를까, 츠키히는 여러 번에 걸쳐 여러 가지 표현을 하는 것으로 무엇이 진실인지를 얼버무린다는 고식적인 수단을 취하며 내 몸을 닦기 시작했다.

　"그건 됐고, 야. 손으로 직접 닦지 마. 대충 넘어가려고 하지 말라고. 제대로 수순을 밟고, 거기 있는 스펀지를 쓰라고."

　"손으로 씻는 편이 세세한 곳까지 깨끗하게 닦을 수 있는데. 손수手자를 쓰는 수순手順인데도 '밟는다'는 표현은 이상하지 않아? 어, 잠깐. 그러면 설마 오빠, 여동생의 손이 직접 닿는 것에 흥분하고 있어? 어머나, 변태! 평생 이야깃거리로 삼아야지."

　"너의 스릴 넘치는, 그 자리만의, 그 자리 한정으로 그 자리만을

※아쿠타가와 류노스케 : 아쿠타가와 류노스케가 1923년에 쓴 작품의 제목 「아바바바바」로 연상한 것.

넘겨 가는 삶을 보고 있는 것만으로도 나는 충분히 흥분하고 있다고…."

"힛힛힛. 발가락 사이를 씻겨 주지. 이래도 평정심을 유지할 수 있을까?"

"스릴 넘치네…."

좋게도 나쁘게도, 대체적으로 나쁘게도 눈앞의 일을 어떻게 할지밖에 생각하지 않는다.

머리 회전을, 직전과 직후의 일에만 사용하는 것이다.

이런 녀석에게 장래에 대해서 생각하라든가, 좀 더 앞을 내다보라든가 하는 말을 해 봤자 소용없는 일이란 기분이 들기 시작했다. 쇠귀에 경 읽기라고 할까, 알아들으면서도 저지르는 것 같다는 의미에서는 석가에게 설법이다. 그나마 카렌 쪽이, 아무것도 생각하지 않고 저돌적으로 밀어붙이는 카렌 쪽이 장래성이라는 의미에서는 어울릴 것이다.

츠키히 쪽도 흐름에 거스르지 못하고 여동생과 함께 욕실에 들어와 버린 나에게 듣고 싶지는 않겠지만. …흐음.

"좋아, 다 닦았어. 니스라도 바른 것처럼 반짝거려! 교대!"

"교대?"

"당연하지. 다음에는 오빠가 내 머리를 감기는 거야."

"큭…. 너, 나를 함정에 빠뜨렸구나!"

그런 교환조건을 제시할 줄이야.

당연하다면 당연한 이야기지만, 빤하다면 빤했지만 조건을 나중에 제시받게 되면 이쪽으로서는 패배감에 가득 차게 된다. 하지만 여기서 싫다고 말하는 것은 곧 내가 욕실에서 나가야만 한다는 이야기가 되므로, 이렇게 되어 버리면 츠키히의 생각대로 그녀의 머리를 감겨 줄 수밖에 없을 것 같았다.

어찌 이럴 수가.

여동생의 머리를 감기는 꼴이 될 줄이야. 어찌 이런 굴욕이….

앙갚음으로 보디 소프로 머리를 감겨 줄까 하는 생각을 했지만, 들켰다간 보디 소프를 마시게 될지도 모르므로 그만두기로 했다.

서로 너무 불쌍하다.

어쩔 수 없지.

여기서는 어른스러운 태도로, 여동생의 머리를 감겨 주기로 하자.

그리하여 우리 남매는 포지션을 바꿨다.

나란히 앉지 않고 한 명씩 머리를 감는다는 작전은 성과를 내고 있는 것처럼 보였지만, 실은 그렇지도 않았다. 이 정도로 머리카락이 긴 사람들이 한 명씩 머리를 감게 되면 그것에 상응하는 시간이 걸리게 된다. 결과적으로 먼저 목욕하기 위해 이 자리에 있을 우리는 아직 그 어느 쪽도 욕조의 물에 몸을 담그지 못하고 있었다.

머리카락이 아니라 서로의 발목을 잡아당기고 있다는 느낌.

어쩐지 이런 상태를 표현하는 속담이 있었던 것 같은 기분이 드는데, 무엇이었더라.

"그건 그렇고, 정말 본격적으로 굉장하구나. 너의 머리카락 양…. 이렇게 실제로 손으로 집어 보니, 뭐라고 해야 할까. 머리카락이라기보다는 어지간한 천 같은 느낌이야."

"천?"

"의복의 천. 어쩐지 묵직하고 말이지. 물을 머금고 있어서 그런지 꽤 무겁다고, 이거."

"아."

"응?"

"알았어, 츠키히는 알아 버렸어. 요즘 들어 살이 쪘나 싶었는데 말이야. 아무리 다이어트를 해도 체중이 줄지 않는다고 생각했었는데, 그건 머리카락의 무게였던 거야."

"과연…. 그렇구나, 바보구나. 이제 그만 좀 자르라고, 이거. 이제 그만 좀. 너도 자를 타이밍을 놓쳐 버린 거겠지만. 뭐하다면 내가 지금 이 자리에서 잘라 줄게. 싹둑 잘라 줄게. 뭐, 여자의 머리카락을 자르는 건 처음이 아니야."

"자세한 사정은 잘 모르겠지만 굉장한 캐릭터 설정이네…. 아니, 됐어. 됐어, 됐다고. 이건 소원을 빌기 위한 거니까."

"소원?"

"대원도 중원도 아니야~."

"아니, 그야 그렇겠지만…."

뭐야.

타이밍을 놓친 게 아니라 이 녀석은 번듯한 이유가 있어서 머리카락을 기르고 있던 건가…. 의외네. 그 자리에서의 기분만으로 살아가는 아라라기 츠키히가 그런 식으로 미래를 바라보는 행동을 하다니.

하지만 생각해 보면 한 달 단위로 머리 모양을 휙휙 바꾸던 츠키히가 그냥 기르기만 하고 있다는 시점에서, 거기에 뭔가 이유가 있지는 않을까 하고 생각해야 했는지도 모른다.

이것은 오빠로서 부끄러워해야 할 실책이었다.

"허어. 그랬구나. 어떤 소원을 빌고 있는데? 알려 줘 봐."

"안 돼. 알려 줄 수 없어. 알려 주면 소원이 이루어지지 않게 되니깐."

"엉, 그런 거야? 하긴 소원의 내용은 남에게 이야기하면 무너진다고 하니까…. 뭐, 어때. 그렇게 딱딱하게 굴지 마. 오빠는 남으로 치지 않잖아. 얘기해 보라고."

"이럴 때만 오빠인 체하지 마."

"으음…. 그건 그렇고 머리카락 양이 진짜 굉장하네…."

말을 꺼내 보긴 했지만 츠키히가 무슨 소원을 빌며 머리를 기르고 있는가 따위에는 별 흥미가 없었던 나는, 시점을 츠키히의 머리카락으로 돌렸다.

젠장.

양이 너무 많아서 거품이 잘 나지 않는다.

보글보글하는 의성어가 나오지 않는다.

이것이 내 실력 탓이라고 여겨지는 것은 참을 수 없다. 그렇다기보다 머리를 감기는 솜씨 같은 건 원래부터 없었지만, 그래두 츠키히가 그만큼이나 풍성한 거품을 낸 뒤에 내가 이 꼬락서니여서는 오빠로서 한심하다.

전국의 오빠들을 위해서라도 이 이상 오빠의 지위를 떨어뜨릴 수는 없다.

"샴푸의 양이 부족하네…. 정말이지, 경제적이지 못하단 소리는 이 머리카락 쪽에 해야 해. 전용 샴푸가 너무 아깝잖아, 이래서는. 아, 하지만 그만큼 미용실에 가지 않아도 되니까 그에 비례해서 용돈이 굳는 건가."

"아니, 미용실에는 가는데?"

"뭐?"

"오빠하고는 달리 기르기만 하고 있는 건 아니야. 머리카락 끝 같은 데는 다듬어 줘야만 하니까."

"그런 건가…. 아무도 너의 머리카락 끝 같은 건 털끝만치도 보지 않고 있다고 생각하지만, 그런 건가."

"말이 심하네. 말을 너무 심하게 하네. 그런 마음 없는 대사를 반복하는 것으로 인해 나나 카렌의 비뚤어진 정의가 형성되어 왔음을 잊지 마시길."

"비뚤어진 정의라고 스스로 인정하지 마."

오.

역시나 추가로 몇 배의 샴푸를 썼더니 츠키히의 막대한 머리카락에도 그럭저럭 볼만하게 거품이 일기 시작했다. 덕분에 머리카락의 양이 더욱 늘어난 것처럼도 보이지만.

"후후후후~. 거품이 나라~. 더 거품이 나라~. 이건 확실히 재미있네. 푹 빠지겠는걸, 남의 머리를 감기는 것에. 쿨한 내 마음속에도 어쩐지 거품이 끼기 시작했다고 말하지 않을 수 없겠어."

"설령 말하지 않을 수 없다고 해도, 마가 끼기 시작했다는 것처럼 말하지 마."

"이 머리카락에 파묻히고 싶다는 생각까지 들기 시작했다고. 너의 머리카락으로 내 온몸을 묶고 싶어."

"완전히 변태잖아. 그럴 경우에는 난 온 힘을 다해 욕실에서 도망칠 거야. 그때는 내가 졌다고 해도 좋아."

"조금 전에 너는 내 **몸을** 손하고 손가락으로 씻었는데, 나는 너의 몸을 이 머리카락으로 씻고 싶어."

"머리카락이 상하니까 그러지 마. 머리끝이 마구 갈라질 테니까 하지 말라고. 안 그래도 머리카락이 길면 상하기 쉬운데. 꼭 그러고 싶다면 오빠, 그냥 자기 머리카락으로 해."

"아니, 진지한 얘기로, 과연 어떨까? 너, 이 머리카락을 몸에 감으면 알몸으로 길거리를 걸어 다녀도 알몸이라는 걸 들키지 않는 거 아니야?"

"알몸으로 길거리를 걸어 다닐 이유를, 이 츠키히는 좀처럼 찾을 수 없는데 말이야…."

"흐음…."

머리를 감기는 동안에 자연스러운 흐름으로 머리 마사지로 이행했다. 츠키히의 머리를 주무르는 상태다. 과연 생사여탈권을 쥐고 있는 상태. 그렇군, 이건 재미있다.

엄청난 우월감이 느껴진다

"굉장하네, 우위에 섰다는 이 감각…. 꼭대기에서 내려다보는 느낌, 정상에 있다는 느낌. 빙글 하고 돌리면 너의 머리가 쏙 하고 빠질 것 같으니 말이야."

"나는 거기까지는 생각하지 않았어."

"가슴을 주무르는 것보다 머리를 주무르는 쪽이 흥분되네."

"소름 끼치고 실례되는 소리 하지 마."

"주물주물주물주물주물."

"내 머리를 사심을 담아서 주무르지 마. 하다못해 보글보글하는 효과음에서 멈춰 줘. 아, 하지만 샴푸는 그렇지도 않았는데. 오빠, 이 머리 마사지는 슬프게도, 인정하고 싶지 않지만 프로 급으로 기분이 좋아."

"흐흥."

의기양양해지는 나.

다만 다른 곳에서는 전혀 활용할 수 없을 듯한 스킬이다. 뭐가 어떻게 되더라도 나의 장래가 미용사로 이어지는 일은 없을 테니까 말이야.

그리고 그 밖에 타인의 머리를 주무를 직종이 떠오르지 않는다.

"좋아, 다음은 컨디셔너다… 응?"

"왜 그래, 오빠."

"한참 부족해. 컨디셔너 씨의 통이 거의 비었어."

"뭣이이?!"

츠키히의 말투가 흐트러졌다.

흐트리밍이라고 말해도 좋을 것이다.

아니, 흐트리밍이라고 말하는 건 이상하지만.

그러나 흐트러졌다고는 해도, 조금 전에 내 머리를 컨디셔너로 감길 때에는 아마도 나름대로 남아 있었을 내용물을 다 써 버린 사람은 다름 아닌 츠키히 자신이다. 그 은혜를 입은 몸인 내 입장에

서 하기에는 조금 껄끄러운 말이지만,

"네 잘못이잖아."

라고 나는 딱 부러지게 말했다. 선뜻 말했다.

"사전에 확인하지 않은 네 잘못이야."

"아니, 누가 잘못했다든가 하는 그런 얘기가 아니잖아? 여기시 중요한 건, 이대로는 내 머리카락이 거칠고 뻣뻣해져 버리는 거잖아? 프리큐어가 죽어 버리는 거잖아?"

"프리큐어가 죽어? 그건 대사건이잖아."

무엇하고 착각한 건지 한순간 알 수 없었지만, 아마도 큐티클 cuticle일 것이다. 아니, 전혀 다르잖아. 차라리 큐어 쿨이라고 하든가.

"하여간 어쨌든 〈스마일 프리큐어!〉는 재미있다는 얘기야."

"그런 이야기를 하고 있던 게 아니잖아?"

"테마가 스마일이니까, 울고 싶어질 만한 시추에이션에서도 열심히 웃는 얼굴을 하는 헤로인들이 최고야."

"오빠의 페티시 같은 건 듣고 싶지 않아. 웃는 얼굴 페티시 따원 어찌 되든 상관없어. 스마일이라는 말은 좀 더 순수하게 받아들이라고."

"미야자와 겐지가 맘이지~"

"뭐야. 이야기가 또 딴 데로 튀네."

"미야자와 겐지가 학생들에게 낸 문제 중에 '가장 긴 영어단어는 무엇인가'라는 게 있는데, 그 대답은 '스마일즈smiles'였다고 해. 왜냐하면 S와 S 사이에 1마일이 있으니까."

"호오, 그렇구나. 1리 있다, 일리 있네. 상당히 재미있는 사람이 었구나, 미야자와 씨는."

"미야자와 겐지를 미야자와 씨라고 부르지 마. 경의를 가지라고."

"그래서 '씨'를 붙였잖아."

"오히려 아주 친한 척하는 것으로 들린다고. …하지만 확실히 신기하네, '씨'를 붙임으로써 오히려 친근한 느낌이 드는 인물이 있구나."

"확실히 그러네. 미야자와 씨의 경우에는 그렇게 부르는 편이 경의가 담긴 느낌이 들어. 어찌 된 일일까…. 그 부분의 기준을 찾아 보는 건 재미있을 것 같아."

"아니 뭐, 직접적으로 아는 사람인가 모르는 사람인가, 혹은 타계했는가 생존해 있는가의 차이일 뿐이라는 기분이 드는데…."

나는 그렇게 말하면서 샤워기로 츠키히의 머리카락에서 거품을 씻어 낸다.

"자, 이걸로 끝이야. 다음에는 몸을 씻자. 너의 머리카락으로."

"너는 사람 얘기를 하나도 안 듣는 오빠냐!"

격정에 휩쓸린 츠키히가 있는 힘껏 딴죽을 넣었다.

"내 머리가락을 어쩔 셈이냐! 머릿결이 다 상한다니까!"

"머리가락?"

"머리카락! 헤어! 두발!"

츠키히는 아우성친다.

샤프하고 스마트한 말투를 쓸 줄 모르는 걸까, 이 여동생은.

"하지만 어쩔 수 없잖아. 컨디셔너는 바닥났고 나는 너의 몸을 네 머리카락으로 씻고 싶고."

"후자는 완전히 오빠의 취향 문제잖아! 어쩔 수 있다고!"

"으음. 듣고 보니 그러네. 대단한 통찰력을 가지고 있구나, 츠키히. 츠키히큘 포와로란 너를 두고 히는 말이야."

"빗대서 말하라고, 뭔가를!"

"으음. 빗대라는 말에 떠올랐어."

나는 샤워헤드의 방향을 바꾸고, 그런 뒤에 텅 빈 듯 보이는 컨디셔너 통의 노즐을 빼고 그 안에 따뜻한 물을 조금 집어넣었다.

그리고 노즐을 도로 닫고 실력 있는 바텐더처럼 그 병을 흔들었다. 잘 섞이도록.

머릿속의 나는 조끼를 입고 있다.

"뭘 하는 거야, 오빠?"

"아니, 텅 비었다고 해도 통의 벽면에는 나름대로 액이 남아 있을 테니까, 이렇게 물을 타면 너의 머리를 한 번 정도는 감길 수 있지 않을까 해서."

"궁상맞은 짓 좀 하지 마."

"궁상맞은 짓이라고?!"

그런 부르주아 같은 대사가 여동생의 입에서 튀어나올 줄이야…. 오빠로서 충격이다. 언제부터 이런 오만한 성격이 되어 버린 걸까 하고 눈을 의심했지만, 가만히 생각해 보니 처음부터 그랬다. 의심의 여지없이 처음부터다.

혼자만 이렇게 비싸 보이는 컨디셔너를 쓰고 있는 시점에서 그 캐릭터를 알아차릴 수 있는 법이다.

"그런 궁상맞은 짓을 할 바에야, 머리카락이 내추럴하게 초사이어인처럼 되는 편이 나아. 달 월月자가 들어간 츠키히月火인 만큼."

"으음."

내년에 중학교 3학년이 되는 여동생의 안에서는, 초사이어인과 큰 원숭이의 지식이 뒤섞여 있는 듯했다.

역시나 이 정도의 세대를 건너게 되면, 이렇게 귓속말 전달 게임 같은 상황도 일어나는 건가.

아아, 하지만 GT판이라면 그렇지. 초사이어인이 달의 힘으로 새로운 변신을 이뤄 내기도 했지.

그렇다면 오히려 엄청난 마니아인지도 모른다.

"하지만 어쨌든 약액은 머리카락이 빨아들인 물과 섞이게 되니, 처음에 섞이는가 나중에 섞이는가의 차이일 텐데."

"약액이라고 하지 마. 비싼 컨디셔너를. 셔너를."

"자, 봐. 그렇게 묽어지진 않았다고. 다소 거품이 인 것뿐이지, 훌륭한 컨디셔너야. 셔너야."

다시 노즐을 빼고, 병에서 바로 손바닥에 덜어 컨디셔너의 희석액을 츠키히에게 보인다. 츠키히는 이맛살을 찌푸리며 그것을 보았지만,

"어쩔 수 없지, 여기는 오빠의 체면을 봐서 넘기기로 할까."

이라고 말하며 포기한 듯 고개를 숙였다.

숙였다는 것은 어디까지나 자세의 이야기로, 그냥 내가 컨디셔너로 감기기 쉽게 해 준 것뿐이다.

머리카락을 세워서 내 체면을 세워 주었으므로, 나는 다시 츠키히의 머리카락 속에 손을 집어넣는 것이었다.

물을 타서 늘렸으니 한 번 정도는 어떻게든 될 거라고 생각했는데, 어쨌든 츠키히의 머리카락 양이 양이므로 생각대로 되지만은 않을 것이다. 이것은 소중하게 써야만 한다.

신중하게, 신중하게.

금박을 바르는 칠기 장인처럼, 신중하게.

"으음…. 츠키히. 귀찮게 할 생각은 없는데, 소원을 비는 것도 좋지만 하다못해 앞머리만이라도 자르는 게 어때?"

"어중간하게 자르면 말이지~, 앞머리의 끝이 눈에 닿아서 따끔거리고 아프단 말이야. 아무리 애정을 담아서 케어하고 있어도, 눈에 넣어도 아프지 않은 머리카락인 건 아니니까~."

"그런가…."

잘 모르겠다.

"그렇다기보다 오빠. 그런 발언은 전부 부메랑이 되어서 자기에게 돌아온다는 거, 알고는 있는 거야? 오빠의 앞머리도 충분히 길잖아."

"자기가 기르고 있는 머리카락은 의외로 신경이 쓰이지 않지."

"앞머리 얘기가 나와서 말인데."

그렇게.

츠키히가 급히 말했다.

나에게 머리를 주물럭주물럭 당하면서 말했다.

"나데코. 퇴원했습니다."

"…그렇구나. 그거 다행이네."

"어라. 생각보다 덤덤한 반응이네. 펄쩍펄쩍 뛰며 기뻐할 줄 알았는데."

츠키히는 가볍게 나를 돌아보고 말했다.

소박한 눈이다.

"알몸으로 춤추면서 기뻐할 거라고 생각했는데."

"누가 그러겠냐."

"오빠가 알몸으로 춤추기 쉽게 해 주려고, 일부러 지금 이 목욕탕이라는 시추에이션에서 말했는데."

"그런 진지한 화제를 꺼낼 때에 쓸데없는 계획을 꾸미지 마."

"네~. 어쨌든 퇴원했습니다."

"그렇구나."

그렇구나.

그렇구나, 라고밖에 말할 수 없다. 말할 자격이 없다.

하지만 잘됐다, 퇴원했다면.

나는 더 이상 센고쿠와 마주할 낯은 없지만….

그래도 다행이라고 생각한다.

어떻게든 생각할 수 있게 되었다.

"오빠."

"뭔데?"

"아파아파아파아파아파. 내아파머리를아파바이스처럼아파찌부러뜨릴아파생각아파입니까아파아파."

"아, 미안, 미안. 힘이 너무 들어간 모양이야."

"오빠 말이야, 나한테 듣고 싶지 않을 거라고 생각하지만, 듣고 싶지 않을 거라고 생각하니까 오히려 말할게. 오빠는 여러 가지로 등에 너무 많이 짊어지고 있는 거라니까? 너무 힘이 들어갔어. 나데코의 일은 오빠의 손으로도 감당할 수 있는 일이 아니었으니까 말이야~."

그런 식으로 다 안다는 듯이 말하고 있지만 츠키히는 딱히 센고쿠에 대해, 센고쿠 나데코의 최근 몇 달에 걸친 행방불명 사건에 대해 자세한 사정을 알고 있는 것은 아니다.

무관계하지는 않지만 관계자라고 말하기엔 어려운 위치에 있다. 그런 입장이기에 할 수 있는 말도 있는 거겠지.

듣고 싶지 않은 것을.

말할 수 있는 거겠지.

"괜찮아. 나데코는 상당히 기운을 차렸으니까. 조금 밝고, 긍정적인 자세가 된 느낌이기도 했고 말이야."

"그렇구나…. 그렇다면 다행이지만."

"이따금씩 웃었고."

"그거… 참 다행이네."

정말로 잘됐다.

나는 더 이상 그 얼굴을, 웃는 얼굴을 볼 수 없다는 것 따위는 신경 쓰이지 않을 정도로, 잘됐다.

"뭐, 언제 한번 만나 줘. 나데코는 집에서 안정을 취해야만 하고, 오빤 한동안 입시로 바쁘니 무리라고 생각하지만~."

사정을 모르는 츠키히는 태연자약하게 그런 소리를 한다. 사정을 알고 말하는 것이라면 이런 통렬한 빈정거림도 좀처럼 없겠지만, 아라라기 츠키히는 좋은 의미에서도 나쁜 의미에서도 대를 쪼갠 듯한 깔끔한 성격이므로 그렇게 빈정거리지는 않을 것이다.

다만, 신경이 쓰인다.

그저, 신경은 쓰인다.

센고쿠 나데코는 아라라기 츠키히에게 아라라기 코요미에 대해 어떤 식으로 이야기한 것일까. 신경 쓰지 않는 것은 불가능하다.

미련이라고 할 수는 없지만.

그러나 후회라기에는 말이 부족하다….

"이야~, 근데 말이지. 나데코가 오빠의 험담을 엄청나게 하더라. 오빠, 나데코한테 뭔가 한 거야?"

"진짜로?!"

"어? 농담인데."

"……."

이 녀석, 무슨 농담을 하는 거야.

타이밍이 너무 무섭잖아.

그렇다기보다, 타이밍에 신이 내렸다.

"…그렇구나. 하지만 그쪽 문제도 남아 있었지."

나는 중얼거렸다.

센고쿠 나데코가 산을 내려와서 그녀의 '행방불명'이 해소된 지금… 아니, 물론 그것은 잘된 일이며 멋진 일이지만, 그 잘되고 멋진 일과 맞바꿔서 또다시 이 마을은 영적으로 불안정해져 있다.

…고 한다.

그것에 대해서는 나도 자세한 사정을 그렇게까지 상세히 알고 있는 것은 아니지만, 어쨌든 지금 저 키타시라헤비 신사는 또다시 텅 빈 진공 상태가 되어 있는 것이다.

그것을 해결하지 않으면, 해결까지는 아니라도 하다못해 어떻게든 하지 않으면 이 마을에는 트러블이 계속 이어진다. 여동생들은 말할 것도 없고, 그 문제를 남긴 채로 이 마을을 떠나는 것은 마음에 걸린다고 말하지 않을 수 없다.

만사해결까지는 가지 않더라도.

하다못해 괜찮은 밸런스를 잡아 둬야만….

"…밸런스인가. 그건 원래 내 역할이 아니지만 말이야…."

할당된 역할.

들리지 않을 정도로 작게 중얼거렸을 한마디였지만, 그러나 츠키히는 마치 나의 그 독백을 따라 하듯이 말했다.

"할당된 역할이 아니라고."

흠칫했지만, 그것은 남매이기에 느껴진 심퍼시sympathy라고 할까 싱크로니시티라고 할까, 요컨대 단순한 우연이었는지,

"오빠는 너무 많이 짊어지고 있어."

라고 조금 전의 이야기로 돌아갔다.

"뭐든지 전부 오빠가 해결할 수 있는 건 아니니까. 여러 가지를 내던지고 내버려 두고, 분수를 알고서 주제에 맞게 남에게 맡겨 버려도 괜찮다고 생각하는데 말이야? 나데코에 대해서도 카렌에 대해서도, 그리고 나에 대해서도 오빠는 신경을 너무 많이 써."

"……"

그런가.

그 말을 하고 싶었던 건가.

딱히 오늘, 조금 전에 카렌의 재능에 대해서 논했기 때문에 그것을 눈치챈 것이 아니라, 왠지 모르게 이전부터 이 녀석은 느끼고 있었던 것이겠지.

내가 고등학교 졸업과 입시를 계기로.

다양한 이것저것들과 결판을 내고, 해결해 나가려고, 정산해 두려고 하고 있음을.

적당히 타협해 왔던 것을.

얼버무려 왔던 이것저것을.

끝내려고 하고 있음을.

느끼고 있던 것이겠지.

"우리…라기보다, 적어도 내 일만은 내가 어떻게든 할 테니까 말이야. 카렌이 졸업하고 중학교에 나 혼자 남은 뒤가 불안한 것은 알겠는데, 하지만 나름대로 어떻게든 할 거야. 그러니까 그렇게 걱정하지 않아도 돼. 괜찮다니까, 올 오케이. 카렌도 물론 어떻게든 할 테고. 자기 일은 자기 일이라며 어떻게든 할 테고 말이야. 나데코도 그래. 그러니까 오빠는 우선 눈앞의, 입시 문제만 처리하면 된다고 생각해."

"······."

눈앞의 일만 보며 살고 있는 츠키히에게 쓴소리를 해야만 한다고, 이 녀석에게 좀 더 장래에 대해 생각하도록 지도해야만 한다고 생각했던 내가 그 츠키히에게 눈앞의 일에만 집중하라는 소릴 들으면 기가 막힐 따름이다.

웃지 못할 이야기다.

다만 화도 나지 않았고 받아칠 생각도 들지 않았다. 확실히 나는 너무 많이 짊어지고 있고, 내가 그 전부를 해결할 수 있는 것도 아니다.

내가 할 수 있는 일은 한정되어 있다.

실제로, 해결할 수 없었다.

하치쿠지에 관한 일.

센고쿠에 관한 일.

나는 해결할 수 없었다. 전문가의 힘을 빌지 않고서는 어떻게도 되지 않았다. 그렇다기보다 애초에 이 1년간, 내가 자기 힘으로 해결한 일이 대체 얼마나 있었을까?

셀 수 있을 정도였고, 셀 수 있을 정도도 없었다.

애초에 눈앞에 닥친 입시도, 그 전제가 되는 졸업도 자력으로는 어떻게도 하지 못하지 않았던가. 그러니까 등에 너무 많이 짊어졌다는 말은, 그렇다, 딱 그 말대로다.

오빠로서의 책임이 어쩌고 하는 소릴 해 보긴 하지만.

책임이 있다고 해서, 그 사람이 반드시 그것을 달성할 수 있다고 만은 할 수 없는 것이다. 남의 힘을 빌어야만 하는 일도, 남에게 맡겨야만 하는 일도 있다.

졸업할 때까지.

이 마을을 떠날 때까지 모든 것의 뒤처리를 한다니, 애당초 무리한 이야기인지도 모른다. 다만 그렇다고 해서 모든 것을 무책임하게 방치하는 것 역시 잘못된 행동일 것이다.

너무 많이 짊어지는 것은 좋지 않지만.

해야만 하는 일은 있다.

설령 할 수 없더라도 도전해야 하는 일은 있다.

"그렇다기보다 오빠. 입시 공부 쪽은 실제로 좀 어때? 앞으로 한 달 안에 어떻게든 될 것 같아?"

"어떻게…는 될 것 같으려나."

그렇게 대답할 수밖에 없다.

될 것 같지 않아도 그렇게 대답할 수밖에 없다.

슬픈 자기암시.

센조가하라는 이미 추천 입학이 결정되어 버렸으므로 나는 그것을 쫓아갈 수밖에 없다. 이제 와서 다른 학교에 안전지원하는 일은 없다. 있을 수 없다.

그래서 나는 안전지원 없이, 목표로 하는 학교 한 군데만 원서를 넣은 사나이 중의 사나이다움을 발휘하고 있다. 아니, 그것은 부모님으로부터의 신뢰도가 낮은 내가 비싼 입시수험료를 그리 많이 받아 내지 못했다는 이야기일 뿐이지만.

"그러니까 나는 등에 지는 게 아니라 앞으로 치고 나갈 시기라고 말하고 있는 거야, 오빠. 재치 있는 소리를 하고 있는 거라고, 오빠. 이런 곳에서 여동생의 몸을 씻기고 있을 상황이야?"

"아니, 이 일에 관해서 나는 어떠한 책무를 맡거나 어떠한 역할을 자임해서 너의 목욕을 돕고 있는 것은 아닌데…. 너를 거품 내거나 주무르거나 하고 있는 것이 아닌데 말이야."

"애초에 이거, 근본적인 문제는 전혀 해결되지 않았지. 몸을 씻는 것은 순서대로 씻는 것으로 욕실의 비좁음을 해결했다고 해도, 서로의 제1목표인 욕조의 비좁음은…."

"아아, 그렇지…. 사이좋게 같이 들어간다는 아이디어도 유녀하고 들어간다면 모를까, 중학생하고 둘이 들어가기에는 어려운 용적이니까, 이 욕조는."

"유녀하고?"

"아무것도 아니야. 기억이여, 날아가라~."

나는 마지막에는 일부러 샤워기를 쓰지 않고, 중학생과 둘이 들어가기에는 비좁은 그 욕조에서 뜨거운 물을 대야로 떠냈다. 그리고 조금 전에 무시무시한 한 방 개그를 날린 츠키히에게 그렇게 했던 것처럼, 이번에는 뒤에서 머리부터 물을 힘차게 끼얹었다.

컨디셔너는 머리카락에 잘 달라붙는 편이므로, 샤워기의 수압으로 씻어 내는 것보다 이런 난폭한 방법으로 단숨에 씻어 내는 게 좋을 것이란 판단에서였다.

"갸악~!"

그렇게 기분 좋은 듯이 비명을 지르는 츠키히의 모습이 고소해서, 서비스 정신으로 계속해서 두 번, 세 번 뜨거운 물을 뒤집어씌웠다.

"갸악~! 갸악~갸악~갸악~!"

즐거워 보인다.

"갸악! 좀 더 해 줘~!"

저건 너무 즐거워 보이는데.

그러나 그런 요구에 응해서, 지나치게 응해서 너무 많이 퍼내면 욕조의 뜨거운 물이 바닥나 버리므로 이 정도로 하고, 나머지는 샤워기를 쓰자며 나는 그쪽으로 손을 뻗었다.

그렇게 손을 뻗었을 때.

나는 굳었다.

우리가 서로 머리를 감겨 주고 있던 자리에는 커다란 전신거울이 설치되어 있었는데, 그것은 지금까지, 지금 이때까지 김이 서리고 물방울이 묻어 있어서 아무것도 보이지 않는, 비치지 않는 상태였다. 그랬는데 그곳에 내가 대야로 츠키히에게 뜨거운 물을 끼얹었기 때문에, 그 맞은편에 설치되어 있던 전신거울에도 뜨거운 물의 비말이 힘차게 튀었던 것이다.

따라서 한순간, 그 거울을 덮고 있던 물방울이 씻겨 나가고 정면에 앉아 있던 츠키히의 알몸을 비춘다. 그것은 단순한 자연현상, 즉 자연스러운 일이었다.

하지만 부자연스러운 일도 있었다.

아니.

초자연적인 일이 있었다.

츠키히의 뒤에 서 있을 내 모습이, 아라라기 코요미의 모습이 그 거울 속에는 보이지 않았던 것이다.

그는 거울에 비치고 있지 않았다.

마치… 불사신의 괴이, 흡혈귀처럼.

005

　방에서 츠키히에게 짓밟혔던 새끼발가락의 발톱은 여전히 깨져 있는 상태다. 무참하고 애처롭게 깨져 있는 상태다. 따라서 나는 현재 흡혈귀화 되어 있는 것도 아니다. 그럼에도 불구하고 내 모습은 지금 거울에 비치지 않고 있다. 이것을 어떻게 파악해야 할까?

　어떻고 뭐고, 적어도 이것은 냉정하게 파악할 수 있는 일이 아니었다.

　왜냐하면 이것은 내가 봄방학에 흡혈귀화했던 이래로 처음 있는 현상이다… 라고 갑자기 말하면 드디어 이 녀석의 머리가 이상해진 건가, 여동생하고 욕실에 들어간 부분부터 수상했어! 라고 여겨질지도 모르므로 일단 여기서 해명을 해 두자면.

　나는 봄방학에 한 명의, 한 마리의 흡혈귀에게 습격당했다.

　피도 얼어붙을 정도로 아름다운 흡혈귀.

　철혈이자 열혈이자 냉혈의 흡혈귀, 키스샷 아세로라오리온 하트 언더블레이드에게 습격당했다.

　목덜미를 깨물리고, 빨리고.

　홀릴 대로 홀리고.

　피를 남김없이 빨리고, 정기를 남김없이 빨리고.

　존재 자체를 착취당하고.

　그리고 나는 흡혈귀가 되었다.

　'되었다'.

괴이로… 변이變異했다.

인간인 아라라기 코요미는 끝나고, 흡혈귀인 아라라기 코요미가 시작되었다. 그것이 지옥과도 비슷한 봄방학의 2주간이다.

소름 끼치는 14일간이다.

결과만 말하면 지금 이렇게, 보다시피 그 뒤에 나는 인간으로 돌아왔다. 다소의 후유증은 남았지만 귀신에서 인간으로 회귀했다.

그 대가로 잃은 것과 버려야만 했던 것의 숫자는 결코 적지 않았지만, 다대했지만 어쨌든, 하여간 돌아온 것이다.

기쁘고 자랑스럽다.

내가 하네카와 츠바사를 제2의 어머니, 성모로서 숭배하고 있는 것은 이 시기에 도움을 받은 은혜가 있기 때문이다. 그것에 대해 늘어놓기 시작하면 이야기가 끝나지 않으니, 부끄러운 마음이지만 그 일에 대한 것은 지금은 생략하기로 하고.

지옥은 끝났다.

어쨌든 끝났다. 14일간으로.

끝났을 것이었다.

물론 모든 것이 깔끔하게, 뒤끝 없고 아무런 응어리도 남지 않고 해결되었는가 하면 전혀 그렇지 않고, 그 뒤에도 여러 가지 문제가 질질 끌리고 있었고, 그리고 그 봄방학의 체험은 잇달아 수많은 사건의 방아쇠가 되었다. 하지만 나라는 한 개인의 흡혈귀화 사건이라는 점에 한해서는 어쨌든 해결된 일이었을 것이다.

나는 인간으로 돌아왔을 것이다. 그런데.

그런데 어째서 내가 거울에 비치지 않지?

거울에 비치지 않는 것은 흡혈귀의 가장 큰 특징 중 하나가 아니었던가. 불사신, 피를 빤다, 그림자로 변할 수 있다, 안개로 변할 수 있다, 변신한다, 하늘을 난다, 박쥐를 부린다.

그리고.

거울에 비치지 않는다.

그 모습이 비치지 않는다.

이래서는 마치, 마치 내가 되다 만 것도 아니고 반쪽짜리도 아닌 번듯한 흡혈귀 같지 않은가.

그것이 진실인 것 같지 않은가.

"……."

"어, 오빠, 왜 그래?"

나는 자기도 모르게 침묵해 버렸다. 당연하지만 츠키히 쪽은 그렇게 갑자기 입을 다물어 버린 나에게 위화감을 느꼈는지, 별다른 망설임도 없이 이쪽을 돌아본다. 그 시점에서 츠키히는 내가 머리를 감겨 주고 있던 상황상, 그리고 물을 잔뜩 뒤집어쓰고 있던 상황상 눈을 감고 있었으므로 아직 내가 거울에 비치지 않는 것을 깨닫지는 못했다.

들키면 큰일이다.

그렇게 생각한 나는, 이쪽을 돌아본 츠키히의 머리를 두 손으로 끌어안고 고정했다.

주물럭주물럭이 아니라.

꽈악, 하고.

당연하게도 그런 츠키히의 맞은편에 있는 거울에는 츠키히의 몸밖에 비치지 않는다. 성장 도중인 그녀의 나체밖에 비치지 않는다. 본래 그 나체와 함께 있어야 할 내 모습이 없다.

그곳에는 아무것도 없다는 듯이 욕실의 벽이 비치고 있다. 욕실 벽의 수건걸이에 걸려 있는 수건만이 그곳에 있었다.

그 밖에는 아무것도 없었다.

없었다.

"왜, 왜 그래? 오빠."

당황하는 눈치의 츠키히.

그야 별 생각 없이 고개를 뒤로 돌렸는데 오빠가 두 손으로 머리를 꽉 끌어안으면 당황할 만도 하다. 아무리 머리의 회전이 빠르더라도 그런 전개에서 스핀이 붙을 리도 없다.

아니, 머리 회전이 빠르면 그건 그것대로 그럴싸하게 도달해 버리는 전개가 있기는 하지만….

"알았어. 괜찮아, 오빠."

그렇게 말하고 츠키히는 살짝 눈을 감고 입술을 비쭉 내밀었다.

괜찮을 리 없잖아!

평소의 나라면 그렇게 딴죽을 걸었을 참이지만, 이 상황에서는 어쩔 수 없다. 지금은 완전히 아라라기 코요미의 항례로 친숙해져서 시민권을 얻은 행위, '키스로 입을 다물게 한다'를 드디어 여동생에게 사용할 때가 온 것 같다며 나는 대비했다.

"에잇~."

그렇게 각오했다면 즉결즉단, 무시무시하게도 처음인 것도 아니고 해서 나는 네 살 아래 여동생의 입술을 빼앗으려 액션을 시작했는데, 여기서 세상으로부터 규제가 들어왔다.

스카이트리의 짓인지도 모른다.

"후우! 기분 좋게 땀을 흘렸어! 오빠, 목욕물을 받아 줘서 고마워! 나중에 제대로 감사인사를 해야겠는걸~!"

그렇게 욕실 문이 벌컥 열리며 거듭, 키가 180센티미터 가까이 되는 운동선수 계열 여자, 아라라기 카렌이 땀범벅의 알몸으로 핸드타월을 한 손에 들고 상쾌하게 나타난 것이다.

"근데 뭐 하는 거야, 얼간아!"

역시나 격투기 유단자.

즉결즉단의 속도는 나보다 훨씬 빨랐다.

등장하자마자 비좁은 욕실 그 자리에서 번개처럼 회전하더니, 롤링 소배트로 나와 츠키히를 한꺼번에 욕조 안으로 날려 버린 것이었다.

즉 첫 번째 입욕은 둘이서 사이좋게 했다는 모습이 된다. 머리의 회전으로는 츠키히 쪽이 위였지만, 몸의 회전이라면 카렌 쪽이 위였다는 이야기가 되는데… 응, 그렇겠지.

그 뒤에 나와 츠키히와 카렌, 세 남매가 몇 년 만에 사이좋게 욕조에 들어가서 친교를 돈독히 했습니다, 라는 전개가 있을 리 없다. 나는 그냥 카렌에게 두들겨 맞고 쫓겨났다.

아냐, 이것은 오빠로서의 책무가, 의지가, 고집이, 프라이드가, 전개가 등등의 논리적인 반론을 시도하는 나를,

"바보냐? 상식으로 생각해! 아니, 비상식으로 생각하라고!"

라며 쫓아냈다.

비상식으로 생각해라.

나에 대해 이 얼마나 적확한 결정타인가.

뭐, 쫓겨난 오빠는 나름대로 꼴사납고 슬프지만, 그 뒤에 욕실에서 언니에게 진지한 설교를 듣고 있을 여동생에 비하면 응징으로서는 그나마 나았을지도 모른다.

화가 단단히 난 카렌 곁에 츠키히만 홀로 남겨 두고 가는 것은 오빠로서 정말로 가슴 아팠지만, 그렇지만 나에게는 내 사정이 있기 마련이다. 여기서는 거울이 없는 바깥 복도로 쫓겨난 것이 다행이었다.

아니, 다행이고 뭐고.

현재 상황이 이미 상당히 안 좋게 돌아가고 있는데….

"야, 시노부. 시노부. 시노부, 일어나 있어? 아니, 일어나 줘. 부탁이야, 시노부."

나는 곱게 체념하지 못하고, 혼자 내 방에 들어가서 방에 있는 거울에도 내 모습이 전혀 비치지 않는 것을 확인하고 난 뒤에 카펫에 비친 그림자에 달라붙는 듯한 자세로 시노부를 불렀다.

시노부란 오시노 시노부.

봄방학에 나를 습격한 흡혈귀, 키스샷 아세로라오리온 하트언더블레이드가 영락한 모습인… 유녀幼女다.

여덟 살 아이다.

즉 그녀도 나와 마찬가지로 이미 흡혈귀가 아니게 되어 있다. 하지만 어찌 된 영문인지 내가 흡혈귀로서의 '증상'을 발하고 있는 지금, 그 녀석도 어쩌면 '어떻게 되어 있을' 우려가 있다.

아니, 그것은 상당히 현실적인 우려다. 어쨌든 지금의 나와 시노부는 거의 영혼 수준에서 페어링이 되어 있으니까.

말하자면 나와 시노부는 동일인물 같은 것이다.

내 그림자 속에 숨어 있는 흡혈귀 비슷한 존재.

그림자에 사는 자, 오시노 시노부.

"시노부! 시노부!"

전혀 반응이 없다.

반응 없는 이 상황은 기본적으로 흡혈귀 시절의 야행성이 남아 있기 때문일까, 아니면 '어떤 일'이 생겼기 때문일까. 그것을 판단할 수 없는 나의 동요는 점점 심해질 뿐이었다.

시노부.

왜 그러는 거야, 시노부.

"시노부! 아침이라고, 인마! 이제 그만 일어나야 해~!"

별 의미도 없이 여동생들 흉내를 내 봤는데, 역시나 노 리액션. 설마 이런 형태로 잠꾸러기인 나를 깨우는 그 두 사람의, 고생을 알게 될 줄은 생각지 못했다.

내일부터는 머릿속에서 괜한 핑계 따위는 대지 않고 얼른 깔끔하게 일어나 줄 것을 맹세하면서, 나는 그림자 속을 향해 계속 불렀다.

"시노부! 도넛이 있다고, 시노부! 네가 좋아하는 미스터 도넛이야! 골든 초콜릿이야!"

"그거 쩌는구먼!"

그런 대사와 함께 등장한 금발 유녀.

간단히 싱겁게 등장.

의미도 없이 옛날 애니메이션에서 나오는 기운 넘치는 캐릭터처럼 주먹을 위로 내찌르며 등장해서, 그림자에 바짝 달라붙어 있던 나는 턱에 어퍼컷을 맞는 형태가 되어 뒤쪽으로 벌러덩 나자빠졌다.

마치 죽은 벌레처럼.

"골든! 골든 초콜릿은 어디 있느냐! 만약 거짓말이라면 경동맥을 뽑아내서 죽이겠다!"

"……."

뒤로 자빠질 때에 바닥에 세게 부딪친 머리도 아팠지만, 그것과는 별개로 다른 이도 아닌 시노부 본인에게 죽게 될 것 같았다.

그렇다기보다, 링크되어 있을 대미지도 느껴지지 않는 이 건강한 느낌.

적어도 시노부에게는 눈에 보이는, 눈에 보이지 않게 될 만한 이상 현상은 없어 보인다. 그 사실에 가슴을 쓸어내리는 한편, 시노부에게 규탄당해 죽게 될지도 모른다는 새로운 불안도 품으며 나는 상반신을 일으키고,

"큰일 났어! 시노부!"

라고 말했다.

"내가 거울에 비치지 않아!"

"뭔 소리냐, 그건. 백설공주 얘기냐? 그야 너는 곱상한 남자이다만 아무리 그래도 세계 제일은 아닐 게야."

시노부가 두리번두리번 고개를 돌리면서 그런 대답을 했다.

큰 소리를 내서 시노부를 이쪽의 페이스에 말려들게 하려고 생각했는데, 좀처럼 생각대로 되지 않았다. 뭐, 두리번거리는 것은 그냥 도넛을 찾고 있는 것이겠지만.

…어차피 적당히 한 말이겠지만, 곱상한 남자라는 말이 의외로 기뻤던 것은 비밀이다.

"……."

그리고 시노부는 두리번거리기를 그만두었다.

아무리 찾아봐도 도넛 따윈 보이지 않는다는 것을 깨달은 것이겠지. 그런 뒤에 진짜로 심기가 불편하다는 눈으로 나를 노려보았다.

무서워~.

어쩐지 거울에 내가 비치지 않는 것 따윈 어떻게 되든 상관없을 정도로 무서워~.

그게 '내 주인님'을 보는 눈이냐?

"이봐라, 내 주인님아. 알고 있느냐?"

"무, 뭐 말인가요?"

"이 세상엔 해도 괜찮은 거짓말과 해서는 안 되는 거짓말이 있다는 것을. 해도 되는 거짓말은 혼에 관련되지 않는 거짓말, 해서는 안 되는 거짓말은 혼에 관련된 거짓말이다."

"아니, 네가 용서할 수 없는 것은 도넛에 관련된 거짓말이겠지?!"

너의 혼은 도넛으로 되어 있는 거냐?! 한가운데가 뻥 뚫려 있잖아!

"그렇다…."

천천히 움직이는 시노부.

처참하게 웃고 있다. 그 웃는 얼굴을 이런 장면에서 쓰지 마.

"이곳에 도넛은 없다…. 도넛의 중심처럼 도넛이 없어. 그러니까 몸통을 꿰뚫어서 너를 도넛으로 만들어 주겠다!"

"도넛화 현상!"

그렇게.

농담이 아니라 시노부는 실제로 이쪽을 향해 뛰어들었다. 하지만 저 봄방학 이후로 흡혈귀로서의 능력의 대부분을 잃은 그녀의 공격은 외모 그대로 여덟 살 아이의 귀여운 보디어택 수준이어서, 나는 두 팔로 부드럽게 그것을 끌어안을 뿐이었다. 포용력을 발휘할 뿐이었다.

하지만 한순간 등줄기가 서늘했다고.

얼굴만큼은 진짜였으니까.

"으음. 이렇게 너에게 안겨 있으니 분노도 식어 가는구먼."

"너, 나한테 너무 무른 거 아냐?"

그렇다고는 해도, 내가 도넛화하지 않았던 것은 안도할 일이었지만 그것은 동시에 안도와는 다른 감정을 불러오는 현상이기도 했다.

지금까지의 경험상 나에게, 내 정신과 육체에 흡혈귀의 '후유증'이 강해질 때는, 그것에 비례하는 형태로 시노부도 흡혈귀의 '성질'이 강해져 있었다.

그런데도 현재 시노부가 흡혈귀로서의 힘을 여전히 상실한 상태인데 내가, 나만이, 나 혼자만 흡혈귀화해 있다. 이것 역시 지금까지 없던 일이었다.

아니, 지금까지 없던 일… 정도가 아니다.

언제가 됐더라도 있어서는 안 될 일이 아닌가?

언제… 어느 때라도 있어서는 안 될.

"시노부. 내 얘기 좀 들어 줘."

"으음. 좀 더 안아 주지 않으면 안 들을래~."

"들어!"

정신이 육체에 너무 끌려갔다고, 너!

유녀화가 지나치잖아!

나는 오늘 아침, 여동생들이 나를 깨운 이후로 지금까지의 경위를 간추려서… 아니, 간추리지 않았다. 여차여차해서 이러저러하게, 상당히 상세히, 아주 세세한 곳까지 이야기했다.

이야기를 들어 감에 따라, 역시나 시노부의 표정도 헤벌쭉 풀어진 그것에서 진지한 것으로 변질되어 갔다. 아무래도 지금 내가 처한 상황의 심각함이 전해진 것 같다.

"…이라는 상황이야."

"흠. 그렇군."

시노부는 끄덕였다.

"드디어 너와 누이의 관계가 선을 넘어 버렸다는 게냐."

"아니, 중요한 건 그쪽이 아니야!"

"중요하지는 않더라도 큰일이기는 하겠지. 어떻게 매듭지을 거냐, 그거. 뭐냐, 애니메이션 후속 시리즈는 포기한 게냐?"

"아니, 시노부. 진지하게 상대해 줘. 여동생에 대한 건 나중에 제대로 매듭지을 테니까. 지금 나는 상당히 진심으로 곤혹스러워하고 있다고. 이런 건 어쨌든 처음 겪는 일이니까."

나는 말한다.

말투가 조금 빨라진다.

"그렇다기보다, 자기 모습이 거울에 비치지 않는다는 건 상당히 힘들다고. 뭐라고 해야 할까…. 그게, 정신적으로 상당히 부담스러워."

"그런가? 거울 따위야 어차피 단순한 빛의 반사일 터인데."

원래부터 흡혈귀라 거울에 비치지 않는 것이 당연한 일상이었을 시노부에게 이 기분은 좀처럼 공감할 수 없는 것인지, 그녀는 멀뚱한 얼굴을 했다. 그 행동에 악의는 없겠지만 그 대응의 템포 차이에 나는 뭐라 말할 수 없는 초조함을 느꼈다.

이 시각차를 메우고 싶은데, 어떡하면 좋을까.

다만 내가 어떻게 손을 쓸 것도 없이, 나와 혼으로 링크되어 있는 시노부는 현상에 대한 마음은 전해지지 않더라도 초조함 자체는 와이어리스로 전달된다. 시노부는 가볍게 어깨를 움츠리더니,

"그래서 뭐냐."

라며 입을 열었다. 간신히 내 이야기를 상대해 줄 생각이 든 듯했다.

"요컨대 나에게 피를 빨린 것도 아닌데 네가 흡혈귀화했다… 라는 이야기지?"

"응, 그래. 그런 얘기야…. 아냐, 조금 달라. 봐 봐, 이쪽 발의 새

끼발톱. 깨져 있지?"

"음. 누이에게 짓밟혔다던 그거냐?"

"이게 회복되지 않았다는 얘기는 흡혈귀화하지는 않았다는 뜻이라고 생각해."

"호오."

시노부는 내가 다리를 들어 보여 준 발목을 잡아 올리더니, 그 문제의 새끼발가락을 당연하다는 듯이 꾹꾹 건드렸다.

"아파아파아파!"

"소란 피우지 마라. 정신이 흐트러진다."

"……!"

설마 장난삼아 괴롭히고 있는 것도 아닐 터이므로, 나는 어떤 종류의 사디즘이 강하게 느껴지는 그 광경을 묵묵히 지켜본다. 아픔을 참으면서 시노부의 그 '검증' 결과를 기다린다.

"흐음. 그렇군."

"뭐, 뭔가 알았어?"

"뭐, 알 것 같기도 하고 모를 것 같기도 하고…. 아니, 무슨 일이 일어났는지는 알았지만 어째서 그렇게 되었는지 도통….."

상당히 모호한 표현을 쓴다.

일부러 변죽 울리는 것도 아닐 테고.

그 말만 듣기론 시노부가 뭔가 알아낸 것은 없어 보이지만, 유녀가 그냥 내 발가락을 만지작거리며 논 것뿐이라며 이야기의 막이 내려가 버릴 것 같지만, 역시나 그래서는 견디기 어렵다. 내려가는 것은 내 호감도뿐이다.

"어떻게 된 일이야, 시노부. 알 것 같기도 하고 모를 것 같기도 하다니, 알아들을 수 없게 말하지 말고 안 것만이라도 알기 쉽게 설명해 줘."

"으음, 그렇군…. 허나 우선, 너 말이다…."

시노부는 말했다.

"옷을 입어라."

006

"결론부터 말하면 너는 지금 확실히 흡혈귀로 변해 있다. 그것은 네 추측대로다. 거울에 비치지 않는 것은 뭔가 다른 괴이 현상이 아니라 흡혈귀 현상이다."

시키는 대로 근처에 있던 옷을 입고 난 나를 향해 시노부는 말했다. 근처에 있던 옷이란 학교에 갈 일이 없어서 입을 일도 없었던, 벽의 옷걸이에 걸어 둔 교복이었다.

말하자면 알몸 교복이다.

야한 느낌이려나.

"흡혈귀 현상…. 하지만 시노부, 그러니까 잘 보라고. 내 새끼발가락이…."

"그렇게 몇 번씩 내밀지 마라. 발을 괴롭혀 주는 것은 하루에 한 번뿐이다."

"아니, 그걸 요구한 건 아닌데? 기뻐하지 않는데?"

"잘 보란 말은 내가 할 소리다."

시노부는 말했다.

그녀 왈, 자신이 할 소리를.

"그 발가락, 회복되어 있다."

"뭐?"

그 말을 듣고, 나는 자기 발을 안고 그 부위를 주시했다. 어쩐지 억지로 취한 요가 포즈 같았지만, 어쨌든 문제의 새끼발가락을 본다.

발톱이 깨져 있고, 피가 난 흔적이 있고…. 아니, 특별히 회복된 눈치는 없는데.

"그것은 외면의 이야기다. 내면은 달라."

"내면?"

"뭐, 나는 실제로 그 장면을 목격한 것은 아니니 확신을 가지고 말할 수는 없지만, 아마도 누이에게 그 발을 밟혔을 때에 그 새끼 발가락은 골절되어 있었을 거다."

"골절?!"

진짜로 밟아 으깼잖아!

아프다고, 아프잖아!

무슨 짓을 한 거야, 그 머리 감기는 요괴!

"진정해라. 골절이라고 해도 미세골절이다."

"미세골절…."

뭐지, 그건.

미세한 골절일까.

아니면 미세해질 정도로 골절되어 있다는 말일까.

후자라면 회복은 기대할 수 없을 것 같은데….

"내가 괴롭히고…가 아니라 만져 보고 검증한 결과, 그 발가락 뼈에는 한 번 부러졌다가 붙은 듯한 흔적이 있었다. 즉 회복되어 있다는 얘기다. 완전하지는 않다고 해도 말이야."

"그렇구나…."

아아, 그러고 보니 센조가하라인지 누군가에게 들은 적이 있다.

간혹 새끼발가락을 서랍장 모서리에 찧고 아파서 웅크리는 경우가 있는데, 그것은 어쩐지 우스꽝스러운 이야기로 취급되는 느낌도 있지만 실제로 그때 새끼발가락 뼈가 부러져 버리는 케이스가 적지 않게 있다고 하던가.

다만 새끼발가락 뼈는 부러지더라도 실생활에 그렇게 큰 영향이 없어서 본인도 부러진 것을 깨닫지 못한 채로 나아 버리는 일도 왕왕 있다고 했고…. 그것과 비슷한 이야기일까?

…참고로 하네카와에게 '새끼발가락을 서랍장 모서리에 부딪친 이야기'를 해 보았을 때, '어? 서랍장 모서리에 발가락을 부딪친 일은 없는데?' 라는 대답이 돌아왔던 것도 동시에 떠올렸다. 그건 뭐, 그렇다는데 '과연.' 하고 감탄할 수밖에.

그러고 보니…가 아니라 그 말을 듣고 보니, 적어도 처음에 느꼈던 격통은 어느샌가 흔적도 없이 사라져 있다. 그렇구나.

겉은 이래 보여도 회복되어 있는 건가.

"…하지만 이런 식의 회복은 아무래도 흡혈귀의 그것하고는 이미지가 다른데 말이야…."

"이미지?"

"응."

봄방학, 내가 완전히 흡혈귀화했을 때의 이야기는 솔직히 예시로 꺼내기도 싫다. 하지만 그때는 팔이 날아가도 다리가 날아가도, 그러기는커녕 머리통이 날아가도 다음 순간에는 회복되어 있었다.

아니, '다음 순간'이라는 아주 과장스러운 표현조차 진실과는 거리가 있다.

그 부위가 파괴되는 것과 동시에 재생되어 있다, 라는 것이 가장 진실에 가까운 표현이란 기분이 든다. 이것만큼은 실제로 보지 않고서는 납득하지 못하겠지만.

그렇지만 보는 건 고사하고 실제로 그것을 체험한 내가, 실체험한 내가 하는 말이니 틀림없다. 흡혈귀의 회복력이라는 것은 좀 더 터무니없고, 말도 안 되고, 황당무계하고, 속수무책인 것이었다.

그랬어야 했는데.

"흠…. 하긴, 그렇지. 허나 적어도 인간의 회복력으로는 금이 간 뼈가 한 시간 정도로 낫지는 않겠지?"

"그야 그렇지만…."

아니, 카렌이라면 모른다.

혹은 카렌의 스승이라면 모른다

만난 적도 없는 카렌의 스승에 대해서 제멋대로 이야기하고 있긴 한데.

"그렇다면 좀 더 간단한 테스트를 해 주마. 팔을 내밀어라."

"이렇게?"

"긁기긁기."

효과음(?)과 함께, 시노부가 내 팔을 할퀴었다.

고양이가 하는 것처럼.

어느새 육체를 조작해서 손톱을 길고 뾰족하게 만들어 놓고 한 일이다.

"아프…지는 않네."

"그렇겠지. 피부를 살짝 긁은 정도니까."

시노부는 휙, 하고 그 손톱을 나에게 보이듯이 하며 말했다.

"생물시간의 실험에서 구강의 점막을 긁어낸 정도의 대미지다."

"왜 흡혈귀인 네가 생물시간에 하는 실험에 대해 알고 있는 거야."

"겉멋으로 500년을 산 게 아니다."

사실은 거의 600년이면서.

뭐, 그 부분을 얼렁뚱땅 넘어가는 것에 대해서 딴죽을 걸지는 않겠다.

여성의 나이에 대해 이러쿵저러쿵하는 것은 매너 위반이다.

괴이의 나이는 어떠한지 모르겠지만.

"그래서, 내 피부를 긁어내서 어쩌려고."

"봐라."

"응?"

설마, 라고 말해야 할까.

아니면 역시, 라고 말해야 할까.

내 팔에서 시노부가 긁은 상처가 사라져 있었다. 아니, 원래 상처라고 부를 정도의 것은 아니었지만, 어쨌든 그 흔적이 사라져 있었다.

"봐라. 회복력이지?"

"뭐, 확실히… 그러네."

그 수수한 상처의 수수한 회복에 왠지 석연치 않은 느낌은 있지만, 확실히 내 회복력이, 육체적 회복력이 다소 증가한 것은 분명해 보였다.

"아니. 석연치 않은 것은 이해하겠는데, 너 말이다. 그래도 주의하도록 해라. 그쪽 커튼은 닫아 두길 권하겠다. 흡혈귀가 그런 정도의 회복력으로 햇빛을 뒤집어썼다간, 불타오를 새도 없이 그냥 재로 변해 버릴 게다."

"으, 으응…."

위협하는 듯한 무서운 소리를 듣고, 나는 일어서서 창문으로 비쳐드는 햇살을 뒤집어쓰지 않도록 몸을 비틀면서 커튼을 쳤다. 당연히 방이 어두컴컴해져서 불을 켰다.

"뭐, 만일을 위해서다만…. 의외로, 아니 그렇다기보다 아마 태양 아래서도 아무렇지도 않게 다닐 수 있을지 모른다. 딱히 회복력이 있다고 해서 너의 모든 것이 흡혈귀화한 것도 아닌 것 같고. 자, '이~' 해 봐라."

"응?"

"'이~' 해 봐."

너무나 어린애 같은 소릴 해서 무슨 의미인지 가늠하지 못했지만, 두 번째는 시노부가 직접 실천해 보여서—엄청 귀엽다—나는

입술 가장자리를 당기는 형태로,

"이~."

를 했다.

엄청 귀엽지는 않겠지만.

그 상태를 시노부는 빤히 관찰하더니 "음." 하고 말했다.

"일단 송곳니는 돋아나지 않았군."

"그래?"

"응. 불안하다면 거울을 봐라."

"아니, 그러니까 거울에 안 비친다니까."

"그랬던가."

에헷, 하고 미소를 짓는 시노부.

장난치지 말라고, 이 녀석.

고의였든 고의가 아니었든 짜증 난다.

엄청 귀엽지만.

"그러면 만져 봐라."

"이렇게?"

"누가 내 가슴을 만지라고 했냐. 너 자신의 이를 만지란 말이
다."

"…네."

쿨하게 대응해 오니 내가 단순한 변태 같다. 아니, 어떻게 반응
하더라도 변태일지도 모르지만.

"흐음."

"어떠냐?"

"딱딱해서 전혀 기분 좋지 않아."

"감촉을 묻는 게 아니다."

"뾰족하지 않아."

이 국면에서도 재치 있는 조크를 잊지 않는 내 자세는 시노부에게는 그다지 평가받지 못하는 듯했다.

"확실히 이는 그냥 그대로네. 내가 보기에도 치열이 참 깨끗하단 말이지. 어디 보자, 그리고 이 자리에서 확인할 수 있는 흡혈귀화 현상이라면…."

"확인하고 싶다면 아침 식사 때에 마늘이라도 먹어 보는 게 어떠냐?"

"그런 자극적인 아침 식사는 먹고 싶지 않아…. 그렇다기보다, 그게 당첨이었을 경우에는 그냥 꼴까닥 하고 죽어 버리잖아."

"그렇겠군."

"그렇겠군, 이라니!"

웃기지도 않는다.

어떤 식으로 죽을지 알 수 없는 인생을 살고 있는 나이지만 마늘을 먹고 죽다니, 아무리 그래도 부모님을 볼 낯이 없다. 센조가하라를 볼 낯도 없다. 마늘을 먹어서 입 냄새가 신경 쓰인다든가 하는 그런 이야기가 아니란 말이야.

"뭐, 그런 실험은 나중에 해도 되겠지. 지금은 그저 최악의 케이스를 상정하고 생각해야 한다. 네 심정으로서는 인정하고 싶지 않은 현실이겠지만, 적어도 내가 판단하기에 너는 현재 어중간하게 흡혈귀화해 있다. 가능하면 나는…."

시노부는 여기서 어조를 진지하게 바꾸며 나에게 말했다.

"나의 이 판단을 믿어 줬으면 한다. 쓸데없는 검증에 시간을 소비하기보다."

"…알았어. 믿을게."

석연치 않은 기분이 가신 것은 아니다.

새끼발가락이나 피부는 확실히 회복되긴 했지만, 있을 수 없는 현상이라고 할 정도는 아니라고 생각된다. 그렇다면 지금 나에게 일어난 현상은, 그리고 현 상황은 '거울에 비치지 않는 것' 뿐이다.

그것을 흡혈귀화라고 단정하는 것은 증거부족이라고 할까 아직 시기상조임은 확실하겠지만, 적어도 전문가인 오시노 메메라면 그런 판단은 경거망동이라고 말하겠지만, 그러나.

그러나 그래도 나는.

나는 시노부를 믿는다.

그것은 뭐랄까, 말하는 것도 부끄러울 정도로, 문장화하는 것이 흥을 깨게 될 정도로 당연한 일이었다.

"그렇게 되면 역시 네가 걱정되는데. 너는 괜찮아? 몸에 별다른 이상은 없어?"

"으음. 조금 전에 너의 몸을 꿰뚫을 수 없었던 것을 보면 나에게 힘이 돌아온 것 같지는 않고…."

진짜로 구멍을 내려고 했던 건가.

신뢰관계의 편린도 엿볼 수 없는 발상이다.

"게다가 나와 너의 링크는 어디까지는 피를 빠는 것에 의해 생겨나는 것이니까 말이다. 내가 밤중에 잠에 취해서 비몽사몽간에

네 목덜미에 달라붙어 피를 빠는 일이 없는 한, 거기에 관계성이 생길 거라고는 생각되지 않아."

"아니, 난 입 밖에 내지 않았을 뿐이지 그 가능성을 꽤 높게 보고 있었다고."

"무례한 놈. 나는 잠이 덜 깨서 실수한 적은 500년간 한 번도 없다."

"호오…."

뭐, 딴죽 걸지는 않겠다.

검증에 사용할 시간도 아까운 지금, 허풍에 딴죽을 거는 데 사용할 시간이 아깝지 않을 리가 없다. 잡담이 본편이라는 스탠스를 지금 이때만이라도 버려야 한다.

지금 중요한 것은 시노부의 육체에 변화가 있는가 없는가 하는 것뿐이다.

"시노부, 우선 옷을 벗어 봐. 내가 봐 줄 테니까."

"나에게 무슨 짓을 할 셈이냐."

"유녀의 발을 괴롭힐 거야."

"내 발은 너의 누이에게 밟혀 으깨지지 않았다."

"큭…. 도움이 안 되는 여동생이네. 하다못해 그 정도의 부상은 입혀 둘 것이지."

"나는 너의 누이와 싸우지도 않았다만… 아, 그렇군."

거기서 시노부가 손을 쳤다.

펼친 '보'를 '바위'로 치는 그 손치기다.

"녀석에게 물어보는 것은 어떠냐?"

"응? 녀석?"

"저기, 너의 육체에 어떠한 변화가 일어난 것은 확실해. 만일 그것이 내 가정대로 흡혈귀에 관련된 변화라 한다면, 그것은 전문가에게 상담해야 하지 않겠나."

시노부는 팔짱을 끼면서, 어째서인지 자신이 바라던 바는 아니라는 듯이 말한다.

적어도 그것은 좋은 아이디어가 떠올랐다는 태도는 아니었다.

"전문가라니…. 오시노 말이야? 오시노 메메. 하지만 그 녀석은 지금 어디에 있는지…."

"아니, 이건 그 애송이의 전문 분야 밖이란 기분이 드는구먼. 만약 너의 몸에 그러한 현상이 일어날 수 있다는 우려를 그 애송이가 품고 있었다면 나에게 그것을 전하지 않았을 리가 없으니까."

시노부의 이름을 붙인 사람이기도 하며 이름으로 그녀를 속박하고 있는 주인이기도 한 오시노 메메. 그녀는 그를 그리 좋아하지는 않지만, 그러나 그 대사로 보면 인정하지 않는 것은 아닌 듯하다.

적어도 그 녀석은 내가 빠지게 될 위기가 남아 있다는 것을 알면서 이 마을을 떠나지는 않았을 거라고.

인정하고 있는 것이다.

즉 이것은 오시노의 손바닥 밖의 사태라고.

시노부는 판단하고 있는 것이다.

물론 그 판단에 나도 이견은 없다. 쌍수를 들고 대찬성이다.

"나는 네가 지금 겪고 있는 상황의 대처법을 모른다. 그렇다면 설령 그 알로하 애송이의 소재를 알았다고 해도, 부탁해 봤자 의미가 없다는 이야기다. 못 써먹을 쓰레기란 얘기다."

"……."

인정하고 있을 뿐이지, 역시 싫어하는구나.

그야 그렇겠지만.

"그러면 누구야? 네가 물어보자는 '녀석'은."

"그러니까 녀석이다. 내가 이 뉘앙스로 녀석이라고 부르면, 그 것은 녀석을 뜻하는 거다."

시노부는 말했다. 정말로 싫다는 듯이.

요염한 미녀에서 귀여운 유녀의 모습이 되어 버린 원인 중 커다 란 하나, 커다란 한 명인 오시노에 대해 이야기할 때보다도 더욱 싫다는 듯이.

"오노노키 요츠기다."

007

내가 오노노키 요츠키와 조우한 것은 여름방학 때였다. 그때의 '사건'을 떠올려 보면, 솔직히 말해서 그다지 좋은 인상을 주는 애 는 아니다.

그렇다기보다, 확실히 말해서 적대하고 있었다.

그러니까 했던 것은 조우라기보다 충돌이다.

시노부가 불쾌한 듯 말하는 것도 이해된다. 그때 시노부는 오노 노키와 그야말로 사투를 벌였으니까. 아니, 시노부에게 그것은 싸움도 아니었을지도 모르지만… 어쨌든.

오노노키 요츠기.

전문가. 그것도 흡혈귀를 포함한 불사신의 괴이를 전문으로 하는, 전문가다.

"오노노키인가…. 아, 하지만 정확히 말하면 오노노키가 전문가인 것이 아니라 오노노키를 식신으로 다루는, 부리고 있는 카게누이 요즈루 씨 쪽이 전문가지?"

내가 그 부분의 진실을 제대로 인식하고 있는지는 아무래도 의심스럽지만, 그랬을 것이다. 오노노키하고는 그 뒤로, 사건이 끝난 그 여름방학 이후로도 왠지 모르게 몇 번인가 접점이 생겨서 단순한 적대관계는 아니게 되었지만, 그녀의 주인인 카게누이 씨하고는 여름방학에 적대한 상태 그대로다.

소문은 듣지만, 얼굴은 마주하지 않았다.

오노노키하고 대결했던 사람이 시노부라면.

카게누이 씨하고 대결한 사람은 나다. 뭐, 그것도 일방적인 학살, 일방적인 유린 같은 것이었지만 그것도 일단 제쳐 두고.

오노노키 요츠기와 카게누이 요즈루인가.

"으음…. 뭐, 확실히 멋진 아이디어네. 이 '멋진 아이디어네'라는 대사를 멋진 표정으로 말할 수 없는 것이 참으로 유감이지만…."

"그렇군."

시노부도 복잡한 듯했다.

남은 감정이 있을 것 같다.

불사신의 괴이를 전문으로 하는 전문가라는 말은, 곧 본질적으로 시노부의 적이라는 말이 되니까 당연한 일이겠지만.

　다만 그 여름방학 때에는 나와 시노부가 이미 불사신을 상실하고 있는 '전前' 흡혈귀에 지나지 않는다며 넘어가 주었지만. 뭐였더라, 무해인정이 어쩌고 히는 말을 했었지?

　"오노노키는 어떨지 몰라도 카네누이 씨는 말이지…. 그런 사람이고 그런 전문가니까 말이야. 나에게 흡혈귀화 증상이 나타났다는 것을 알게 되면 그 사람, 나를 퇴치할지도 몰라."

　"그것도 그렇겠군. 그렇겠군, 이라고 말할 수밖에 없겠군. 허나 녀석들도 늘 폭력적으로 만사를 해결하고 있는 건 아닐 게야. 오히려 일반인이 불사신의 괴이로 변할 만한 사상事象을 막는 것이 녀석들의 본분이라 할 수 있는 중요한 업무가 아닐까?"

　"으음…. 뭐, 어찌 됐든 공짜는 아니겠지. 업무니까."

　싸지는 않겠지.

　꽤나 비싸겠지.

　오시노에게 500만 엔을 청구받았던 것을 떠올린다. 지금 생각하면 그 남자, 고등학생한테 진짜 터무니없는 액수를 요구했다.

　"적어도 카게누이 씨와 오노노키는 드라마트루기 같은 그런 쪽 녀석들과는 성향이 달라. …다를 거야."

　그렇다기보다, 다르지 않으면 곤란하다.

　드라마투르기를 필두로 하는 '그 세 사람'은 봄방학 때에 흡혈귀화한 나를 앞뒤 가리지 않고 퇴치하려고 했으니까 말이야. 시노부의 피해자에 불과한 나를. '불사신의 괴이'보다 전문 범위가 좁은 '흡혈귀 전문'이 되면, 일단 흡혈귀를 단순히 사악한 존재로 간주하는 경우가 많으므로 그렇게 되는 것이겠지.

"카게누이 씨…. 그렇지. 그렇구나. 내가 아는 인물 중에서 가장 '강한' 사람인 것은 틀림없고, 견해를 바꿔서 아군으로 있으면 믿음직스런 사람이겠지, 분명히."

언제였던가, 카렌이 카게누이 요즈루 씨를 가리켜서 '우리 스승님 정도 되어야 간신히 호각일걸.'이라고 말했었다. 카렌의 스승이 지닌 실력이 대체 어느 정도인지는 지금으로서는 카렌이 늘어놓은 여러 일화에서 상상할 수밖에 없다. 그러나 그 말은 땅 위를 걷는 것을 기피하는 그녀를, 카게누이 요즈루라는 전문가를 잘 표현하고 있는 것처럼 생각되었다.

"오노노키는 오노노키대로 그 애 자신이, 까놓고 말하면 그 자체가 불사신의 괴이 같은 것이니…."

"그렇다기보다 좀비겠지, 그 녀석은. 시체의 츠쿠모가미. 까놓고 말하면 그 자체가 인형 같은 존재다."

"인형…."

그렇다.

그런 이야기였다.

"식신이니까 말이다. 다만 식신이라고 하기에는 조금 자유로운 녀석이다만…. 분명히 그것은 주인의 성격에 따른 것일 테지."

음양사라는 것도 최근에는 유행하지 않으니 말이다, 라고 시노부는 말했다. 그것은 유행이 지나고 안 지나고의 문제가 아니라고 생각하는데.

식신의 자유도라….

"그래서, 어떡할 거냐? 너는."

"그렇지…."

개인적인 감정을 제외하고, 원한 같은 것은 물론이고 공포라든가 위축된다든가 하는 감정도 제외하고 생각한다면, 그녀들에게 의뢰하는 것은 정말로 좋은 아이디어이며 마치 준비되어 있던 듯한 모범답안처럼 생각되었다.

다만 조금 전에 말했던 것처럼 그녀들…이라기보다, 확실히 말해서 카게누이 씨. 그 카게누이 씨가 극히 위험한 성격과 '실력'의 소유자인 것 또한 확실하다.

그 불길 중의 불길이라고 할 수 있는 극악한 사기꾼, 카이키 데이슈도 카게누이 씨와의 접촉은 노골적으로 기피하고 있었을 정도다. 폭력으로 모든 일을 해결할 수 있는 인간의 특권 같은 것을, 세 치 혓바닥으로 모든 것을 헤쳐 나가는 그 남자는 누구보다도 잘 알고 있기 때문일 것이다.

카게누이 씨에게 섣불리 의뢰했다가, 힘을 빌리기는커녕 오히려 퇴치당해 버린다거나…. 아니, 내가 퇴치되어 버리는 것뿐이라면 궁극적으로는 자업자득으로 정리되겠지만, 그러나 정말로 섣불리 움직이다가 여름방학의 상황을 되풀이하게 되었을 경우….

"…아니. 잠깐 기다려, 시노부."

"뭐냐."

"나, 그 두 사람의 연락처를 몰라."

"뭣이?"

시노부는 나를 나무라는 듯이 노려보았다.

역시 무시무시한 눈이다.

"카게누이는 어떨지 몰라도 넌 오노노키 녀석하고는 몇 번이나 함께 싸우지 않았더냐. 그런데도 어찌 모르는 것이냐. 폰 번호 정도는 따 두란 말이다."

"폰 번호를 딴다고 하지 마. 흡혈귀가."

품위가 크게 손상된다.

너무 요즘 풍조에 물들었다고.

닌자가 휴대전화 문자로 연락을 주고받고 있는 듯한 유감스러움이 느껴진다.

"아니, 오노노키는 그런 캐릭터니까, 아마 그런 기기를 가지고 다니지는 않을 거라고 봐…. 확실히 오노노키 본인도 여차할 때를 위해서 가지고 다니지 않는다든가 하는 말을 했던 것 같고…. 애초에 괴이와 기계문명은 기본적으로 상성이 나빠 보이잖아."

"녀석이 그렇게 예민한 녀석일까…. 으음. 그렇게 되면 참으로 곤란하게 되었구먼. 전화는 할 수 없다고 해도, 어떻게든 녀석하고 연락을 취할 방법은 없는 게냐?"

"그렇지…."

그렇지.

어설프게 휴대전화나 메일 같은 것으로 사람과 사람의 접점이 늘어난 현대사회이기에, 그런 도구들에 의지할 수 없는 상대와 연락을 취할 방법이 거의 짐작되지 않는다.

그렇다기보다, 편리함에 얽매여서 우리가 그 스킬을 잃어버렸다.

요괴 우체통* 같은 것이 있다면 알기 쉽겠지만 그런 것이 있을 리 없고… 응. 카게누이 씨나 오노노키하고 연락을 취한다는 것은 마을을 떠난 오시노를 찾는 것과 같은 정도의 고생이 필요할 듯 생각되었다.

"카이키는 어떠냐? 카이키라면 연락은 취할 수 있지 않나? 카이키에게 연락을 취해서 카게누이에게 연결해 달라고 하는 것은 어떠냐."

"너는 그런 말이 나오냐?"

내가 지금 어느 정도로 떨떠름한 얼굴을 하고 있는지는 거울을 보지 않더라도, 거울에 비치지 않더라도 알 수 있다. 확실히 그 사기꾼은 휴대전화라는 디바이스를 젊은이보다 훨씬 적확하게 다루고 있었지만, 완벽히 마스터하고 이 동네에서 믿을 수 없을 정도의 일대 사기를 벌이고 있었지만.

"아니, 뭐… 응. 나는 물론 카이키의 폰 번호 같은 건 모르지만, 센조가하라는 폰 번호는 아니더라도 그 녀석의 연락처를 알고 있을 가능성이 높을 것 같은데…. 하지만 그건 마지막 수단이랄까, 마지막에도 써서는 안 되는 수단이라고 생각해, 시노부야."

"그렇게 부르지 마라. 그런 한심한 얼굴을 하지 마라. 물론 그그다."

허나, 라고 시노부는 말했다.

※요괴 우체통 : 만화 『게게게의 키타로』에 등장하는 우체통으로, 주인공 키타로와 다른 아이들을 연결하는 통신수단.

"그렇게 되면 이제 후보는 한 사람밖에 없군."

"후보? 아직 남았던가? 아, 하네카와 말이지?"

"그 계집애는 똑똑하기는 해도 전문가는 아닐 테지. 그 계집애가 아니라, 가엔이다."

"가엔."

"가엔 이즈코. 전문가들의 두목이지 않나?"

"가엔 이즈코…."

그렇다.

듣고 보니 가장 먼저 떠올려도 될 만한 사람이었다. 오시노나 카이키, 그리고 카게누이 씨도 '가엔 선배'라고 부르며 사모하는(?) 전문가 중의 전문가.

그야말로 두목.

도움을 받았던 적도, 함께 싸운 적도 있다. 그리고 그녀는 많은 통신기기를 가지고 다니고 있었다. 피처폰부터 스마트폰까, 주머니에 대여섯 개는 가지고 있지는 느낌이었다.

나는 그중 한 연락처를 들었던 것 같은데….

"어째서일까, 도움을 청하고 싶지 않다는 마음이 점점 늘어 가기만 하네…. 가엔 씨는 가엔 씨대로 좋은 사람이겠지만…."

—나는.

나는 뭐든지 알고 있어, 라고 부끄러움도 없이 떳떳하게 단언하는 그 사람은, 섣불리 의뢰했다간 참혹한 결말로 끌려가 버린다.

카게누이 씨가 너무 폭력적이라서 무섭고.

카이키가 너무 불길해서 무섭다면.

가엔 씨는… 너무 똑똑해서 무섭다.

"그렇군. 지금의 너를 덮친 사상의 해결책이라면 뭐든 알고 있는 듯한 가엔이 알고 있더라도 이상하지는 않지만, 직접 그 녀석에게 의뢰하는 것은 나도 권하지 못하겠다. 농담은 아니었지만 이것도 그냥 해 본 말일 뿐이다. 그러니 역시 가엔에게 연락을 취해서 카게누이 쪽에 연결시켜 달라고 하는 것이 현 시점에서 취할 수 있는 최선의 선택지일 것이야."

"……."

나는 곰곰이 생각하고,

"오케이, 이견은 없어."

라고 말하며 충전기에 연결해 두었던 휴대전화 쪽으로 손을 뻗었다.

"고마워, 시노부."

"감사 인사는 필요 없다. 도넛은 필요하지만."

아직도 꽁해 있었다.

도넛에 대한 사랑이 너무 깊다.

그냥 깊은 것도 아니고, 뿌리 깊다.

"음…."

음?

그렇게 휴대전화를 들고 화면을 켰을 때, 나는 파랗게 질렸다. 아니, 파랗게 질렸다는 것은 문장상의 지나친 표현으로 여겨질지도 모르겠는데, 심리적으로는 정말 딱 그런 느낌이었다.

모순된 표현이 될지도 모르겠지만, 필사적으로 전속력을 다해

뒤쫓고 있는 상대에게 추월당한 듯한 느낌.

메시지 착신이 표시되어 있다.

그 전화번호 자체는 처음 보는 것이었지만, 내용은 이러한 느낌이었다.

[오늘 밤 7시.

역 앞 백화점 4층.

게임 코너에 가면 요츠기와 만날 수 있도록 수배해 두었습니다.

이 은혜는 언젠가 우정으로 갚아 주세요.

당신의 친구

가엔 이즈코로부터]

"⋯⋯⋯⋯."

여기서 억지로 냉정한 척을 하며 말하자면, 그리 놀랄 정도의 일은 아닌지도 모른다. 가엔 이즈코라는 독자적 캐릭터의 독특한 캐릭터성을 생각하면 그리 놀랄 일은 아닌지도 모른다.

그녀의 신조는 어쨌든 '앞지르기' 이니까.

오시노가 꿰뚫어 본 듯한 녀석⋯이라면.

가엔 이즈코는 간파하는 사람이다.

통찰하는 사람이다.

내가 지금 현재 어떠한 상황에 있는가를 적확하게 간파하고, 적확하게 손을 써 왔다. 그런 것이겠지.

"아니, 너 말이다. 너 말이다, 너. 어떻게든 합리적으로 해석하려고 무리하지 마라. 그냥 기분 나쁘지 않느냐. 모든 것을 손바닥위에 올려놓고 있는 것 같은 이런 메일은. 마치 우리의 대화까지 듣고 있었던 것 같지 않느냐."

"내가 어떻게든 이 기묘한 상황에 대해 현실적인 타협을 하려 하고 있는데 네가 현실적인 소리를 하지 마…."

우정으로 갚아 주세요, 라고 적혀 있는 담백한 요구가 아무렇지 도 않은 듯하면서도 은근히 무섭게 느껴지는데, 어쨌든 이것으로 갈 길이 정해졌다. 나는 오늘 저녁 7시에 역 앞의 백화점에 가면 오노노키하고 만날 수 있게 된 모양이다

오노노키하고 만나는 것은, 어디 보자…. 지난달 이후가 되나?

그렇게 생각하면 그렇게 오랫동안 만나지 못했다는 느낌은 아니 지만, 그 무렵은 센고쿠에 관한 일로 난리였던 시기라 아무래도 혼 란 중이었다는 인상이 강하다.

다만, 지금도 역시 혼란 중이라 할 수 있지만…. 어쨌든 어디까 지나 거울에 비치지 않는 것 '뿐' 이니까 말이야.

"아, 그렇지. 일단 센조가하라에게는 연락을 해 둬야겠지…. 그 녀석에게는 괴이에 관한 비밀은 만들지 않기로 약속했으니까."

"그 약속도 너무 많이 깬 게 아닌가 하는 생각이 든다만."

"그 얘긴 하지 마…. 설령 비밀로 할 생각이 없더라도 절대 말할 수 없는 것이 있기 마련이잖아. 그래도 이건 말해 둬야만 하는 일 이야."

괜한 걱정을 하게 만들고 싶지 않다.

…라는 마음은 솔직히 있지만, 그렇지만 이 '괜한 걱정을 하게 만들고 싶지 않다' 라는 마음 자체가 센조가하라의 근심의 씨앗이 되어 버리는 케이스가 많았으니까.

"하네카와에게는… 아직 입을 다물어 둘까. 가엔 씨가 엮여 있다고는 해도… 아니, 엮여 있으니까 더 그렇겠지. 칸바루한테도 지금 상황에 대해 아직 연락을 하지 않는 편이 좋겠지."

"그러하겠지. 지난번에 함께 싸웠을 때도, 어째서인지 그 두목은 자기 조카에게 정체를 감추고 싶어 했으니 말이야. 의외로 그 부분이 그 녀석의 약점인지도 모른다."

"약점 같은 걸 찾지 마."

"언제 적으로 돌아설지 모르는 여자가 아니냐. 약점을 찾아서 나쁠 것은 없을 게야."

"아니, 그러니까 언제 적으로 돌아설지 모르는 사람이니까 약점을 찾는 불온한 행동을 하지 말라고 하는 거야. 아군으로 있을 동안에는 분명 좋은 사람이니까."

"그렇구면."

나는 다시 한 번 휴대전화 화면을 확인한다.

메시지를 다시 읽는다.

이 순간, 또다시 내 행동을 간파했다는 듯한 메시지가 가엔 씨로부터 도달한다는 전개를 걱정했지만, 역시나 그런 일은 없었다. 괜히 너무 겁먹었나?

어쨌든 가엔 씨로부터 이러한 구명줄과도 같은 메시지가 도착했다는 것은 나에게 좋은 전개였다.

아무리 무서워도.

좋은 전개였다.

그 사람은 무서울 정도로 리얼리스틱한 사람이고 악몽 같은 현실주의자이므로 만약 지금의 나에게, 내 상태에 아무런 손도 쓸 수 없다면 이러한 메시지를 보내오지는 않는다. 가엔 씨가 오노노키와 나를 연결해 주었다는 것은 요컨대 어떠한 해결책이 있다는 뜻이다.

그렇게 생각한다.

그렇게 생각하고 싶을 뿐인지도 모르지만.

그러면 진학이 결정되어 학교에 갈 필요가 없어서 매일 빈둥거리며 지내고 있을 센조가하라에게 전화를… 아니, 역시나 너무 이른 아침일까, 하고 생각하고 있는데.

"오~빠!"

그런 외침과 함께 발로 걷어차듯 문을 열며 츠키히가 내 방에 난입했다. 노크가 없었던 것은 아니다.

그러나 그 노크는 너무 난폭해서, 어디까지나 '발로 걷어차기'의 일환이라고밖에 생각되지 않았다.

"나를 버리고 혼자 도망치다니, 무슨 짓이야! 그 뒤에 내가 카렌한테 얼마나 혼났는지 알기나 해!"

머리끝까지 화가 났는지, 츠키히는 목욕타월 한 장만 두른 채 내 방에 난입하고 있었다. 게다가 목욕타월은 허리에 둘러서, 상반신은 그대로 드러나 있다.

굉장한 패션이다. 너무 신선하다.

시노부는 내 방에 여동생 난입하는 일에는 익숙해져서, 눈 깜짝할 사이에 내 그림자 속으로 돌아와 있었다.

"음냐? 오빠, 왜 커튼을 치고 있어? 히키코모리야? 아니면 다시 잘 생각을 하고 있었어? 안 재울 건데?"

"아니, 아냐. 햇살이 너무 눈부셔서 그랬어."

핑계 댈 말이 없어서 적당히 얼버무린다. 아니, 얼버무리고 있는
건 아니지만, 커튼을 친 것 정도에 그렇게 깊이 따지고 들지는 않
을 것이다.

아니나 다를까. 츠키히는,

"호후냥~."

이란 소릴 내며 납득한 듯, 커튼에 대해서는 그 이상 따지고 들
지는 않았다. …호후냥~? 뭐지, 그건?

납득했을 때 내는 소리인가?

"어쨌든 오빠. 나한테 사과해. 사과해, 사과하라고. 언어로 사과
해. 말로써 사과해. 사죄해. 잘못을 인정하고 사과해."

"성격 진짜 무시무시하구나…. 좋아, 잠깐 이쪽으로 와."

"오? 사과하는 거야? 훗훗훗, 문제없소이다."

쫄랑쫄랑 다가오는 수건 두른 토플리스녀. 뭘까, 그냥 목욕을 마
치고 나온 것뿐인데 상상 이상으로 망측한 여동생이다.

나는 그 망측한 여동생을 끌어안았다.

꾸욱, 하고.

"호후냥?!"

츠키히는 놀라는 소리를 냈다. 아니, 그 소리가 놀라는 소리인지
납득하는 소리인지 뭔지, 얼른 통일해 줬으면 좋겠다.

캐릭터가 들쭉날쭉해서 애매모호하다.

"뭐야, 이 사죄법은?! 어느 나라의 사과법이야? 어느 나라가 알

몸의 여자를 끌어안는 것으로 유감의 뜻을 표명하는 거야?"

"알몸인 건 네가 멋대로 하고 있는 짓이잖아."

나는 말한다.

츠키히의 귓가에서.

확실히 지금의 나와 츠키히는 키 차이가 별로 나지 않는지, 아래 턱을 내리지 않고 끌어안은 자세에서 그냥 속삭이면 자연스레 귓 가에 속삭이는 형태가 되어 있었다.

"오빠의 소원을 하나 들어."

"뭐라고? 사과는커녕 요구라고? 어쩜 이렇게 낯 두꺼울 수가…. 인두겁을 두 겹 쓴 것처럼 두꺼워!!"

그건 전혀 아니라니까.

두 대 칠까 보다, 이 자식.

"명령이라고 하지 않은 만큼 횡재한 얘기라고 생각하라고."

"횡재 이야기?"

"…츠키히, 잘 들어. 오늘은 카렌하고 같이 둘이 함께 칸바루의 집에 가서 자."

"어?"

영문을 알 수 없는 소리를 들었다는 듯이 츠키히는 당황하는 얼굴을 한다. 뭐, 그녀 입장에서는 영문을 알 수 없는 소리를 들은 것일 테니 그 반응은 이상할 것 없다.

"무슨 소리야?"

"이유는 묻지 마. 묻지 말아 줘. 칸바루하고 카렌한테는 내가 얘기해 둘 테니까, 너는 그렇게 해… 주세요."

가엔 이즈코의 언니, 가엔 토오에의 딸인 칸바루 스루가의 집. 바로 떠오르는 곳 중에서 가장 안전한 장소가 그곳이었다.

오노노키는 어떨지 몰라도 카게누이 씨와 접점을 가지려 하는 지금, 츠키히는 격리해 둬야만 한다. 적어도 이 집에서는.

그러지 않으면.

여름방학의 재래가 된다.

"으음."

츠키히는 신음했다.

호후냥, 이라고 말하지 않는 것을 보면 마지못해 수긍한 것이겠지.

"알았어. 그렇게 하면 되는 거지?"

"응. 네가 그렇게 하면 사과해 줄 수도 있어."

나는 츠키히를 끌어안은 채로 말했다.

과거형이 아닌, 현재형으로 말했다.

"미안해."

그러나 이때의 나는 어리석었다.

생각이 너무 얕았다.

이후의 전개를 생각하면, 내가 사과해야 할 일은 전혀 다른 곳에 있었는데.

008

밤이 되었다.

밤이란, 즉 해가 진 뒤라는 의미.

그때까지 나는 계속 집 안에서 지냈다.

학교가 방학이었던 것이 천만다행이었다. 이 이상 결석했다간 진짜로 졸업을 못 하게 된다. 그리고 입시 공부를 해야만 하는 수험생, 그것도 점수가 아슬아슬한 수험생이라는 입장 또한 다행이었다. 커튼을 친 방 안에 틀어박혀서 하루 종일 공부하고 있어도 아무도 의심하지 않는다. 밖으로 나가자고 부르지도 않는다.

날이 저문 뒤, 가족들과 함께 저녁 식사를 하고 나서 나는 집을 나왔다. 예전에는 두 대의 자전거를 가지고 있었지만 그것은 이미 옛날이야기. 그 두 대는 전부 자손사고 같은 뭔가로 상실했다. 그 것을 자손사고라고 부르는 것은 전혀 동의할 수 없지만…. 그렇지 만 괴이에 얽힌, 혹은 '어둠'에 얽힌 뭔가는 근본적으로 자기 책임 이라고, 자업자득이라고 말할 수밖에 없다.

그리하여 도보다.

역까지 도보로.

밖에 나와서 한동안 길을 걷고 있으니 어느새 내 옆을 금발 유녀 가 걷고 있었다. 예전에 내가 걷고 있던 모습을 하네카와 츠바사가 〈Gmen '75[*]〉 같다고 말했던 적이 있는데, 뭐, 시노부와 둘이서 걷 게 되면 그 정도의 든든함이 느껴지는 것도 분명하다.

"미안해. 동행하게 해서."

※Gmen '75: 〈Gメン '75〉. 일본의 형사 드라마. 1975년부터 1982년까지 방영되었다. 일곱 명의 멤 버들이 활주로에 쭉 늘어서서 걸어오는 오프닝이 유명하다.

"동행하고 있다는 생각은 없다. 우리는 처음부터 운명공동체다. 자기 일을 자기 일처럼 하는 것뿐이다."

"그런 소리 하지 말고."

나는 옆에서 걷는 시노부의 몸통을 안아 들고, 그대로 자신의 두 어깨 위에 올렸다. 이른바 목말이다. 유녀의 체력으로 역까지 걷는 것은 힘들 거라는 내 나름의 배려다.

가볍네.

종이 인형 같아.

하지만 설령 지금 거의 인간화한 상태라고 해도, 나에게 이렇게 의지가 되는 파트너도 없다.

"그 두 사람과 만나기에 앞서 일단 만일을 위해 나를 흡혈귀화 시켜 두겠느냐? 성분헌혈 정도의 피를 나에게 마시게 하면, 최악의 경우에 그 두 사람으로부터 도망치는 정도는 할 수 있다."

"으음…. 하지만 너를 흡혈귀화 시키면 나도 필연적으로 흡혈귀화 되어서 지금 나타난 증상이 그 안에 묻혀 버리거든…. 그렇게 되면 내 증상에 대한 정확한 '진단'이 불가능해질지도 몰라. 애초에 가엔 씨에게 온 메시지에는 오노노키가 기다리고 있다고 적혀 있을 뿐이지, 카게누이 씨가 그곳에 동석하는지 어떤지는 적혀 있지 않았고…."

"여자친구에게 작별은 고했느냐?"

"아니, 작별은 고하지 않았는데…."

센조가하라에게는 연락해 두었다.

같이 가겠다고, 듣자마자 대답한 그녀를 설득하는 것은 나에게 상당히 고생스러운 일이었지만.

뭐, 그 음양사 & 식신과 센조가하라를 만나게 하고 싶지 않다는 마음은, 결코 나만이 느끼는 감정은 아닐 것이다.

"솔직히 말해서, 그 녀석하고 이야기해서 조금 마음이 편해졌어."

"흠. 예전에 무게를 잃었던 그 계집애의 아픔에 비하면 거울에 비치지 않는 정도는 그렇게까지 마음고생할 것은 없다… 라고 생각했느냐? 너."

"으음. 뭐라고 해야 할까, 그런 건 아니지만…."

아니, 그런 것일지도 모르지만.

"다만 센조가하라가 여러 가지 어드바이스를 해 줬기 때문일지도 모르겠네. 그리고 세세한 부분을 체크해 줬어. 옷을 입고 비춰 봤을 때는 어떻게 되는가 하는 것들."

"흐음…."

"참고로 나중에 실험해 보니까, 그 경우에는 옷만 공중에 떠 있는 것처럼 보였어. 역시나 거울에 비치지 않도록 꼼꼼히 신경을 써야 할 것 같아. 그리고 자동차에 주의하란 말을 들었어. 자동차의 사이드미러나 룸미러에도 비치지 않는다는 얘기니까. 자동차에 치일 가능성이 현격히 올라간대."

"정말로 세세한 곳까지 신경을 쓰는 계집애로고…. 얼마나 조심스럽게 살고 있었던 거냐, 요 2년간을…."

그렇게 말하면서 시노부는 내 머리를 안아 덮으려고 했다. 신체 사이즈가 작은 시노부는 내 머리를 안는 것만으로 한계였지만.

왜 그러나 하고 생각했는데,

"조금 더 자겠다. 오노노키와 만나면 깨워라."

라고 말하더니 시노부는 그대로 눈을 감고 자는 숨소리를 내기 시작했다. 잘 거라면 그림자 안에서 자라는 생각이 안 드는 것도 아니었지만, 한순간 뒤에 무슨 일이 벌어질지 모르는 앞으로의 전개를 예측하고 그림자 속에서 등장하는 수고를 덜기 위해 내 어깨 위에서 자기로 했는지도 모른다.

머리를 주무르는 것을 생사여탈권을 쥔다고 표현한 것이 바로 오늘 아침이었는데, 시노부는 그렇게 내 머리를 안는 것으로 내 생사여탈권을 지켜 주고 있는지도 모른다.

"그건 그렇고….."

귀한 집 아가씨는 기품 있는 자세를 유지하기 위해 머리 위에 물이 든 컵을 얹고서, 그 물을 흘리지 않도록 하며 걷는 훈련을 한다는 이야기가 있는데, 지금의 나는 그것에 가까운 느낌이었다.

시노부를 깨우지 않도록 조심하면서 목적지인 역 앞의 백화점에 도착한 것은 약속 시간(?) 직전인 오후 6시 55분이었다. 엘리베이터에 타는 타이밍에 따라서는 지각하게 될지도 모른다.

나는 조금 걸음을 빨리하면서 백화점 안으로 들어갔다.

에스컬레이터를 타거나, 차라리 계단을 뛰어 올라가는 편이 빠를지도 모른다고 생각했다. 가장 빠른 것은 에스컬레이터를 뛰어 올라가는 것이겠지만 에스컬레이터를 뛰어 올라갈 수는 없다.

그래서 나는 계단을 선택했다.

계단이라면 뛰어 올라가도 괜찮다는 것은 아니지만, 그래도 오노노키를 기다리게 할 수는 없다. 4층이라면 도착했을 때에 숨을 헐떡이는 정도일 것이다. 약속 장소에 숨을 헐떡이는 남자가 나타나면 당황하겠지만, 그러나 상대가 오노노키라면 그다지 배려는 필요 없을 것이다.

늘 그렇듯 무표정하게 흘려 넘길 것이 뻔하다.

"게임 코너라고 말했었지. 게임 코너라, 게임 코너. 하지만 그런 구역이 있었던가?"

아, 하지만 들은 적이 있는지도 모르겠다.

옛날에 칸바루가 〈러브 & 베리〉라는 게임에 빠진 적이 있었는데, 그 게임을 하며 놀았다던 곳이 이 백화점의 게임 코너였던 것 같은 기분이….

그런 일을 떠올리면서 나는 백화점 4층에 도착했고 그 층을 천천히 어슬렁거렸다. 그리고 곧 발견했다.

백화점 안의 게임 코너는 부모가 쇼핑을 하는 동안에 아이가 놀고 있게 하기 위한 공간이라, 규모로서는 작은 구색만 갖춘 게임센터다. 하지만 그런 만큼 오노노키와 만나기에는 안성맞춤이라고 할 수 있다. 내 파트너인 시노부 같은 유녀가 같이 있어도 부자연스럽지 않은 장소고 말이야.

"…어라? 없네."

딱 7시에 도착했는데, 그곳에는 오노노키는 물론이고 어린애 한 명 없었다.

"말도 안 돼…. 아무도 없다니. 가엔 씨의 지시에 따랐을 때에 그 말대로 되지 않았던 적이 없는데…."

혹시나 오노노키 쪽에 트러블이 발생한 것이 아닐까 하고 걱정되었다. 하지만 지나치다고도 할 수 있는 그 걱정도, 〈러브 & 베리〉 게임기 다음에 내 시야에 들어온 놀이도구를 봤을 때에 날아가 버렸다.

그 놀이도구란 이른바 UFO 캐처다.

〈토이 스토리〉로 유명한 그것이다.

〈토이 스토리〉가 아니어도 유명하지만.

동전을 넣고 기계 팔을 조작해서 경품을 집는 그것. 그 기계 안, 유리 케이스 안에 가만히 놓여 있는 한 물체.

오노노키 요츠기가 있었다.

두 다리를 내뻗은 형태로, 인형처럼.

미동도 하지 않고 인형처럼, 있었다.

"……."

어?

아니, 요츠기…겠지?

그 밖의 무엇도 아닐 정도로 요츠기겠지?

왜 크레인 게임의 경품 같은 모습이 되어 있는 거지, 저 애는…. 그런 생각을 하며 나는 그 게임기에 다가갔다. 천천히. 내 초조함이 어깨 위에 있는 시노부에게 옮겨지지 않도록 천천히, 천천히.

"요츠기…?"

통통, 하고 유리 케이스를 두들겨 봐도 무반응.

무반응.

무표정, 무감정.

…어쩐지 진짜 인형처럼 보이기도 한다.

아니, 인형人形이란 애초에 사람의 형태를 본뜬 것이니까 진짜 인형이라는 말은 부자연스러운 표현일지도 모르고, 애초에 오노노키는 무반응에 무표정하며 무감정한 아이이므로 무반응인 것은 그 어떤 증거도 되지 않지만.

"요츠기…? 요~츠~, 기~."

무반응.

"욧짱!"

무반응.

으음, 모르는 사이에 그녀가 굿즈로도 발매된 것일 뿐일까…. 하지만 이런 등신대 사이즈라니.

이치방쿠지* 프리미엄이라면 라스트 원 상으로 설정될 만한 크기인데…. 뭐, 이렇게 되면 전개상, 나는 이 게임에 도전해 보는 수밖에 없는 것 같다.

주머니에서 지갑을 꺼낸다. 100엔으로 뽑을 수 있다고는 생각하지 않으니까 500엔 동전이… 없네. 그러면 천 엔 지폐를 잔돈으로 바꾸자.

설치된 동전교환기 근처로 이동해서 천 엔을 100엔 동전 열 개로 교환하고, 다시 UFO 캐처 기계 앞으로 돌아온다.

그 구역에 다른 사람이 아무도 없는 상황이니까 지나친 걱정인지도 모르지만, 잔돈으로 교환하는 사이에 노리던 경품을 다른 손

※이치방쿠지(一番くじ) : 게임 회사인 반프레스토가 일본 전국의 편의점이나 서점 등에서 판매하고 있는 캐릭터 굿즈 뽑기. 라스트 원 상은 마지막으로 남은 뽑기를 뽑은 사람에게 주는 상품.

님에게 가로채인다는 것은 이런 종류의 경품 게임에서는 흔히 듣는 이야기다.

"그렇다기보다, 난 이런 종류의 경품 게임은 거의 한 적이 없는데…. 어떻게 하는 거지?"

칸바루라도 데리고 오면 좋았을 텐데.

그 녀석은 재능이 넘치는 스포츠 소녀이면서도 이런 놀이에도 정통하다는… 뭐랄까, 하네카와하고는 다른 의미에서의 완벽초인이니까 말이야.

그런 생각을 하면서 나는 바꾼 동전을 기계에 넣었다. 뭐, 아직 서두를 시간은 아니지만 이 백화점은 오후 8시에 폐점이다.

설마 한 시간 내에 뽑지 못하는 일은 없겠지만, 그것을 의식해서 일찍 시작해서 나쁠 것은 없다.

"어디 보자…. 우선 ①버튼을 눌러 가로로 이동하고, ②버튼으로 세로로 이동…. 흠흠. 작동방식은 이해했어. 그렇게 복잡하지도 않네. 그럼 일단 한 번 해 볼까."

①버튼을 누르면 시작되는 모양이다.

나는 오노노키의 몸을 끌어올리기 위해 큼직한 크레인을 움직였다. 음, 조금 너무 갔나? 이런, 이런. 하지만 알아차려서 다행이다. 이건 어떻게 되돌리는 거지?

여기서부터 미세조정을… 뭐야, 미세조정은 못 하는 건가? 역방향 화살표가 그려진 버튼이 어디에도 없는데….

부끄러운 기분을 품으며 나는 ②버튼을 누른다. 여기까지 실수는 있었지만, 그러나 이제부터는 반대방향 버튼이 없다는 것을 확인했으니 같은 실수를 반복할 내가 아니다.

분명히 이 게임은 경품의 어느 정도 앞에서 멈추고, 거기서 조금씩 나아가도록 기계 팔을 움직이는 것이 정공법일 것이다. 어라? 버튼에서 손을 떼니까 벌써 팔이 내려가기 시작했어! 아냐, 거기가 아니야! 거기가 아니라고, 내가 노리는 건 좀 더 구석이야!

내 마음의 외침으로 기계 팔을 조작할 수 있을 리도 없다. 크레인은 그대로 헛되이 허공을 움켜쥐고, 그리고 마치 나의 실패를 역순으로 되풀이해서 희롱하듯이 원래 위치로 되돌아왔다.

"…너무 서툴지 않느냐."

"음? 일어났어? 시노부."

"아니, 쿵짝거리는 BGM이 시끄러워서 말이다. 너의 머리는 전신베개 같아서 딱 좋지만, 주위의 소리를 막지 못한다는 점에서는 평소의 침상에는 뒤떨어지는구먼."

평소의 침상이란 내 그림자를 말하는 것일까.

사람의 머리나 그림자를 침대 취급하다니…. 흡혈귀로서의 힘을 잃은들, 그 오만함은 전혀 쇠할 줄 모르는 것이다.

"그렇다기보다, 너. 유리 케이스에 너무 가까이 붙어 있다."

"어?"

"반사될 거다."

아, 그런가. 나는 게임에 너무 열중한 나머지, 정신이 들고 보니 바짝 붙듯이 유리 케이스에 한없이 밀착되어 있었다. 이래서는 빛의 세기에 따라 유리에 내가 비치게 된다.

아니…, 나 이외의 것이 비치게 된다.

옷만이 비치게 된다.

"응? 그렇다기보다, 시노부. 너는 그냥 비치고 있는데…. 공중에 떠 있는 상태로 비치고 있는데, 이건 흡혈귀의 힘을 잃고 있기 때문이야?"

"지금은 그렇겠지. 허나 내 경우엔 전성기 때여도 마음만 먹으면 원 없이 거울에 비칠 수 있었다. 나에게 약점은 약점이 아니니까."

"……."

과연 전설.

레전드.

나는 그 말에 그냥 기가 막혔을 뿐이었지만, 이때 이 말에 담겨 있던 속뜻을 깨달아도 좋았을 것이다. 물론 여기서 '그것'을 깨달았다고 해 봤자 그런 것은 지금이냐 나중이냐의 차이일 뿐이었겠지만.

'그것'.

즉 시노부와 나의, 흡혈귀로서의 차이를 깨닫고 있었다고 한들.

어쨌든 두 번째 챌린지다.

"요컨대 이건, 세로도 가로도 단판 승부라는 거지?"

"그런 것이겠지. 그보다, 설명서를 제대로 읽어라."

"이런 매뉴얼은 도무지 이해가 잘 안 되어서 말이야. 잘 하고 못 하고의 문제는 아니겠지만."

게임이란 것은 해 보지 않으며 모른다.

나는 신중하게 ①버튼을 누른다.

유리 케이스에 비치지 않도록, 비치지 않는 것이 드러나지 않도록 조심스럽게 기계로부터 거리를 둔다. 그러나 너무 멀리 떨어지면 거리 감각이 흐트러지므로 적절히 조정하면서 딱 좋은 곳에서, 적어도 내가 좋은 곳이라고 판단한 곳에서 버튼으로부터 손을 뗀다.

응, 여기다. 여기가 틀림없다.

"후후후, 나는 크레인 게임의 재능이 있는지도 모르겠어."

"이 정도로? 혹여나 재능이 있다고 해도 그 재능을 장래에 어디에 활용할 거냐."

"게임센터에서 애들 대신 봉제인형을 뽑아 주는 수수께끼의 아저씨가 되는 거야."

"너무 수수께끼지 않나."

너의 장래는 그래도 괜찮겠냐? 라고 말하는 시노부의 목소리를 머리 위에서 들으면서 나는 ②버튼을 누른다. 어쩐지 RPG 게임을 하고 있는 것 같잖아. 이런 곳에서 농땡이를 피우고 있을 짬은 없는데.

"좋았어, 여기다!"

마치 신이라고 불린 검호처럼, 나는 타이밍을 맞춰서 버튼에서 손을 떼었다. 노리던 위치에, 크레인은 오ㅣ누ㅣ키의 머리 위에서 강하를 시작했다.

"자! 봤냐, 시노부!"

"보고는 있다만⋯. 허나 저거, 저대로 내려간다면⋯."

"응?"

그 말을 듣고서 보니, 크게 입을 벌린 크레인의 손톱이 두 다리를 쭉 뻗고 앉아 있는 오노노키의 정수리를 직격했다.

퍽, 하는 둔탁한 소리가 났다.

"아…."

그렇게 내가 자기도 모르게 당황하는 목소리를 흘리는 동안, 위에서 받은 충격으로 자세가 무너진 오노노키는 상반신의 밸런스를 잃고 비틀비틀 흔들리다가 뒤쪽으로 넘어졌다. 즉 최종적인 자세로서는 유리 케이스 안에서 등을 바닥에 대고 큰대자로 쓰러진 형태다.

표정은 일절 변하지 않았다.

생체적인 반사도 보이지 않았다.

크레인의 일격을 맞았을 때도 쓰러졌을 때도 변함없는 무표정이었다. 뭐, 평소대로의 무표정이라고 말할 수도 있겠지만, 그러나 정말로 이건 이 게임의 경품이 단순히 오노노키 요츠기를 본떠 만든 인형이 아닐까 하고 의심하고 싶어질 정도의 무표정이다.

"아니, 무표정이 어떻고 하기 이전에 움직임이 완전히 인형이지 않았느냐…. DOLL이었잖느냐. 충격에 대해 견뎌 내려는 움직임이 전혀 없었다."

"으음…. 설마 가엔 씨가 속인 것은 아니겠지. 그런 짓을 할 사람은 아니라고 생각하지만, 단순히 오노노키와 비슷한 인형이 놓여 있는 백화점이 있다는 정보였던 것이 아닐까…. 그렇다면 환장할 노릇이라고. 큰돈을 쓴 끝에 얻은 것이 인형 하나라니…. 안고 자는 것 말곤 방법이 없잖아."

"내 금전감각도 어지간히 어설프겠다만 수백 엔 정도를 큰돈이라고 말하지 마라, 너. 사람의 그릇이 드러난다고. 정말로 장래에 크레인 게임으로 어린애들 대신 봉제인형을 뽑아 주는 수수께끼의 아저씨가 되어 버린단 말이다."

"그렇겠지···. 내 입으로 한 말이기는 해도 그것만큼은 피해야···."

그건 그렇고.

현재 상황은 금발 유녀를 목말 태우고 등신대 동녀 인형을 뽑기 위해 폐점 직전의 백화점에서 끙끙대고 있다는 상당한 수수께끼의 고교생이 되어 있을지도 모르지만, 그것은 다 접어 두고서.

오노노키가 큰대자로 쓰러져 버렸을 뿐, 두 번째 챌린지도 실패로 끝나고 기계 팔은 원래 위치로 돌아와 있었다. 세 번째인가.

"뭐, 지금의 실패는 헛수고는 아니었어. 학습은 할 수 있었다고. 아무래도 단순히 뽑으려는 경품 바로 위의 포지션을 잡으면 되는 게 아닌 모양이야. 크레인을 거는 위치 같은 것을 고려해야만 해. 이걸 깨닫는 녀석은 좀처럼 없을 거야."

"눈치가 있는 녀석이라면 처음 플레이하기 전에 깨닫지 않았겠느냐?"

"그런 건 대개 컴퓨터가 자동조정해 준 거라고 생각하기 마련이잖아."

"그렇게까지 친절한 경품 뽑기 게임이 어디 있겠느냐."

"조금 전까지라면 넓적다리 부근에 크레인이 내려가도록 조정하면 되었겠지만, 지금의 자세라면··· 허리일까. 허리춤을 떠내듯이 걸면 그대로 들려 올라올 것 같아."

"저 기계 팔에 그 정도의 힘이 있을까?"

"GO!"

GO했다.

동전을 투입하고 기계 팔을 조작했다. 노리던 대로 크레인은 오노노키의 허리춤을 향해 움직인다. 내 예상대로 움직여 준다면 크레인은 오노노키의 허리를 집고, 끌어올리고, 들어 올리고, 그리고 각도로는 스커트 속이 내가 있는 위치에서 훤히 보이게 될 것이다.

그때를 위해서 기계 팔의 위치를 미세조정한 것처럼 내 위치도 미세조정해야지, 라고 생각했지만 노림수는 빗나갔다.

분명 크레인의 손톱은 오노노키의 허리를 집었지만, 오노노키의 질량이 다물어진 손톱을 밀어내며 그 틈으로 쏙하고 흘러 떨어져서 원래 위치로, 이번에는 옆으로 쓰러져 버렸다.

기계 팔은 원래 위치로 돌아온다.

"이 기계 팔, 힘이 없잖아!"

"그러니까 내가 말했지 않느냐. 내 어드바이스를 들으란 말이다."

"아니, 뭐. 확실히 그 말이 맞긴 한데…."

할 말이 정말 하나도 없다.

아무래도 나에게는 UFO 캐처의 재능이 없는 것 같으니(전언 철회), 시노부에게 대신 해 달라고 하는 편이 나을까.

아니, 시노부도 이 경우에는 단순한 도토리 키 재기라고 생각하지만….

"어? 하지만 저 크레인, 거의 저항 없이 스르륵 하고 오노노키를 떨어뜨리지 않았나? 너무 약한 거 아냐? 오노노키가 한순간밖에 들려 올라오지 않았다니까?"

"나사가 헐거워진 것일까. 아니, 그것도 가게 측의 양심 문제일 지도 모르지. 이런 기계 팔의 힘도 실제로 가게마다 제각각이라 하지 않더냐."

"뭐라고…. 조건이 너무 혹독하잖아."

그러면 어떡하면 좋지.

플레이어가 너무 불리하잖아.

내가 컨트롤할 수 있는 것은 기껏해야 기계 팔을 움직이는 것뿐이고 그마저도 불완전한데, 기계 팔의 힘 조절 권한이 가게 측에 완전히 넘어가 있어서는 아무것도 할 수 없지 않은가.

"아니, 그게 아니다. 확실히 기계 팔의 손톱이 닫히는 힘, 죄는 힘, 들어 올리는 힘은 아주 약한 듯하지만, 가게 측에서도 유일하게 컨트롤할 수 없는 부분이 있지 않느냐."

"뭐? 어딘데?"

"기계 팔이 내려오는 힘이다. 강하력이다. 조금 전에 저 꼬마 계집애의 정수리를 정통으로 때렸던 그거다. 그것은 적어도 오노노키의 자세를 바꿀 정도의 힘이 있지 않았느냐."

"…음? 그래서?"

"그러니까…."

시노부는 손가락을 펴며 설명했다.

"돌을 막대기로 튕겨서 강에 떨어뜨리듯이, 저 기계 팔로 오노노키를 들어 올리려 하지 말고 퍽퍽 때려 가며 굴려서 저 구멍에 떨어뜨리면 되지 않겠느냐."

"……."

그것은 UFO 캐처로 말하면 '가능'한 작전인지는 모르겠지만, 시노부의 표현 때문에 인형에 대한 애정을 한 조각도 느끼지 못하는 공략법이 되어 있었다.

'퍽퍽'이라니.

"뭐, 하지만 그 방법밖에 없을까…. 그렇다기보다 이제 동전이 일곱 개밖에 없는데…. 일곱 개로 가능할까?"

"너 말이다. 참고로 말해 주겠는데."

"뭔데."

"시작할 때 동전 세 개를 넣으면 네 번 플레이할 수 있는 모양이다."

"그런 건 처음에 말해!"

그 이후의 싸움도 결코 간단하지는 않았다.

어떻게든 공략 방법은 정해졌지만 역시나 계산대로 흘러가지는 않아서, 어쩐지 무의미하게 오노노키의 몸을 크레인으로 구타하는 결과가 되었다.

반응이 없는 모습도 어쩐지 애처롭다.

너무 불쌍하다.

게다가 성공해도 그 이동거리가 아주 미미해서, 정말로 가지고 있는 동전들, 크레디트만으로 멋지게 오노노키를 GET할 수 있을지 어떨지 상당히 미심쩍었다. 700엔으로 할 수 있는 플레이의 회수는… 아홉 번.

그 저금이 서서히 줄어들고 있었다.

딱, 딱, 하고.

"큭… 이 크레디트가 바닥났을 때에 나는 어떡하면 좋지…."

"아니, 천 엔짜리 지폐 하나를 또 헐라고. 그 정도는 가지고 있을 것 아니냐."

"딴죽이 너무 냉정하잖아. 코로코로 코믹스*에 실려 있는 게임 만화 같은 뜨거움을 나에게 보여 달라고."

"지금도 있냐? 그런 만화."

그렇게.

주거니 받거니 이야기를 하는 동안에, 드디어.

드디어 마지막 1크레디트에서, 기계 팔로 오노노키의 옆구리를 찔러서 그녀를 배출구로 떨어뜨리는 것에 성공했다. 쿵, 하고 배출구로 그녀가 낙하하는, 둔탁하다는 정도로는 끝나지 않는 어쩐지 어딘가가 부서지는 소리가 났다.

"해냈어, 시노부!"

그 소리를 듣지 못한 것으로 하며 나는 승리 포즈를 취했다.

"이걸로 해피 엔드야!"

"어쩐지 당초의 목적을 잊어버린 듯한 기분이 든다만…."

"당초의 목적? 당초의 목적이라니, 오노노키를 얻는 것 아니었던가?"

※코로코로 코믹스 : 쇼가쿠간에서 출간하고 있는 어린이 대상 만화잡지. 다양한 캐릭터나 게임 등을 다루고 있다.

"아니다."

"말도 안 돼. 동녀를 얻는 것 이상의 목적이 이 세상에 있다는 거야?"

"네가 그래도 좋다면 얼른 그것을 갖고 돌아가자. 폐점시간도 얼마 남지 않은 것 같으니."

확실히.

아직 여유가 있다고 생각하던 시각은 어느새 오후 7시 45분을 지나 있었다. 이래서는 언제 〈반딧불의 빛*〉이 들려와도 이상하지 않은 시간대다.

물론 당초의 목적—내 몸에 일어난 수수께끼 현상을 해결한다—을 잊고 있는 것도 아닌 나는, 오노노키를 꺼내는 데 착수한다. 뭐, 잊으려 해도 잊을 수 없겠지만, 어쨌든 그녀를 꺼내지 않으면 아무것도 안 되지만.

배출구의 뚜껑을 당긴다.

"어…. 걸려서 안 열리네."

"힘껏 잡아당기는 게 어떠냐? 녀석의 팔다리가 뜯겨 나갈지도 모른다만."

"그런 말을 들었는데 어떻게 할 수 있겠어."

아마도 배출구보다 오노노키의 사이즈가 조금 커서, 안에 꽉 차 있는 것이겠지. 이것이 평범한 경품이었다면 점원을 불러야 할 때이겠지만, 그러나 이것이 진짜 오노노키일 경우에는 그것이 올바

※반딧불의 빛 : 스코틀랜드 민요 〈올드 랭 사인〉를 1881년에 번안한 것. 폐점시간을 알리는 음악으로도 자주 쓰인다.

른 대응이라고는 생각되지 않는다.

나는 손잡이를 가볍게, 그리고 떨듯이 흔들면서 조금씩 입구를 열려고 시도해 보았다. 뭐랄까, 케이크를 만들 때에 밀가루를 체에 치는 듯한 느낌이다.

케이크를 만들 때라는 것은 비유이며 나는 그런 일을 한 적은 없지만, 어쨌든 노림수는 맞아떨어져서 배출구가 열렸다.

오노노키가 이불 접히듯이 그곳에 채워져 있었다. 어쩐지 따뜻한 물에 담그면 원래 모습으로 돌아올 것 같은 느낌이다.

"요츠기 야앙~."

불러 본다.

어째서인지 어린애 방송 느낌으로.

…대답이 없다.

단순한 시체 같다, 라는 표현은 시체의 츠쿠모가미인 오노노키 요츠기에게 사용하기에는 너무 딱 들어맞는데, 과연 어떤 걸까.

"시간이 너무 걸렸어."

그렇게.

그런 대답이 있었다.

예전의 센조가하라 히타기를 떠올리게 만드는, 평담平淡하면서 무감정한 목소리 센조가하라와 다른 것은 그 음성이 끝없이 기계적이고 한없이 인공적이라는 점이었다.

"나를 뽑는 데 얼마나 시간을 들일 생각이야. 허접 게이머."

"입이 험한 인형이네, 진짜…."

그렇게 말하며 나는 오노노키를 꺼내고, 그런 뒤에 스커트를 뒤집어서 속이 어떻게 되어 있는지를 확인했다.

"춉!"

목덜미에 오노노키의 춉을 맞았다.

그것도 테니스에서 말하는 백핸드 느낌의 춉. 절묘하게 시노부의 다리를 피해 파고드는 춉이었다.

"당당하게 무슨 짓을 하는 거야, 귀신 오빠. 귀신같은 귀신 오빠."

"아니, 역시 이런 미소녀 계열 인형은 스커트 속이 어떻게 되어 있는지 신경 쓰이잖아. 일단 뒤집어 보기 마련이잖아."

"그런 핑계를 댈 거라면 하다못해 내가 말하기 전에 해. 내가 그냥 인형이었을 가능성이 있는 동안에 하라고."

오노노키는 말했다.

딴죽은 가차 없었지만, 그것은 지극히 평담한 어조다. 국어책 읽기 같다고 할까, 여차하다간 가공한 음성 같다고도 할 수 있는 몹시 부자연스러운 어조.

그런 어조로 말한다.

"뭐, 단순한 인형이 아니라는 것일 뿐이지 나는 인형이지만 말이야. 평범하지 않은 인형, 사람의 형태이지만."

"……."

"예이~."

갑자기 가로로 피스 사인을 했다.

대화의 흐름이고 뭐고 없는 가로 피스 사인이다. 포즈는 엄청나게 귀엽고 살인적이지만 표정이 무표정, 유리 케이스 안에 있었을 때와 아무것도 달라지지 않은 무표정이라 그 갭이 정말 초현실적이었다.

갭 모에가 아니라 초현실 모에다.

"어쨌든 오래간만이야, 귀신 오빠."

"나를 기신 오삐라고 부르지 마."

"그리고 시노부 언니도 오래간만이야."

오노노키는 시선을 그대로 내 얼굴 위쪽으로 향하며 말했다. 그 시선 끝에는 내가 목말을 태운 금발 유녀가 있을 것이다.

"시노부 언니라고 부르지 마라. 뭐냐, 그건. 무슨 관계냐."

"죄송합니다. 주눅 들지 않고 말하고 있지만, 솔직히 당신하고의 관계성이 어떤 느낌인지 잊어버렸습니다, 흡혈귀 씨."

"그런 거겠지. 모자란 놈 같으니."

시노부는 토해 내듯 말했다.

역시 첫인상이 나빴기 때문이겠지. 시노부의 오노노키에 대한 태도는 어쩐지 매몰찼다. 뭐랄까, 의외로 오랫동안 마음에 담아 두고 꽁해 있는 유녀다.

그런 면을 보자면 눈앞의 동녀는 마음에 담아 두지 않는다고 할까, 어쨌든 캐릭터가 불안정했다. 그것은 이제까지 그녀를 상대하면서 알게 된 것인데… 성격이 전혀 일정하지 않다.

마구 흔들린다.

아니, 그때그때에는 캐릭터 같은 것이 있다. 적어도 있는 것처럼 관찰된다. 하지만 그것이 눈 깜짝할 사이에 확산되고, 연기처럼 사라지고, 다른 것으로 변질된다.

그런 의미에서는 괴이의 알기 쉬운 형태라고 말할 수 있고, 그렇다면 흔들리고 있다는 표현은 그리 정확하지 않은지도 모른다.

그건 그렇고.

지금은 과연 어떤 캐릭터가 되어 있는 것일까. 어쩐지 독설적인 느낌이랄까, 태도가 안 좋은 느낌인데….

"아. 혹시 말인데, 오노노키. 오노노키 요츠기."

"뭐야, 귀신 오빠. 귀신같은 귀신 오빠."

"귀신 귀신 하지 마."

"카와시마 교수의 귀신 트레이닝*을 플레이 중이지?"

"수험생으로서는 흥미 있는 게임이지만, 귀신으로 연결하지 마. 연결하고 싶어 하지 마. 오노노키, 혹시나 해서 물어보는 얘긴데."

나는 하려던 이야기를 했다.

근거 없는 예측을.

"너, 혹시 최근에 카이키 데이슈하고 만나지 않았어?"

"만났어~."

오노노키는 태연하게 끄덕였다.

그렇구나…

오노노키 요츠기의 성, '오노노키斧乃木' 중에 있는 '키木'는 카이키貝木에서 유래한다고 한다. 그 불길한 사기꾼에게서 유래한다고 한다.

그것은 이 아이의 '제작'에 그가 엮여 있기 때문이라는 듯한데,

※카와시마 교수의 귀신 트레이닝 : 닌텐도 3DS로 발매된 두뇌 트레이닝 게임.

그쪽의 제반사정에 대해서는 잘 알지 못한다.

그러니까 이 추측은 거의 어림짐작 같은 것이었지만, 아니나 다를까, 빙고였던 것 같다.

빙고여도 기쁘지 않지만.

최악이잖아.

그 사기꾼, 어여쁜 동녀에게 악영향을 끼치지 말라고.

"…뭐, 좋아. 일단 됐어."

영향은 어차피 영향일 뿐이다.

악영향이라고 해도, 역시 영향.

본인보다는 훨씬 나을 테니까.

"오래간만…이라고 할 정도는 아닐까, 오노노키."

"그러네. 얼마 만이지? 게다가 나하고 시노부 언니하고 귀신 오빠가 모인다는 것도… 아, 하지만 그 달팽이 꼬마애가…."

"……."

"응?"

오노노키는 그렇게 고개를 갸웃한다.

자신의 무신경한 발언에 대해서 생각하는 것은 아닌 듯했다. 뭐, 하지만 그때의 일은, 유녀와 동녀와 소녀가 한 번 만났던 그때의 일은 확실히 인상 깊다

여러 가지 의미에서.

다양한 의미에서, 모든 의미에서.

인상 깊다.

"뭐, 할 이야기는 많겠지만, 할 이야기도 많겠지만, 하고 있을

상황도 아니었지. 귀신 오빠, 이번에는 친구로서 놀러 온 게 아니라 일 때문에 온 거야. 잊고 있었어. 미안, 미안."

"오노노키."

오노노키가 나를 친구라고 생각해 주는 것이 은근슬쩍 판명되어서 은근슬쩍 기뻤지만, 마지막에 잊고 있었다, 라는 말에 살짝 기분이 상했다.

잊을 정도의 친구인가 하고 생각했던 것이다. 확실히 우리는 지금 아이스크림을 먹으며 사이좋게 놀고 있는 것은 아니다.

옆에서 보면 고교생이 백화점 게임 코너에 유녀와 동녀 두 사람을 데리고 와서 놀아 주는 것으로 보일지도 모르지만(그렇다기보다 그 이외의 모습으로 보이면 곤란하다), 그것은 진실과는 다른 것이다.

나는 이 아이에게.

도움을 청하러 온 것이다.

전문가, 전문가의 식신인 그녀에게.

츠쿠모가미, 오노노키 요츠기에게.

"…그렇다기보다, 오노노키."

"뭔데, 뭔데? 예~이."

카이키의 영향을 받았지만 쓸데없이 밝은 리액션의 예전 성격도 상당한 비율로 남아 있어서인지, 오노노키는 보다 복잡기괴한 난감한 성격이 되어 있었다. 하지만 나는 그녀의 가로 피스 사인의 손가락 틈새를 통과하듯 말했다.

"묻고 싶은 게 두 가지 있어."

"뭐든 물어봐. 너무너무 좋아하는 귀신 오빠의 질문은, 물어보지 않더라도 대답하고 싶어."

"……."

이런 성격이 카이키의 영향인지도 모른다고 생각하니 참 싫네…. 아니, 하지만 ㄱ 녀서이라면 이 정도의 농담은 할지도 모른다.

불길한 상복 남자가 하는 말과 사랑스런 동녀가 하는 말은, 같은 대사라도 인상이 전혀 다르게 와 닿는 것일까.

카이키가 말하면 애교고 나발이고 없겠지만 말이야….

"오노노키, 왜 UFO 캐처 안에 있었어?"

"귀신 오빠를 기다리고 있었어. 만나기로 약속했으니까. 사회인으로서 5분 전에 집합하는 건 상식이잖아?"

"그건 그런데…."

"아니면 하카타 시간을 주장할 생각이야?"

하카다 시간이란 약속에 조금 늦게 모이는 것을 말한다(고 한다).

"아니면 좀 더 남쪽으로 내려가서, 오키나와 시간을 주장할 생각이야?"

오키나와 시간이란 약속에 상당히 늦게 모이는 것을 말한다(고 한다).

"미안한데, 자랑은 아니지만 나는 15분 전에 도착했어, 귀신 오빠. 나는 언니에게 체육 계열 스타일로 일반상식을 주입받고 있는 말단부하거든."

"일반상식이라…."

내가 묻고 싶었던 것은 어떻게 그 유리 케이스 안에 들어갔는가 하는 점이었지만(참고로 말하면 왜 UFO 캐처 안에서 기다리려고 생각했는가 하는 것도 알고 싶었지만), 그 답을 듣기 전에 '언니' 라는 단어가 나와 버려서 제2의 질문으로 넘어갈 수밖에 없게 되었다.

제2의 질문.

'언니'.

"저기, 카게누이 씨는…."

나는 스윽, 하고 은근슬쩍 주위를 엿보면서 말했다.

"없어? 즉, 오노노키 혼자야?"

"아니, 아니."

그렇게 말하며 오노노키는 나를 가리켰다.

나를 가리켜서 어쩌려고? 라고 생각했지만 그 손가락은 스윽, 하고 위쪽으로 기울어져 간다. 즉 시노부를 가리키는 각도다.

그것에 따라, 시노부를 가리켜서 어쩌려고? 라는 이야기가 되었는데, 오노노키는 시노부를 가리키려고 하는 것도 아니었다.

그 손가락은.

가만히 생각해 보면 '언리미티드 룰 북' 이라는 오노노키의 독자적인 필살기에 의해 더할 나위 없는 흉기가 되는 그 손가락은, 나를 가리키려 했던 것도 시노부를 가리키려 했던 것도 아니라 그보다 더 위를 가리키고 있었다.

그보다 더 위.

더 위?

하지만 시노부의 위로는 그냥 텅 빈 공간이 펼쳐져 있을 뿐일 텐데…. 그렇게 생각하며 나는 시선을 위로 들었다. 시선을 위로 향했지만 인체의 구조상 머리 바로 위는 보이지 않았다. 그러나 이 경우에는 '거의 머리 위'가 보이는 섯만으로 충분했다.

아라라기 코요미가 목말을 태우고 있는 오시노 시노부.

인간이 목말을 태우고 있는 흡혈귀.

그보다 더 위에… 있었다.

카게누이 요즈루.

현대를 살아가는 극히 폭력적인 음양사가.

시노부의 금발 위에 한쪽 다리로 서서.

흙발로 서서.

"어서 온나."

온 건 당신이라고….

009

아무리 힘을 잃은 상태였다고는 해도, 유너 상대였다고는 해도, 그래도 아끼는 금발, 그 머리 위를 흙발로 밟혔다는 체험이 상당한 쇼크였던 모양이다. 시노부는 내 그림자 속에 틀어박혀 버렸다.

버디라고 해야 할까, 보디가드적인 역할을 포기했다고도 할 수 있는, 신뢰해야 할 파트너로서는 언어도단인 행위였다. 하지만 그만큼 큰 쇼크를 받았을 그녀의 속마음을 미루어 생각하면 나로서는 나무랄 기분도 들지 않았다.

나는 중간에 시노부를 끼고 있었고, 또한 설령 중간에 시노부가 없었다고 해도 머리 위에 여성을 얹은 정도로, 밟힌 정도로 굴욕을 느낄 만한 약한 멘탈의 소유자는 아니지만 놀란 것은 확실했다.

으히익! 하고 내가 비명을 지르면서 벌떡 일어서도 카게누이 씨는 전혀 밸런스를 무너뜨리지 않고, 그대로 미동도 하지 않고 시노부의 머리 위에서 여유로운 표정으로 계속 서 있을 뿐이었지만….

그렇다기보다, 무게가 전혀 없었다.

공중에 떠 있는 것 같았다.

'시노부는 작아서 가볍구나'라는 식의 이야기가 아니라—혹은 센조가하라가 예전에 체중이 없었을 때의 눈치와도 또 다른—완전히 무게가 없다는 느낌. 그리 정확한 비유는 아니겠지만, 잘 만들어진 트릭아트를 체험하고 있는 듯한 기분이 들었다.

시노부가 종이 인형이라면,

카게누이 씨는 종이 풍선이었다.

무술의 달인이 중심 이동으로 무게를 없애는 것 같은 요령일까…. 과연 카렌의 스승님과 호각이라고 할 만하다, 라고 억지로 납득하려고 했지만 역시 그것만으로는 이론이 부족하다는 기분이 들었다.

조리 있게 설명하는 것은 무리고, 무리수다.

뭐.

이론이 안 통하니까, 이 사람은.

누구보다도 인간이면서도.

누구보다도 인간에서 벗어나 있다.

"우선 옮겨 붙자, 오빠. 이 백화점도 이제 문 닫을 거 같응께. 거시기, 그쪽에 가까. 전에 오빠하고 내가 즐겁게 죽고 죽여 불던 학원 엣디…."

교토 사투리로 이야기하는 그녀 쪽은, 기를 쓰는 느낌도 허세를 부리는 느낌도 없다. '죽고 죽여 불던'이라는 살벌한 대사도 극히 평범하게, 과시하려는 의도 없이 입 밖에 낸 듯했다.

이 사람은, 그렇겠지….

그렇겠구나.

그것이 일상이겠구나.

나는 그런 식으로 납득하고, 우선은 그녀의 제안에 따르기로 했다. 폐점한 뒤의 백화점에서 괴이 현상에 대한 이야기를 나누는 것도 어쩐지 내키지 않는다. 폐점한 뒤의 백화점은 괴담의 무대로서 절호의 장소가 아닌가. 애초에 경비원이 순찰하고 있을 테니까 폐점한 뒤의 백화점에 계속 눌러앉아 있을 수는 없다. 아니, 오노노키와 카게누이 씨라면 가능할지도 모르겠지만….

소란스러운 일은 피하고 싶다.

어찌 되든 싸움이 벌어져서 좋을 게 없는 것이다. 오히려 얌전히게, 어른스럽게, 아무 일도 없이 큰일 없이, 일이 해결되는 것이 최고다.

그 마음은, 그 기특한 마음은 이 두 사람이 나타난 시점에서 이미 부질없는 희망인지도 모르지만…. 어쨌든.

우리는 약속 장소였던 백화점의 게임 코너를 나와, 추억의 학원 옛터로 향했던 것이다.

학원 옛터.

이 '옛터'라는 단어의 의미는 여름방학 이전과 여름방학 이후가 조금 다르다. 여름방학 전까지는 그 장소에 '옛날에 학원이 들어서 있던 폐건물'이 너덜너덜한 상태이나마 제대로 세워져 있었는데(그 폐건물 안에서 나와 카게누이 씨, 시노부와 오노노키가 싸웠던 것이다), 8월 말에 그 폐건물이 불타 버려서, 전소되어 버려서 흔적도 없이 사라졌다. '옛터'의 형태도, 그러니까 현재는 이른바 벌판이다.

진입금지인 공터가 되어 있었다.

어쨌든 밤에 찾아가기에는 무릎이 후들거리는 장소라는 점은 변함없다. 하지만 바꿔 말하면 그것은 주위에 인기척이 더욱 없어진다는 뜻이므로 비밀 이야기를 하기에 좋은 입지조건임에도 변함이 없었다.

공터에 도착할 때까지 앞을 걷는, 걷는다기보다는 지면을 밟지 않고 오노노키의 어깨에 올라서서 이동하는 카게누이 씨의 모습을, 나는 엿본다.

초등학생 시절 학교에 갈 때, 혹은 집에 돌아올 때 '땅바닥은 전부 바다고 그냥 걸으면 물속에 빠진다'라는 느낌의 놀이를 한 적이 없을까? 담 위나 블록 위만을 능숙하게 걸어야만 한다, 라는 규칙으로 등하교를 한 적은 없을까?

카게누이 씨는 무슨 생각인지는 모르겠지만(설마 진심으로 땅바닥을 바다라고 믿고 있는 것은 아니겠지만), 절대 땅바닥을 걷지 않는다. 나와 처음 만났을 때도 우체통 위에 서 있었을 정도다.

그러니까 지금도 카게누이 씨는 오노노키의 어깨에 올라타 이동하고 있는 것이다. 조금 전까지 내가 시노부에게 하고 있던 목말이 아니라, 오노노키의 한쪽 어깨 위에 카게누이 씨가 능숙하게 발끝으로 서 있는 형태다.

여름에 그런 식으로 걷는 것을 보았을 때, 인간 한 사람을 태우고 걷는 인간이 아닌 존재인 오노노키의 힘 쪽에 숨을 삼켰었다. 그런데 자신이 카게누이 씨를 한 번 태워 보니, 즉 카게누이 씨가 체중을 없애고 오노노키의 어깨 위에 올라가 있다는 것을 알게 되니 보통내기가 아닌 것은 오히려 카게누이 씨 쪽이라는 것을 통감하게 된다. 물론 오노노키도 보통내기가 아니라는 것을 알고 있으면서도 뼈저리게 깨닫는다. 그렇다고는 해도.

어쨌든 어떠한 인상을 받는다고 해도, 어떠한 구조이더라도 괴짜 그 자체의 행위인 '높은 곳 걷기'를 제외한다면, 제외하는 것은 거의 불가능하지만 제외한다면 카게누이 요즈루 씨의 인상은 처음에 만났을 때와 마찬가지로 '연상의 아름다운 누나'였다.

늠름한 여교사 같은 느낌.

성실한 사회인이라고나 할까.

적어도 알로하 셔츠의 중년남이나 상복의 불길남과 동류로는 보이지 않는다. 대학 동기 사이로는 보이지 않는다.

보이지 않지만, 그러나 위험도로 이야기를 한정하면 이 사람은 오시노나 카이키를 까마득히 능가하는 것이었다. 까마득히 초월하는 것이었다. 대화가 통하는 오시노나 돈으로 교섭할 수 있는 카이키와는 달리, 카게누이 씨는 말이 통하지 않는다.

말이 통하지 않는다는 것은 누구보다도, 괴이보다도 성가셨다. 아니, 괴이보다도 성가시기에 이 사람은 괴이를 쓰러뜨리고 괴이를 사역하는 음양사이겠지만.

실제로 등장과 동시에 그녀는, 힘을 상실하고 있다고는 해도 옛 괴이의 왕, 구 키스샷 아세로라오리온 하트언더블레이드를 간단히, 아주 간단히 꼼짝 못 하게 만들어 버렸으니까, 그림자 속에 밀어 넣어 버렸으니까 그 실력은 보증할 수 있다.

시노부가 괴이살해자라면.

카게누이 씨는 괴이타도자의 이명을 가진 전문가다. 불사신의 괴이를 전문으로 하는 전문가다.

"용케…."

도착했을 무렵.

학원 옛터이던 공터, 즉 황무지에 도착했을 무렵 나는 입을 열었다. 어색하게 여태껏 한마디도 대화가 없었던 것이다. 아니, 그런 침묵을 어색하다고 생각한 것은 나뿐이었는지도 모른다.

"…와 주셨군요. 당신이. 제가 있는 곳에. 카게누이 씨."

"음. 캇캇캇."

일단 카게누이 씨의 '높은 곳 걷기'에는 건물 안이라면 걸어도 괜찮다(바닥은 땅바닥이 아니니까)는 룰이 있는 듯했지만 이곳은 그냥 황무지, 충분히 땅바닥이므로 정지해도 오노노키의 어깨에서 내려오지는 않고 그 자세 그대로 나에게 대답했다.

이 장소에서 이야기하자고 제안한 것은 카게누이 씨 본인이었지만, 어쩌면 그것은 그녀 나름의 이른바 '공정한 제안'이었는지도 모른다고 나는 생각했다. 지면에 내려설 수는 없는, 이렇게 탁 트인 장소에서의 회담은 카게누이 씨에게 '싸우기 힘든 환경'이므로 갑자기 폭력 사태가 벌어질 일은 없다고 하는…. 아니, 그런 건 여차하면 카게누이 씨의 마음먹기에 달렸다고 할 수 있겠지만.

게다가, 너무 깊게 생각한 것인지도 모른다.

왜냐하면 이 사람은….

"나는 어디라도 갈 수 있시야, 아라라기 군. 전 일본, 전 세계, 어디라도 갈 수 있다고. 불사신의 괴이를 죽일 수 있다면 말이여."

"……."

―그렇다.

이 사람은 그저 불사신의 괴이를 죽이고 싶은 것뿐이니까.

이유는 모르고, 알 수도 없지만, 애초에 있는지 없는지도 확실치 않지만 카게누이 요즈루는 불사신의 괴이를 몹시 싫어하고 있다. 미워하고 있다고 말해도 좋을 정도로.

그러니까 이 사람에게, 이 일에 대해 상담하는 것은 이런저런 제반 사정을 제쳐 두더라도 아주 위험부담이 크다. 자기 문제로 와 달라고 해 놓고 뭔한 이야기지만, 가능하면 오노노키만 와서 카게누이 씨 사이를 전서구처럼 중개해 준다는 형태가 나에게는 제일 안심할 수 있는 형태였다.

하지만 슬프게도 인간이란 좋아하는 것보다 싫어하는 것 쪽을 자세히 알게 된다. 그렇다면 어떠한 형태를 취하더라도 내가 지금 상담할 인물로 제일 적절한 사람이, 합당한 사람이 카게누이 씨임은 틀림없는 것이다.

내 부자연스러운 흡혈귀화를.

이 사람이라면 분명 해결해 줄 것이다.

자연스럽게 그런 기대가 고개를 쳐든다.

"뭐, 물론 가엔 선배에게 얘길 들었다는 점도 있겠지만서도. 뭐야, 아라라기 군. 니 상당히 가엔 선배의 마음에 든 모양이드라. 무슨 일을 한 거야?"

"딱히…. 뭔가 했다고 할 만한 일은 하지 않았다고 할까요, 한 기억이 없다고 할까요. 굳이 말하자면 여러 가지로 당했다는, 요컨대 받았다는 느낌이고…."

이거 안 되겠네.

역시나 주뼛주뼛하며 말하게 된다.

노골적으로 경계…라기보다는 겁을 먹게 된다.

여름방학 때, 높이는 다르다고 해도 이 장소에서 카게누이 씨에게 흠씬 두들겨 맞은 추억이 몸에 새겨져 있는지도 모른다.

물론 이제부터 신세를 지게 될 테니, 적대하고 있던 과거에 계속 얽매여 있지 않기 위해 내가 카게누이 씨에 대해 공손한 태도를 취하는 것은 당연하지만.

"흐음…. 뭐, 상관없어. 어쨌든 상관없고, 거시기 말여. 니가 가엔 선배하고 어떠한 인간관계를 쌓더라도. 다만 나로서는…. 아니."

거기서 카게누이 씨는 획 하고 고개를 저었다.

뭔가를 말하려 하다가 그만둔 느낌이다.

도중에서 끊은 걸까.

"괜찮을까. 그만둘까. 가엔 선배에게 어떠한 의도가 있더라도, 계획이 있더라도…. 나는 불사신의 괴이를 죽이기만 하면 되니께. 그럴 수만 있다면 불만은 없어."

"……."

아마도 원래부터 변변한 이야기를 하려고 하지는 않았겠지만 도중에 그만두게 되면 신경이 쓰이는데.

"그래서? 어떡하고 싶은 거여? 난 아직 자세히 못 들었는디. 불사신의 괴이가 있는 듯하다는 이야기를 듣고 허겁지겁 달려왔는디 말이여."

"하아…."

얼마나 애매모호한 정보로 움직이고 있는 걸까.

달리 표현하자면, 얼마나 불사신의 괴이를 죽이고 싶어 하는 걸까, 이 사람은. 전문가라기보다 완전히 살인귀 같은 성격이네.

뭐, 흡혈귀를 상대로 하는 만큼─그 세 명의 전문가처럼─그쪽이 정상인지도 모르지만.

다만 정말로 그 세 사람 같아도 곤란하다.

"이야기하자면 길어지는데요…. 아니, 그렇게 길어지지는 않을 것 같지만요. 그 전에 한 가지, 물어봐도 괜찮을까요?"

"뭐든지."

카게누이 씨는 빙그레 웃으며, 높은 위치에서 나를 압도적으로 내려다보면서 말했다. 오노노키가 지닌 1인분의 고저 차는 상당한 압박감을 가지고 나를 억누르고 있었다.

나도 어떻게든 시노부를 불러내서, 굽실거리며 기분을 맞춰 주고 끌어내서 그녀의 위에 올라설까도 생각했지만 그만두었다. 어깨 위가 아니라 그녀의 정수리 위에 선들 카게누이 씨의 높이보다 모자랄 것은 시험해 볼 것도 없이 눈으로 보기에도 명백했기 때문이다.

"저기, 카게누이 씨와 오노노키는, 전문가죠?"

"그라제. 전문가제. 정확히 말하면 전문가는 나가 전문가고 요츠기는 그 식신, 말하자면 말단사원이제."

"즉, 대가가… 발생하네요."

대가.

오시노가 자주 하던 말이었다.

카이키 같은 극단적인 수전노는 아니었지만, 오시노는 자신이 한 노동의 대가에 대해서는 아주 엄격하다고 할까, 무상봉사 정신이 결여되어 있다고 할까, 여하튼 칼 같은 녀석이었다. 서비스로 뭔가를 해 주는 일은 거의 없었다.

가엔 씨는 돈은 요구해 오지 않았지만 '우정 지불'이라고 하는 돈 이상의 성가신 거래를 요구해 왔고—이번에도 그렇다. 우정 갚기가 대가가 되어 있다—그 부분은 그들 업계의 룰, 이라고 나는 해석하고 있다.

룰이라면, 아무리 이례적인 전문가인 카게누이 요즈루라도 그 틀 밖에 있지는 않을 것이다.

"단도직입적으로 묻겠습니다…. 얼마 정도인가요? 솔직히 말해서 저는 돈이 별로 없는데….”

“워매? 성가신 돈 따윈 필요 없어, 귀찮게시리. 시시콜콜한 돈 계산은 서툴러. 뭐든지 괜찮으니 얼른 얘기해 보더라고.”

“…….”

너무 아나키해!

위험하잖아, 이 성격!

대충 사는 것에도 정도가 있다고!

돈을 내지 않아도 괜찮다는 것은 학생 신분으로서는 고마울 따름이지만(설령 시노부에게 무슨 말을 듣더라도, 조금 전 UFO 캐처에서 사용해 버린 천 엔조차도 나에게는 상당히 뼈아픈 지출이다), 그러나 이 사회성 없는 언행에서는 섣불리 거리를 좁히고 싶지 않은 위험함이 느껴진다.

무욕한 것도 아닐 테고.

옷도 좋은 것을 입고 있고 말이야.

가엔 씨의 우정 지불도 상당히 무섭지만, 이 사람의 ‘어떻게 되어도 상관없는 느낌’ 이란 것은 기분을 알 수 없어서 무섭다. 카이키의 돈에 대한 집착은 ‘불쾌하다’ 라는 한마디로, 기분이 나쁜 대로 이해할 수 있지만, 이 사람의 기분은 ‘불가해不可解하다’.

불쾌한 것과 불가해한 것.

뉘앙스 가설적으로는 비슷한 것이겠지만, 그러나….

“뭐시여, 오빠. 요츠기하고 자주 놀아 주고 있는 것 같응께, 그걸로 퉁치자고. 그래도 영 꺼림칙하다면… 그려. 나중에 또 요츠기에게 하드라도 사 주든지.”

"하겐다즈야."

묵묵히 있던 오노노키가, 여기서만은 갑자기 끼어들었다. 이렇게까지 욕망에 충실할 필요는 없지만… 응, 이런 식으로 욕구를 말해 주면 알기 쉽다. 기분을 알기 쉽다.

하겐다즈에 시로쿠마*도 얹어 주고 싶어진다.

뭘까.

그런 의미에서 카게누이 씨의 '욕구'는, 나로서는 '불사신의 괴이를 죽이고 싶다'라는 분명한 살의밖에 보이지 않기 때문에….

그것이 무서운지도 모른다.

"카게누이 씨는 좋아하는 음식 같은 건 없나요? 뭣하다면…."

"없어. 먹을 수 있다면 뭐든 괜찮아."

"……."

비빌 언덕도 없다. 그렇다기보다 정말 이 사람은 '그 지점' 밖에 흥미가 없구나, 라고 생각하게 만드는 무관심한 태도였다.

흔히 호불호가 없다고 말하는 사람이 있는데, 주의 깊고 까다롭게 검증해 나가면 좋아하는 음식이나 꺼리는 음식이 있기 마련이다. 그렇지만 지금 카게누이 씨의 무뚝뚝한 태도에서는 그 편린조차도 느낄 수 없었다.

결국 이 사람을 '무섭다'고 느끼는 것은, 폭력적이기 때문도 대화가 통하지 않기 때문도 아니라 그런 인간미에 관련된 것이 아닐까 하고, 나는 이때 그런 식으로 생각했다.

※시로쿠마(白くま) : '북극곰'이란 뜻을 지닌 가고시마 시 발상의 빙과류.

인간에서 벗어난 존재라….

그렇게 되면 잡담을 해서 거리를 좁힌다든가 훈훈한 분위기를 만든다든가 하는 행위는 이 사람에게 전혀 의미가 없는 일이 되겠네…. 대가를 지불하지 않는다, 지불하지 않아도 된다는 것은 그것대로 마음이 불편히지만, 그러니 돈이 필요 없다고 말하는 사람에게 억지로 주는 것도 이상한 이야기다.

마음의 불편함은 내 개인적인 감정으로 받아들이기로 하고(그리고 나중에 오노노키에게 하겐다즈를 사 주기로 하고. 컵이 아니라 콘으로), 나는 카게누이 씨에게 본론을 꺼냈다.

"거울에."

"워매?"

"거울에… 비치지 않아요. 제가."

"……."

거기서부터 카게누이 씨는 맞장구를 치지도 않고, 물론 헤살을 놓지도 않고, 말하자면 진지한 얼굴로 내 이야기를 듣고 있었다. 내 어중간한 흡혈귀화 이야기를, 그것도 오시노 시노부와의 상관관계가 없는 흡혈귀화 이야기를 듣고 있었다.

몰입하여 듣고 있었다.

"…그렇다고."

그렇게 이야기를 마쳤을 즈음에 간신히 카게누이 씨는 그런 식으로 끄덕였다.

"여동생. 느그 여동생. 정말 기운이 뻗쳐 부네. 아라라기 츠키히, 츠키히 양."

"아니, 본론은 거기가 아니라…."

"시방 이야기를 듣고서, 여동생과 같이 욕실에 들어가는 변태가 신경 쓰이지 않는 녀석이 있겠냐? 얼마나 목욕을 오랫동안 한 것이여."

그건 어쨌든, 이라며 카게누이 씨는 아픈 곳을 찌르고 들면서도 화제를 전환했다.

누가 먼저 목욕할지 츠키히와 경쟁한 것에 대해서는 제아무리 카게누이 씨라도 딴죽을 걸 수밖에 없었던 모양이지만, 역시 그녀는 불사신의 괴이에 대해서밖에 흥미가 없는지 놀라울 정도로 전환이 빨랐다.

"몇 가지 질문을 해도 될랑가?"

"네. 뭐든지 마음대로 물어보세요."

"기억하고 있는 한도 내에서 대답하는 걸로 충분항께. 마지막으로 니가 거울에 비쳤던 것은 언제여?"

"……?"

"그렁께, 탈의실 같은 곳에 거울이 있을 거 아닌감. 옷을 벗었을 때는 비쳤어? 목욕탕에서도 계속 거울에 김이 서려 있던 것은 아닐텡께. 그때는 어땠어? 예를 들어 여동생이 니 머리를 리젠트로 만들었을 때는 어땠냐고? 뭐, 그 부분을 기억하지 못한다면 어제 자기 전에 양치질을 했을 때라도 괜찮은디…."

"……."

듣고 보니 그것은 그때 바로 생각해야 했었는지도 모른다. 거울에 비치지 않는다는 비정상적인 현상에만 정신이 팔려서, 대체 언제부터 그 현상이 일어나고 있었는지 아직 생각해 보지 않았다.

혼란 상태였다고는 해도 참으로 어리석었다.

기억을 더듬는다.

더듬어 보지만… 그러나 좀처럼 떠오르지 않는다. 애초에 '거울에 비친다'라는 것은 인간에게 당연한 일이며 의식해서 비치는 것은 아니다.

그 순간순간을 기억하고 있었다고 해도, 그것은 결코 장기기억이 되지는 않을 것이다. 물론 어제 양치질을 할 때에 내 모습이 비치지 않았다면 역시나 그 시점에서 깨달았을 테니, 그 시점에서는 비치고 있었다고 판단해도 좋다고 생각한다.

탈의실에서 옷을 벗었을 때도 마찬가지라고 할 수 있을 것이다. 비치지 않았다면 그때 바로 깨달았을 것이다. 그러니까 역시.

"마지막으로 비친 것은 그 직전이라고 생각해야 한다…고 봐요. 거울이 흐려지기 전이겠죠…. 그러니까 그때가 처음으로 거울에 비치지 않았던 때라고 생각해요."

"흠…. 발톱."

"네?"

"발톱. 보여 줘 봐."

나는 그 말을 듣고 두 손을 유령처럼 앞으로 쭉 뻗어서 카게누이 씨에게 보였다. 그러자 카게누이 씨는 불쾌하다는 듯 입술을 일그러뜨리며 말했다.

"발톱이라고."

그야 그렇겠지.

카게누이 씨가 내 네일아트에 흥미가 있을 리 없었다.

애초에 하지도 않았고 말이지.

그렇다고 해도 공터에 서 있는 상태에서 발톱을, 동녀의 어깨 위에 올라가 있는 사람에게 발톱을 보인다는 것은 솔직히 어떡해야 좋을지 금방 떠오르지 않는 포즈다.

뭐, 일단 부딪쳐 보고 할 수 있는 만큼 해 보는 수밖에 없을까…. 그렇게 생각한 나는 스니커에서 한쪽 발을 빼서 양말을 벗고, 그 양말은 둥글게 말아 가방 안에 집어넣었다. 그리고 뭐랄까, 발레에서 말하는 Y자 밸런스와도 비슷한 포즈로, 한쪽 다리를 카게누이 씨 쪽으로 내밀었다.

"뭐시여, 기괴한 포즈네이."

무슨 소릴 하는 거야, 이 사람.

그렇게 생각할 틈도 없이, 카게누이 씨는 나름대로의 높이까지 올라간 내 발을 잡고는(역시나 Y자 밸런스 자체로는 거기까지 올라가지 않았다. 내 유연성의 한계다) 자신의 얼굴 앞까지 들어 올린다. 그대로 뒤집히는 줄 알았지만, 그렇다기보다 거의 뒤집힐 뻔했지만 카게누이 씨가 완력으로 그것을 막았다.

즉 그녀는 한쪽 팔로 발목을 붙잡는 것만으로 내 모든 체중을 감당하며 들어 올리고 있는 형태였다. 완력이 얼마나 강한 거야, 이 사람.

애니메이션 판에서의 포학함도 어쩌면 과장이 아닌지도 모른다.

"거울 말이지…."

"네?"

"거울에 비치지 않는다는 건 상당히 무서운 일인디, 허지만 말여. 거울에만 비치는 괴이도 있제."

"아아…. 그러네요."

구체적인 이름은 나오지 않았지만, 거울 속에만 나타나는 유령이라든가 거울 속에 사는 악령이리든가, 혹은 거울 자체가 괴이라든가 하는 이야기는 들은 적이 있다.

너무 많아서 일일이 셀 수 없다.

지금 상황과 직접적으로 관계있는 이야기로 생각되지는 않으니 그것은 카게누이 씨로서는 그냥 한 번 말해 본, 발톱을 확인하는 동안의 공백을 메우는 잡담 같은 것이겠지만.

"그 애는…. 그 흡혈귀는, 구 키스샷 아세로라오리온 하트언더블레이드는 뭐라고 하디?"

"그게, 당신 때문에 토라져 있는 유녀는 말이죠. 원래 미세골절이었을 부상이 내면부터 조금씩 치유되고 있는 중이고, 지금은 뼈까지 나아 있는 상태라고 말했어요. 그것이 오늘 아침의 진단이에요."

"그려잉. 오늘 아침에 그랬다는 거제. 보랑께."

"네? …에에에엑?"

카게누이 씨는 내 발목에 더욱 힘을 가해서 ㄱ 발톱을, 발톱 끝을 내 얼굴 근처까지 밀어 올렸다. 이미 내 몸은 Y자 밸런스를 넘어서 I자 밸런스였다.

역시나 이러면 아프다.

고관절이 비명을 지른다.

그렇다기보다, 이미 내가 비명을 지르고 있다.

"자. 이미 완전히 나아 부렀어."

"……."

확실히 말해서 발끝 같은 세밀한 곳을 확인할 수 있는 안전하면서도 안정적인 포즈는 아니었다. 그래도 억지로 눈을 밀어 올려서보니, 아무래도 정말인 듯했다. 카게누이 씨의 말대로였다. 깨진 발톱은 붙어 있었고 피가 났던 부분의 딱지도 사라져 있다.

새끼발가락이 나은 정도로 이런 말을 사용하는 것은 지나칠지도 모르지만, 그것은 확실히… 완전회복이었다.

그렇다, 흡혈귀의 회복능력 같은… 그런 것 같은.

"미세골절이 어떻고 하는 것은 겉으로만 봐서는 알 수 없지만, 발톱이 돌아와 있는 것은 X레이를 찍어 볼 것도 없이 겉모습으로도 명백하네요. 그리고 역시나 하루 만에 발톱이 붙는 일은 없을 테고…."

나는 그렇게 입을 열면서 현재 상황을 확인한다.

납득할 수 있는 점, 그리고 납득할 수 없는 점을.

"하지만 이상해요. 이건 이상하다고요, 카게누이 씨. 집을 나오기 전에는, 외출하기 위해서 양말을 신은 시점에서는 이렇게까지 회복되어 있지는 않았어요. 그렇다기보다 오늘 아침에 시노부에게 진단받았던 그때 그대로라고 해야 할까요…. 적어도 겉으로 보기에도 나아 있지는 않았어요."

"그 원인은 명백하겠지. 명명하고도 백백하겠지, 귀신 오빠."

그렇게 내 의문에 대답한 것은 카게누이 씨 아래에 있는 오노노키 쪽이었다. 그녀는 손가락을 하나 세우더니(그 '손가락 하나'는 아마도 그녀의 버릇이겠지만, 그 위력을 아는 사람으로서는 동작 하나하나가 무섭다) 허공을 가리켰다.

허공을, 밤하늘을.

태양이 진 뒤의 어두운 밤하늘을.

"…아아, 그렇구나. 흡혈귀의 힘은 밤이 되면 강해진다는 건가."

"그리고 달빛도 듬뿍 뒤집어쓰고 있으니까. 일광욕이 아닌 월광욕은 흡혈귀의 상처를 낫게 하겠지. 예이~."

'예이~'라고 말한 순간, 위에서 카게누이 씨가 때리고 있었다. 폭력적인 예의범절 교육이지만, 그 기분을 모르는 것도 아니다.

…그 '예이~'에 대한 책임의 일부를 담당하고 있는 내가 할 수 있는 말은 아니겠지만.

"그렇다는 얘기는 역시 시노부의 진단이 옳았던 거군요. 제가 흡혈귀화하고 있다는 시노부의 추리는…."

단순한 상처의 회복이 아니라 밤의 주민으로서의 회복이었다는 이야기이니, 이것은 이미 흡혈귀의 그것과 다를 바 없을 것이다.

"아니, 나로서는 아직 판단은 못 내리겠는데. 맨 처음에 났던 상처를 못 봤으니께. 야, 요츠기."

"왜, 어니."

"봐 봐라이."

그렇게 또다시 카게누이 씨는 내 발목을 이동시켰다. 원래대로 되돌리는 게 아니라, 이번에는 Y자 밸런스보다 조금 각도를 낮춰서 90도에서 100도 정도 되는 느낌.

나의 맨발을 그대로 오노노키의 얼굴 앞에 밀어붙였다. 밀착이다. 동녀의 뺨에 꾹꾹, 하고 내 발바닥을 밀어붙인다는 나름대로 도착적인 모습이었다.

무슨 생각일까, 나를 이런 식으로 기쁘게 만들어서 어쩔 생각일까 하고 미심쩍게 생각하는데, 카게누이 씨는 오노노키에게,

"조사해 봐라이."

라고 지시를 내렸다.

"네~, 네~."

오노노키는 조금 반항적인 태도로 그렇게 말하고는 카게누이 씨로부터 내 발목을 넘겨받았다. 내 발은 릴레이 배턴이 아닌데.

현실적으로는 카게누이 씨에게 발목을 잡히는 것보다 오노노키에게 발을 잡히는 편이 훨씬 정도가 아니게 무섭지만, 이 자리에서는 잡은 사람이 바뀐 것은 나에게 안심할 요소였다.

그렇다고 해도 내가 안심하고 있던 것은 단 몇 초, 카게누이 씨에게서 오노노키에게로 넘어간 그때뿐이었다. 곧바로 나의 발끝을 입안에 넣고 핥는 오노노키의 행동에는 천하의 나도 전율할 수밖에 없었다.

시노부처럼 괴롭히거나 주물럭거리는 것도 심했지만, 입에 넣고 핥는 것은… 뭐랄까, 심한 것 위에 심한 것이 쌓인 기분이었다.

간지럽지도 않고 말이야.

"으득으득."

"아니, 이로 물지 마! 깨물지 마!"

"새끼발가락 정도로 깩깩거리지 마."

"깩깩~!"

생명의 위기를 느끼고 나는 발을 뺐다. 카게누이 씨의 록은 풀리지 않을 것 같았지만, 오노노키의 록은 팔 하나가 아니라 두 팔에 의한 것이었어도 입안에서 핥는 것에 열중하고 있었는지, 간단히 풀렸다.

"어떠냐? 요츠기."

"검증 중."

"그런가. 이봐, 아라라기 군. 요츠기가 니 발 맛을 검증하고 있는 동안에 다음 스텝으로 진행하자. 손을 내밀어."

"손?"

"그라제, 손금을 보일 때처럼."

조금 전에 발톱을 보일 때에 나는 깜빡하고 카게누이 씨에게 손을 내밀어 버렸는데, 그때에 체크할 수는 없었던 걸까. 수순이 중요한 걸까? 그러고 보니 같은 동업자인 오시노도 그런 말을 했던 기분이 드는데.

하지만 이 경우에 카게누이 씨가 말하는 '스텝'의 의미는 그런 '중요한 수순'이 아니었다.

이제 그만 나도, 이 사람을 오시노와 같은 수준으로 놓고 생각하지 않는 편이 좋았을 텐데.

들은 대로 내가 내민 손.

그것을 카게누이 씨는 손금을 보듯이 부드럽게 잡았다. 그래서 나는 정말로 손금을 보는 건가 하고, 손금에 의해 내 현재 상태가 밝혀지는 건가 하고 생각했을 정도였는데, 그렇지는 않았다.

"우흡!"

그런 기합이었다.

뉘앙스 가설을 채용하는 입장의 사람으로서는, 그것은 '우둑!'이라고 표현해야 할 기합이었을 것이다. 카게누이 씨는 앞으로 내민 내 손의 집게손가락과 가운뎃손가락을 꾹 쥐나 싶더니, 그대로 엉뚱한 방향으로 꺾어 버렸다.

"큭…크아아아!"

"시끄러부러. 뭐, 결계를 쳐 놔서 아무리 소리치고 뒹굴더라도 문제없응께, 좋을 대로 해."

어느 사이에!

결계를 칠 시간 같은 건 없었다고 생각되는데. 그 부분의 솜씨는 역시나 가엔 씨의 제자(?)라고 할 수 있겠지만, 그 부분에 감탄하고 있을 여유가 나에게 있을 리 없었다.

애초에 결계란 건 뭐냐고 물어볼 기분도 들지 않는다.

확실히 나는 이제까지 수많은 부상을 입어 왔고, 몇 번 죽어 왔는지 알 수 없을 정도다. 그런 의미에서는 아픔에 익숙해졌으리라 여겨지기 마련인데, 아픔에 익숙해지는 일 따윈 없다. 애초에 흡혈귀가 지닌 능력인 부상 회복은 '원래대로 돌아온다'라는 성질의 능력이라, 예를 들어 보통의 골절처럼 뼈가 붙고 나면 예전보다 강해지거나 하지는 않는 것이다.

그런 이유로 나는 사양하지 않고 그 자리에 쓰러져서, 카게누이 씨가 권한 대로 비명을 지르며 바닥을 굴렀다.

"으아아아아아아아아아아아아악! 무, 무, 무슨 짓을 하는 건가요, 카게누이 씨! 갑자기 이런 짓을, 아야, 아야야야!"

"아이구. 그러면 안 되제, 안 돼. 단순히 괴로워하며 뒹굴지만 말고, 그 손가락을 낫게 하겠다는 생각을 하리고. 니으라고 깊이 생각하라고. 너의 회복력을 알아보기 위한 테스트랑께."

"테, 테스트…?"

그러고 보니, 이거.

이 폭력적 행위, 허락될 리 없는 만용.

그것은 요컨대 시노부가 손톱을 뾰족하게 만들어서 내 피부를 할퀸 것과 마찬가지로, 카게누이 씨는 내 육체의 회복력을 시험하고 있는 건가?

아니, 확실히 순서적으로 이것을 나중으로 미뤘어야 하겠지만, 잠깐 있어 봐, 당신.

왜 하는 일마다 전부 괴이보다 난폭하기 짝이 없는 거냐고.

"그 손가락을 낫게 하려고 사상적으로, 개념적으로 노력해 보라고. 자, 오른손 손가락이라니까? 그렇게 부러뜨리면, 부러뜨려졌으면 낫는 데 한두 달은 걸릴걸? 열심히 치유하라고. 입시 공부 같은 거, 그 손가락으로는 못 하잖아?"

"크윽…."

모티베이션으로서는 영 약하다.

오히려 내 입장에서 손가락의 골절은 공부하지 않아도 되는 이유가 되어 버릴지도 모른다. 이런, 다쳤으니 어쩔 수 없지, 하는 느낌으로 말이야.

땡땡이치고 싶은 고등학생의 욕구를 우습게 보면 곤란하다.

뭐랄까, 한시라도 빨리 이 부러진 손가락을 낫게 하고 싶다고 생각할 만한 동기부여를 해야 할 텐데⋯. 너무너무 아파서 죽을 것 같다. 손가락의 골절로 죽는 일은 없겠지만 죽을 것 같다.

보니까 손가락도 심하게 변색되어 있고.

카게누이 씨, 어떤 식으로 부러뜨린 거냐구요.

이거, 한두 달은 고사하고 평생 안 낫는 거 아니야?

"큭⋯ㅇㅇㅇㅇㅇㅇㅇㅇㅇㅇㅇㅇㅇㅇ윽!"

생각해라.

생각해라, 생각해라, 생각해라.

온 힘을 다해서 이미지를 떠올리는 거다.

이 손가락이 낫지 않으면. 이 손가락이 낫지 않으면. 이 손가락이 낫지 않으면. 이 손가락이 낫지 않으면. 이 손가락이 낫지 않으면. 이 손가락이 낫지 않으면.

"이 손가락이 낫지 않으면⋯ 하네카와의 가슴을 주무를 수 없어!"

아니.

낫더라도 딱히 주무를 수 있는 건 아니지만.

그러나 이 동기 부여는 나에게 적절을 넘어서 완벽했는지, 내출혈로 보랏빛을 넘어 아예 시커멓게 변색되어 있던 두 개의 손가락이 순식간에 회복되어 있었다. 원래대로 돌아와 있었다.

"⋯겁나게 심한 사춘기구나, 니."

그렇게 카게누이 씨가, 하는 말과는 반대로 히죽거리면서 말했다.

뭘까, 이 연상의 누나가 보여 주는 포용력은. 어이없다는 반응도 없는 건가.

"하지만 그 회복력, 회복 방법. 잘 봤다. 그래서 요츠기, 너의 검증의 결과는 어떠냐이?"

"아직 검증 중…. 지금 84퍼센트 정도. 하지만 대강은 파악했어. 아마도 이것은 흡혈귀화 해 있다는 시노부 언니의 예측이 맞았어. 다만…."

"다만?"

신경 쓰이는 말이 이어진다.

"응, 다만…. 아니, 여기서부터는 내 입으로는 말할 수 없어."

"야, 그렇게 말하면 엄청나게 신경 쓰이잖아."

"나로서는 가능하면 귀신 오빠의 부모님에게 먼저 말하고 싶어."

"……."

오노노키는 인형처럼, 시체처럼 무표정하므로 농담으로 말하는 건지 진심으로 말하는 건지 언제나 알기 어렵지만, 이것은 농담이기를 바란다.

무슨 선고를 할 셈이야.

"그건 그렇고…. 저기, 농담이지? 조크지, 오노노키?"

"뭐, 부모님이라는 얘기는 농담이지만…. 하지만 시노부 언니는 불러 줬으면 좋겠네. 그림자 속에 틀어박혀 있는 시노부 언니. 그 귀신의 의견도 듣고 싶은 참이니까."

"허긴 그렇제. 조금 전에 머리 위에 올라갔던 일이라면 사과할 텡께, 구 키스샷 아세로라오리온 하트언더블레이드를 불러내 줘 봐라잉."

"허어…."

하는 말은 이치에 맞고 있고, 나도 버디로서 그 녀석에게 들려주고 싶은 이야기기도 하므로 불러내 달라는 말을 들으면 거절할 이유는 없다. 하지만 오늘 아침 시점에서 비장의 카드는 써 버렸으니….

같은 날에 두 번, 있지도 않은 도넛을 미끼로 써서 불러냈다간 그때야말로 내가 도넛화해 버릴지도 모른다. 밤이라 다소나마 힘을 되찾았을 테니, 지금의 시노부라면 나를 꿰뚫어 버리는 것 정도는 할 수 있을지도 모른다.

그렇게 되면.

"죄송합니다, 카게누이 씨. 잠깐 요 근처의 미스터 도넛을 사러 갔다 와도 될까요?"

"뭔 소리고, 그기."

간사이 사투리로 딴죽을 걸어왔다.

어쩐지 기쁘다.

"감질 나는 짓 하지 말고 얼른 그 애를 불러내라고. 수고가 들 것 같다면 나가 니 그림자 속에 손을 찔러 넣고 내장처럼 끄집어내 주끄나?"

"내장처럼?"

그게 '끄집어내다'에 호응하는 비유인가?

"금발을 다 뽑아 불겠다는 정도의 마음가짐으로다가 꽉 쥐고……어?"

계속 살벌한 소리를 하는 카게누이 씨의 말을 마치 들었다는 듯한 타이밍에, 그림자 속에서 오시노 시노부가 나타났다.

오늘 아침처럼 주먹 쥔 손을 힘차게 들어 올리며 등장하는 것이 아니라 위엄 넘치게, 복장까지 어쩐지 고급스런 드레스 같은 것으로 리뉴얼해서 위풍당당하게 나타났다.

눈가가 부어 있는 느낌도 들고, 시노부를 잘 아는 입장으로서는 그녀가 그림자 안에서 마냥 훌쩍거리고 있었던 것은 아닐까 하는 의심을 품지 않을 수 없었다. 하지만 팔짱을 끼고 턱을 쑥 내밀고서 내려다보는 시선, 처참한 웃음과 함께 등장한 그녀에게 그런 딴죽을 걸 수 있을 리 없었다.

"아따, 구 하트언더블레이드. 조금 전에는 맘대로 머리를 밟아 부러서 미안허구먼."

"……."

"……."

"……."

분위기 파악을 못 하네

어른인데도 분위기 파악을 못 해.

게다가 이 사람, 미안해, 라고 말하고 있긴 하지만 정말 티끌만큼도 기죽은 눈치가 없고…. 내 멋대로의 예상이지만, 카게누이 씨는 절대 자신에게 잘못이 있다고 인정한 적이 없을 거다.

"크…카캇."

그래도 시노부는 열심히 웃었다.

너무 씩씩해서 눈물이 앞을 가린다.

"카캇. 너희들, 아무래도 내 주인님에 대한 조사는 마친 게로구나. 나 대신 참으로 고생하였다. 너희 같은 자들이라도 내 주인님에게 도움이 될 듯하니, 과연 세상에는 적재적소라는 것이 있는 게로고."

"하하, 미안하구먼. 니가 그렇게 필사적으로 거드름을 피워야만 하는 상황으로 몰아넣어 부러서. 그럴 생각은 없었는디. 그냥 착지하기 쉬운 머리가 보이기에, 나도 모르게 밟아 보고 싶어져서 말이여."

"……."

그쯤에서 멈춰 줘.

분위기는 못 읽으면서 속마음을 읽지는 말아 줘.

착지하기 쉬워 보이는 머리라니…. 600년 가까이 살아온 시노부가 이제까지 한 번도 들은 적 없을, 거의 있을 수 없는 굴욕적인 대사임은 틀림없었다.

"카…카캇."

그래도 웃는 시노부. 완전히 근성으로 똘똘 뭉쳤다. 그렇다기보다 이제는 명백히 뒤로 물러날 수 없게 되고 말았다.

"마, 말을 조심해라, 인간. 전문가라고 해서, 그리고 불사신의 괴이의 전문가라고 해서 나에 대해 다 안다고 생각한다면 커다란 착각이다. 내가 지금 너를 죽이지 않는 이유는 내 주인님의 육체적 문제를 네가 해결해 줄 거라는 기대가 있기 때문임을 잊지 말거라. 카캇."

"아따, 그렇게 사과하고 있잖어, 머리를 밟아 분 것에 대해서. 프라이드가 높은 너의 낮은 머리를 밟아 분 것에 대해서. 너무 꽁해 있지 말어라이, 누가 나이트워커 아니랄까 뵈 성격 참 어둡네. 미안, 미안하당께. 이제 안 밟도록 조심할 팅께."

"……."

크윽, 하고 시노부가 끝내 입을 다물었다.

이대로 있다간 언젠가처럼 오시노 시노부가 몇 달에 걸쳐 계속 입을 다물지도 모른다고 생각한 나는 그쯤에서 제동을 걸었다.

"그만하세요, 카게누이 씨."

브레이크가 걸린 카게누이 씨 쪽은 멀뚱한 얼굴을 하고 있었다. 정말로 악의 없이, 별 생각 없이 말하고 있던 모양이었다. 이건 그냥 성격이 나쁜 거다.

모두가—카이키조차도—이 사람을 싫어할 만하다.

"시노부도 이제 그만 포기해. 그러면 과거를 바꾸려다가 상처를 후비게 될 일은 없을 거야."

"그, 그치만…."

눈물이 글썽거리는 눈을 하고 내 소매를 잡아당기지 마.

너무 귀엽잖아. 너무 애처롭고.

"그때 너는 카게누이 씨에게 내 머리가 밟히는 것을 몸을 던져 감싸 줬어. 그건 헌신적인 자기희생이었어. 그렇게 생각하면 너의 프라이드도 지킬 수 있잖아?"

"응? 아, 그렇지! 그랬었지, 그랬었어, 나는 너를 감싼 거였다. 응, 난 참 멋지구먼!"

한순간에 기분을 추슬렀다.

너무 귀엽고 너무 애처로운 녀석이었지만, 동시에 어쩐지 귀찮기 이를 데 없는 초라한 녀석이었다.

"나는 이런 녀석에게 졌던 건가…."

그렇게 오노노키가 중얼거렸지만, 아무래도 기분을 추스른 시노부에게는 들리지 않은 듯하다는 것이 최소한의 위안일까. 위안이고 뭐고, 카게누이 씨 외의 모두가 불행해진 느낌이지만.

"그러면 배우도 모였고 정보도 모였고 답도 모인 상황잉께. 독자에 대한 도전을 끼워 넣을 수는 없지만, 해결편을 시작해 보까. 수수께끼 풀이로다가."

"수수께끼 풀이…."

카게누이 씨의 그 말에 위화감이 느껴졌다.

내가 거울에 비치지 않는 것은 수수께끼라기보다, 그냥 단순한 현상이라고 생각하는데….

"좋아. 시작해라."

시노부는 말했다.

기분을 추스른 시노부는 거만한 태도로 나오기로 한 모양이다. 뭐, 만나자마자 머리를 밟혔다는 굴욕은 맛보았지만, 그래도 옛 괴이의 왕으로서는 카게누이 씨나 오노노키에게 지금도 '밀리지 않는다'라는 자신감, 자부심이 있는 것이겠지. 그 자신감이나 자부심이 의지가 될지 어떨지는 접어 두고라도.

"아라라기 코요미. 귀신 오빠. 당신의 육체는 지금 현재…라기보다 현재진행형으로 조금씩, 조금씩 **흡혈귀화하고 있어**. 그것이 현재 상황이야."

"흡혈귀화…."

"인간에서 흡혈귀로, 조금씩. 그런 것을 생물학적으로는 번테리고 하던가. 흠, 귀신 오빠에게 어울리는 말이네."

"……."

안 웃기잖아.

전혀 조금도 안 웃기잖아.

그냥 무표정해지잖아.

뭐, 그것 자체는 오늘 아침에 있었던 시노부의 검증, 그리고 지금 여기서 이루어진 카게누이 씨의 검증(이라는 이름의 폭력)으로 이미 알게 된 것이기도 해서, 여기서 새삼스레 놀라지는 않았다.

"흡혈귀화인가…. 으음."

"뭣이여, 오빠. 의외로 냉정해 부네잉?"

"뭐, 지금까지도 몇 번이나 흡혈귀가 되어 있었으니까요…. 역시나 처음 흡혈귀가 되었던 봄방학 때처럼 흐트러지지는 않아요. 전문가인 분을 앞에 두고서 번데기 앞에서 주름 잡는 얘기가 되겠지만, 겉멋으로 요 1년간 이 바닥을 굴러 왔던 게 아니라고 할지…."

특히 요 몇 달간은 과격했으니까 말이야.

하치쿠지 때도 그렇고, 센고쿠 때도 그렇고….

게다가.

그 전학생 때도 그렇고.

"이 바닥을 굴렀다고."

그렇게 말하는 오노노키.

의미심장하게 복창했다.

"굴러 왔던 건 이 바닥이 아니라 그냥 밑바닥이라고 생각하는데. 바보처럼."

"어?"

"아니."

오노노키는 고개를 저었다.

카이키로부터의 영향이라고 생각되는 통렬한 빈정거림이 담긴 독설은, 그러나 너무 에두르고 있어서, 너무 돌아서 무슨 말을 하고 있는지 여기서는 알 수 없었다.

조금 건방졌던 말투가, 정말로 건방지게 들렸던 걸까? 아마추어 고교생인 내 말투가, 전문가로서의 그녀의 심기를 거슬렀다는 걸까? 아니, 하지만 오노노키는 그런 타입이 아니었을 텐데.

어쨌든 만날 때마다 성격이 바뀌고 있어서 대응하기 힘든 상대다. 그 익센트릭한 성격에 익숙해질 수가 없다.

"바보는 말이 너무 심하제, 요츠기. 확실히 아라라기 군은 밑바닥만 굴러 왔을지도 모르겠지만, 그것에 대한 책임은 우리에게도 없는 것이 아닝께."

카게누이 씨는 내 편을 들어 주려는 건지 뭔지, 그러나 무슨 생각이고 무슨 의미인지 전혀 알 수 없는 소리를 했다.

정신이 들고 보니 벌써 밤 9시를 넘기고 있었다.

여러 가지로 시간을 잡아먹었다고 해도, 약속 시간이 7시였던 것을 생각하면 슬슬 진상에 도달하고 싶어진다.

"어째서 귀신 오빠가 변태하고 있는가 하고 말하자면… 변태가 변태하고 있는 건가 하고 말하자면…."

그 단어만 집요하게 물고 늘어졌다.

무슨 일인지는 모르겠지만, 뭔가를 마음에 품고 있었는지도 모른다.

"구 키스샷 아세로라오리온 하트언더블레이드와의 상관관계는 그곳에는 없어. 그것도 알고 있는 일이라고는 생각하지만, 그래도 반복해서 말하고 싶어질 정도로는 중요한 일이긴 해."

"시노부는 상관없다…. 하지만 전 흡혈귀인 시노부하고 상관없이, 독립된 내가 흡혈귀화한다는 일이 있을 수 있나?"

"있어, 그런 경우가. 그런 의미에서는 시노부 언니. 최종 확인을 해 두고 싶은데, 당신은 정말로 짚이는 것이 없어? 입장상, 당신이 모시는 자, 주인이 되는 귀신 오빠가 지금 이렇게 되어 있는… 원인에 대해."

오노노키는 시노부 쪽을 보며 말했다.

시노부는 불쾌한 듯이 대답했다.

"있었다면 너희에게 의지하지도 않았을 게야."

"오시노 군에게도 못 들었던 거제?"

"듣지 못했다. 나는 그 남자가 한 이야기를 전부 기억하고 있는 것은 아니지만, 대부분은 흘려들었지만 이런 중요한 이야기가 있었다면 잊지는 않았을 것이야."

"하긴 그렇겠구먼."

허세로도 들리는 시노부의 발언을, 카게누이 씨는 예상대로라는 투로 받아들였다.

"그렇구마잉…. 오시노 군에게도 이것은 예상 밖의 일이었다고 생각하고 말이여. 이레귤러라고 할까, 예상 밖이라고 할까. 만약 이렇게 될 줄 알았으면 그런 걱정거리를 내부러 두고 가지는 않았 겄제."

"오시노에게 예상 밖…? 하지만 그런 일이 있긴 있나요? 뭐라고 해야 할까요. 그렇게까지 모든 것을 훤히 꿰뚫어 보는 듯한 녀석에 게 예상 밖의 일이라니…."

그 표현.

생각하기에도 무섭지만.

"…오시노 군도 모든 것을 꿰뚫어 보고 있던 것은 아닐 것이여. 게다가 그 부분은 뭣이랄까, 가엔 선배하고 마찬가지로, 꿰뚫어 본 것이나 간파한 것 전부에 대응해 주는 것도 아니고 말이여. 그런 부분은 엄격하다고 할지, 비즈니스라이크한 오시노 군이지. 내 입 장에서 말하자믄, 손익이 아니라 변덕이나 비뚤어진 마음에서 움 직여 준다는 의미에서는 카이키 군 쪽이 그나마 온정이 있구먼."

"……."

온정이라는 그 표현에는 저항감이 느껴지지만, 확실히 카이키는 그만큼 돈에 시끄러운 녀석이지만, 그 인색함이나 옹졸함은 동시 에 인간다움이기도 했을 것이다.

"그렇다고 해도 이번 경우에는 단순히 예상 밖의 경우인 것뿐이겠지만. 즉 오시노 메메가, 꿰뚫어 보는 오시노 군이 꿰뚫어 보지 못했던 현상이었다는 얘기제."

"오시노가… 꿰뚫어 보지 못한 현상."

그 말을 입 밖에 내 보니, 그것이 얼마나 비정상적인 사태인지를 뼈저리게 느끼게 된다. 오시노와 힉칭 시절부터 아는 사이고 그야 그의 실패담 같은 것도 나름대로 알고 있을 카게누이 씨가 보기에 그것은 의외로 '있을 수 있는' 이야기인지도 모른다. 하지만, 올해 1학기 동안 그에게 계속 신세를 지고 있던 나로서는, 오시노의 '꿰뚫어 보기'를 지켜봐 왔던 나로서는 그것이 고약한 농담으로 느껴질 뿐이었다.

고약한 농담. 고약한 현실.

고약한… 괴기 현상.

"그건 말도 안 되는 일 아닌가요? 제가 지금까지 경험했던 적 없는 현상이 저에게 일어났다는…. 이제까지 없을 만한, 경험 따위 도움이 안 될 만한…."

"호들갑스러운 소릴 하고 있네. 뭐랑가, 확실히 고것이 요즘 와서는 드문 일이긴 하제. 오시노 군이 예상이나 예측을 틀리는 것은…. 다만 이 경우에 아라라기 군. 니가 그 일에 그렇게 놀라는 것은 내 입장에서 보면 즘금 우스꽝스럽긴 하다야."

"우, 우스꽝스러워요?"

아니, 확실히 전문가이면서 오시노와 옛 친구인 카게누이 씨가 보면 내 놀라는 모습은, 나름대로 우스꽝스럽게 보일지도 모르지만…. 그렇게 딱 부러지게 말하지 않아도….

상처 입는다고.

진짜 분위기 파악을 못 하네, 이 사람은… 이라고 생각할 뻔했다. 그런 것은 아닌지, 카게누이 씨는 계속 말했다.

"그렇게 말여, 오시노 군이 이번에 꿰뚫어 보지 못했던 것은 아라라기 군, 다름 아닌 니 행동잉께."

"……? 네?"

깜짝 놀랐다는 얘기를 하자면, 카게누이 씨의 이 말에 나는 정말 깜짝 놀라고 말았다. 그렇다기보다, 영문을 알 수 없었다.

무슨 말을 하고 있는 건지 근본적으로 알 수 없지만, 그러나 무슨 말을 하고 있다고 해도 오시노 메메가 아라라기 코요미를 꿰뚫어 볼 수 없다는 일은 있을 리가 없는 것이다.

오시노 앞에서 나 같은 건 얇디얇은 종잇장 같은 존재였다. 반대편까지 훤히 비쳐 보였을 것이다.

그의 앞에서는 나는 일관되게, 얄팍하고 약한 아라라기 코요미였다.

그것은 이미 최초부터 최후까지 일관되어서, 나는 한 번도 오시노의 예상을 벗어날 수 없었다. 나는 하네카와하고는 다른 것이다. 아니, 하네카와도 오시노의 꿰뚫어 보기를 전부 벗어났던 것도 아니고….

"카게누이 씨, 알려 주세요. 저는 어떤 식으로 오시노의 꿰뚫어 보기에서 벗어났다는 건가요? 아마도 그것은 카게누이 씨의 오해라고 생각하지만… 하지만 만약 그것에 가까운 일이 있었다면 저는 그것이 뭔지 알아야만 해요."

"댐벼들지 않아도 알려 줄 것잉께. 애초에 나는 그럴라고 여기에 왔당께. 그렇다고 해도 성가신 전개가 된 것도 확실하지만. 어쩌면… 그렇다기보다 이대로라면 우리는."

나하고 요츠기는.

너를 죽여야민 힐지도 몰라아… 라고.

특히 목소리를 낮춘 것도 아니라, 톤을 바꾼 것도 아니라, 자연스러운 대화의 흐름으로 카게누이 요즈루는 그렇게 말했다.

"……."

"죽여야만 한다…고 봐야겄제, 여차하면. 거시기 말여, 아라라기 군. 시방 니 몸이 흡혈귀화의 방향을 향해 변태하고 있는 것은, 그쪽 방향으로 명확하게 시프트하고 있는 것은 아주 심플한 이야기여. 딱 부러지게 말해서, 우리 같은 전문가에게 지적당할 것도 없이 니 스스로 깨닫고 있어도 좋았을 정도여."

자각적으로.

지각知覺해도 좋았을 정도제.

카게누이 씨는 그렇게 말했다.

"……그 말씀은?"

"흡혈귀가 너무 많이 되어 부렀어, 니는."

카게누이 씨는.

역시 같은 어조로 말하고, 그리고 그 뒤를 극히 평담한 말투를 쓰는 오노노키가, 역시 무감정하게 이었다.

"이 바닥을 너무 굴렀어. 바보처럼 밑바닥만 굴러 댔다는 거야. 그러니까 귀신 오빠. 수많은 사건을 해결하는 데 흡혈귀의 힘에 너무 의지했기에, 근본적으로 당신의 혼 자체가 구 하트언더블레이드하고는 전혀 관계없이 흡혈귀에 **가까워져** 버렸다는 거야."

"가까워져…."

"문자 그대로 흡혈귀화해서, '되어 버렸다'는 이야기야."

010

이런 타이밍에, 새삼스럽게 '지금까지의 줄거리'를 삽입하는 것도 시기를 살짝 놓친 느낌이라 화자로서는 부끄럽기 짝이 없지만, 순서대로 설명하려면 오히려 지금 이때밖에 없을 것이다.

어디부터 이야기해야 좋을지를 생각한다면, 그야 물론 봄방학부터다. 그 지옥 같은 봄방학부터다.

엄밀히 말하면 봄방학 직전부터라고 해야 할까?

내가 흡혈귀에게 습격당해서 흡혈귀가 된, 흡혈의 봄. 그때까지 명색이나마, 빈둥거리면서도 빗나가면서도 일탈하면서도, 그래도 인간의 길을 걸어왔던 내가 인간의 길을 벗어나게 된 것이 그 봄이다.

약 1년 전.

흡혈귀가 된 나는 동족살해의 흡혈귀나 뱀파이어 하프나 흡혈귀 사냥의 특무부대 등의 도움을 받는 일도 없이, 땋은 머리 안경의 신에게 선택받은 반장과 알로하 차림의 아저씨에게 도움을 받았다.

나는 귀신에서 사람으로 돌아왔다.

후유증을 남기면서도, 사람으로 돌아왔다.

경사로세, 경사로세.

경사스럽기도 하고… 그렇지 않기도 하고.

어기까지는 이미 이야기했지만, 일단 그 한 달 뒤인 골든 위크에 있던 일이다. 4월 말부터 5월 초에 걸친 일이다. 악몽이다. 나를 사람으로 되돌려 준 공로자인 하네카와 츠바사가 고양이에게 홀렸다.

그때 악의와 살의로써 하네카와를, 그리고 이 세상을 전부 덮치려고 했던 고양이를 격퇴하는 데 내가 이용했던 것은 페트병에 든 물이 아니라 흡혈귀로서의 힘이었다.

흡혈귀의 힘이었다.

봄방학에 잃었던 흡혈귀의 힘. 그렇게 싫어했었을, 목숨을 걸고 기피했었을 힘을 활용해서 고양이를 쓰러뜨렸다. 아니, 쓰러뜨리지는 못했고 일시적으로 봉인한 것뿐이었지만.

참고로 흡혈귀로서의 힘을 되찾은 방법은 시노부에게 피를 주는 것이다. 유녀인 그녀에게 깨물리는 것이다. 이것밖에 없다. 당시의 시노부는 아직 내 그림자에 속박되어 있지는 않아서 정기적으로 피를 줘야만 했는데, 그때에 일정 이상의 피를 마시게 하면 나는 흡혈귀로, 엄밀히 말하면 괴이살해자의 권속이 될 수 있었다.

될 수 있는… 되어 버릴 수 있는 것이었다.

다만, 말은 그렇게 해도 그 이후의 1학기 동안, 즉 오시노가 이 마을에 있었을 동안에 내가 흡혈귀의 힘을 가지게 된 적은 칸바루

때 정도였을 것이다. 원숭이에게 소원을 빌었던 그녀 때 정도일 것이다.

게하고 만난 센조가하라 때도.

달팽이에 길을 잃게 된 하치쿠지 때도.

뱀에 휘감긴 센고쿠 때도.

그리고 다시 고양이에 홀린 하네카와 때도… 나는 어디까지나 인간으로서 그 괴이 현상에 맞서고 있었다고 생각한다.

오노노키의 말처럼 내가 흡혈귀로서의 힘에 너무 의존했다고 한다면 그 뒤에 벌어진 일들에서다. 예를 들면 아라라기 카렌이 벌에게 쏘였던 때라든가.

카이키의 계략에 의해 카렌이 벌에게 쏘였을 때. 고열을 발하는 카렌과 열을 나눠 갖기 위해, 나는 흡혈귀로서의 회복력을 사용했다.

그다음이 츠키히 때다.

츠키히도 관련되고 츠키히도 얽힌 그 건으로, 카게누이 씨하고 오노노키와 배틀을 벌이게 된 오봉 때의 일이다. 불사신을 살해한다는 괴이타도자를 상대로, 나는 불사신의 괴이인 흡혈귀로 변해 싸웠던 것이다.

솔직히 말해서 흡혈귀의 힘을 빌렸어도 여전히 나는 카게누이 씨에게는 당해 낼 수 없었지만, 어쨌든 이때가 확실한 계기였는지도 모른다.

내가 흡혈귀가 되기 시작한, 계기.

인간이 아니게 된 계기.

여름방학 마지막 날부터 2학기 동안, 나는 빈번하게 흡혈귀가 되고 불사신이 되어 수많은 괴이 현상에 대응해 왔다.

흡혈귀의 힘에 의존하고, 흡혈귀의 힘을 이용하고, 흡혈귀의 힘을 가지고, 흡혈귀의 힘으로써 괴이에 맞서 왔다. 때로는 괴이 이외의 것에도 맞서 왔다.

가장 그 힘에 의존했던 때는 센고쿠가 한 번도 아니라 두 번이나 뱀에 휘감겼을 때… 아니, 스스로 뱀을 감았던 그때일 것이다.

그때부터일 것이다.

나는 센고쿠를 구하려고.

나는 매일처럼 흡혈귀가 되어서 사건의 해결에 임했다. 그것은 그다지 결과로 이어졌다고는 말할 수 없겠지만, 오히려 결과적으로 역효과만을 낳았지만 어쨌든 한 달, 두 달 이상에 걸쳐 그런 일이 있었다.

그런 일이 있어서 현재에 이르렀다.

현상現狀이며.

현상現像이다.

"요컨대 귀신 오빠는 안이하게도 불사신의 괴이가 너무 많이 '되었었다'는 얘기야. 저쪽에, 이쪽에 자진해서 너무 가까이 붙어 있었다는 거지. 아니, 물론 귀신 오빠가 자각하기로는 그리 '지나치게'는 아니었을 거라고 생각하고, 하물며 '안이'하지도 않았겠지만…."

오노노키는 말한다.

그 어조에서 동정 같은 것을 느끼는 것은 분명 듣는 쪽의 편의적인 해석일 것이다. 그녀는 평소대로, 지금까지 하던 대로 작은 목소리로 평담하게 이야기하고 있을 뿐이다.

무표정하고, 평담하게.

"아냐…. 안이했어."

그렇게 말하지 않을 수 없다.

인정하지 않을 수 없다.

그 점에 관해서 그 지적을 받는 것은 사실 처음도 아니다. 오시노가 모습을 감춘 뒤로 아라라기 군은 안이하게 불사신의 힘에 너무 의지하고 있다고, 나는 센조가하라나 하네카와 같은 여성진들로부터 충고를 받고는 있었다.

물론 자각하고 있었던 것도 아니다.

그러나 흡혈귀의 힘을 사용하는 것에, 불사신이 되는 것에 서서히 저항감이 사라져 갔던 것도 분명한 사실이다. 그러기는커녕 흡혈귀의 힘을 사용해서, 흡혈귀의 힘을 되찾은 시노부와 함께 싸우는 것에 이상한 유대를 실감하고 있기도 했다.

고양감?

아니, 그것도 있었을 것이다.

당연히 있다.

그것이 없으면 사람이 아니다.

사람을 초월한, 사람의 지혜를 초월한 힘을 직접 휘두른다는 그 사실에 평범한 고교생으로서 마음이 떨리지 않았다고 말하면 거짓말이 될 것이다. 강대한 힘에 빠지지 않았다고 한다면.

"…즉 시노부의 힘을 너무 빈번하게 빌린 탓에 내 존재가, 나 자신이란 존재가 그대로 흡혈귀로 변하고 있다는 얘긴가? 하지만 그런 일이 없도록 일단은 신경을 쓰고 있었다고."

그것은 그야말로 오시노로부터 진중하게 들었던 이야기다. 시노부라는 존재를 이 세상에 유지시키기 위해서는 내가 평생 시노부에게 혈액을 줘야만 하는데, 그때의 분량을 결코 잘못 계산해서는 안 된다고.

피를 너무 많이 주면, 너무 많이 빨리면 시노부는 다시 괴이로, 괴이살해자인 괴이의 왕으로 돌아가 버린다고 단단히 주의를 듣고 있었다.

그리고 그것은 동시에.

나 자신이 다시 흡혈귀로 변하는 것을 의미한다고, 역시 거듭 진지한 주의를 들었다. 그래서 가령 내가 싸우기 위해서 시노부에게 피를 빨릴 때에도 지나치게, 기준치를 넘어서는 피를 준 적은 한 번도 없었다…고 생각한다.

"아니, 그러니까 시노부 언니와의 상관관계는 없어. 원인은 시노부 언니에게 피를 빨린 것하고는 무관계해. 물론 간접적으로는 무관계하지 않지만 귀신 오빠가 어떠한 경위로, 어떠한 방법으로 누구에게 피를 빨려서 흡혈귀가 되었는가는 별 문제가 되지 않아. 이제까지는 시노부 언니의 힘을 빌어서 '벼태'하고 있었지만, 그것이 설령 다른 흡혈귀의 힘을 한 번씩만 빌었던 것이라고 해도 마찬가지였어."

"……."

"아주 알기 쉽게, 그것도 단적으로 말한다면 귀신 오빠. 당신은 흡혈귀가 너무 많이 되었다는 것이 아니라, 되는 데 익숙해져 버린 거야. '되어 버리는' 것에 '익숙' 해진 거야. 성숙해 버린 거야. 지금은 시노부 언니의 힘을 빌리지 않더라도 흡혈귀가 될 수 있을 정도로 말이지."

"……잠깐만."

잠깐만 있어 봐.

머릿속의 정리가 이야기를 못 따라가겠다. 아니, 사실은 이미 따라잡았고, 그것에 대해 이미 정리정돈을 마치고 납득도 하고 있다. 그러니까 만약 이것이 남의 일이라면 여기서 강한 동의를 표했을 것이다. 훌륭한 추리라며 오노노키를 몹시 칭찬하고 있었을지도 모른다.

그렇지만 이것은 내 일이다.

진실인 데다 그것이 비극적인 것이고, 그러면서도 인정하고 싶지 않은 실패의 종류라면 그렇게 간단히는 받아들일 수 없다.

"아니, 오노노키. 흡혈귀가… 흡혈귀가 된다는 게 그렇게 간단한 일이야? 너무 많이 되어서, 되는 데 익숙해졌기 때문에, 그래서 흡혈귀가 된다는 식으로…."

"악마와 놀면 악마가 된다는 말이 있지. 귀신과 놀면 귀신이 되는 거야. 하물며 당신은 당신 자신이 솔선해서 귀신이 되어서 놀고 있었으니까."

"놀고… 있었다고 생각하지는 않아."

"그렇겠제. 그건 관용구여. 실제로 흡혈귀가 된 너하고 싸웠던 내가 보증하제. 니는 진지했어."

그렇지 않았다면 내가 물러서지 않았을 텡께. …라고 그때까지 입을 다물고 있던 카게누이 씨가 끼어들었다. 아니, 오노노키는 어디까지나 식신으로서 그녀의 의견을 대변하고 있었을 뿐이며, 카게누이 씨와 오노노키의 견해 자체는 일치하며 차이는 없을 것이다.

"진지하게 미쳤다고 말해야 할지도 모르제. 내가 '보통'을 이야기하는 것도 이상한 야그지만, 보통은 여동생을 지키기 위해서 자신이 괴물이 되지는 않제."

"……."

"뭐여, 아라라기 군. 니로서는 뜬금없는 이야기일지도 모르겄는디, 이것은 그렇게 드문 예는 아니여. 간단한 이야기는 아니지만, 드문 예도 아니제. 전문가 중에서도 그런 식으로, 자기 자신이 괴이가 되어 버리는 녀석도 있당께. 좁은 의미에서의 내 동업자, 음양사 같은 것에는 현저하제. 그렇게 되지 않도록 이런 식으로다가."

카게누이 씨는 발밑의 오노노키에게 시선을 내렸다.

차가운, 싸늘한 눈을.

"중간에 대역을 세우기도 하고 말여."

"……"

"진두에 서서 괴이와 마주한다는 것은 그 정도로 위험한 일이기도 하다는 이야기여. 오시노 군은 그렇게 말했겄제? 한 번이라도 괴이에 관여한 자는 괴이에 이끌리기 쉬워져 분다고."

그런 말은, 했었다.

그렇지만… 말하지 않았다.

"들은 적이 없어요. 흡혈귀가 너무 많이 되면 저 자신이 흡혈귀가 되어 버린다는 말을, 그 녀석은 하지 않았어요."

"그렇게 그것이 오시노 군이 꿰뚫어 보지 못한 너의 성격이라는 얘기제. 오시노 군의 계산 밖의 요소는 거기에 있었어. 아니, 원래부터 계산 같은 게 아닐까. 계산하지 않은 것을 계산 밖이라고 할 수는 없제. 그렇게 예상 밖일까. 아라라기 군, 니가 그렇게나 빈번하게, 거기다가 이렇게 단기간 중에 흡혈귀가 되어 불다니."

"……그건."

그건 확실히 계산 밖은 아니겠지만, 그렇다고 해서 예상 밖도 아닐 것이다.

그렇다.

그것은 착각이라고 한다.

"오시노의 신뢰를 제가 배신했다는 얘기일까요. 그렇게 되어 버리는 건가요. 그 녀석은 제가 그런 짓을 할 것이라고 생각하지 않았다, 제가 이렇게나 안이하게 불사신의 괴이의 힘을 계속 빌릴 거라고는… 흡혈귀에 지나치게 의지할 거라고는….""

시노부.

구 키스샷 아세로라오리온 하트언더블레이드를 나에게 맡긴, 내 그림자에 맡긴 그 남자의 신뢰를, 나는 저버렸다.

신뢰에 응하지 못했다.

시노부의 힘을, 시노부의 존재를.

내가 그냥 편리한 도구처럼 사용해 버릴 거라고는, 그 녀석도

'꿰뚫어 보는 것' 이 불가능했던 것이다.

그래서 나에게 '이 가능성' 을 알려 주지 않았고.

시노부에게도… 알려 주지 않았다.

그 녀석은 분명히.

그것을 '실례' 라고 생각했던 것이다.

"……."

"거시기, 오시노 군이 무슨 생각이었는가는 상상해 보는 수밖에 없지만 말이여. 그냥 잊어버린 것뿐인지도 모르고. 거기다가 가령 아라라기 군. 만약 오시노 군에게 '그 가능성' 을 들었다고 해도, 그렇다고 니는 흡혈귀의 힘을 빌리는 것을 두려워할 사람도 아니여. 스스로가 인간이 아니게 되어 버릴 가능성을 알면서도 계속 그 힘을 빌리지 않았겠어?"

위로의 말.

…이라고 하기에는, 난폭하고 성의 없고 분위기 파악을 못 하는 카게누이 씨가 나에게 위로의 말을 건네줄 거라고는 생각할 수 없다. 그것은 분명 단순한 감상일 것이다.

내가 어떻게 했을까 하는 생각은, 말 그대로 실제로 그렇게 되어 보지 않으면 모른다.

사전에 알고 있었다면 나름대로 대책을 세우고 있었을지도 모르고, 제대로 두려워하고 있었을지도 모른다.

"…회복력이 늦다고 할지, 봄방학, 시노부의 권속이었을 때에 비하면 거의 없는 것이나 마찬가지인 회복력, 불사신도度인 것은, 요컨대 시노부와는 관계없는 곳에서 제가 흡혈귀화 되어 있다는 증거죠? 즉 저는 지금 시노부의 권속으로서가 아니라 순수한 한 사람의, 한 마리의 흡혈귀가 되어 있다고."

"그런 얘기여. 뭐, 카테고리 분류를 하자믄 갓 태어난 흡혈귀쯤 되겠구마는."

"흡혈귀에는 두 종류가 있어. 두 갈래가 있어. 태어난 흡혈귀와, 피를 빨려서 흡혈귀가 된 인간. 언뜻 보기에 귀신 오빠는 후자로 분류될 법한데, 하지만 이 경우에는 전자라는 얘기가 되지. 흡혈귀화할 만한 사람은, 될 만한 사람은 태생적인 흡혈귀야."

"……그 부분의 이론은 나로서는 잘 모르겠지만 말이야…."

봄방학에 들었을 때도 잘 이해되지 않았는데, 더 복잡해진 느낌이다.

아니, 애초에 흡혈귀를 생물로 간주하고 그 생태계를 이해하려 한다는 발상이 인간의 영역 밖에 있다는 기분도 든다.

"제일 안 좋았던 것은 역시 뱀신에 관한 일이었겠지. 귀신 오빠는 그때 너무나도, 너무나도, 너무나도 매일처럼 흡혈귀가 되어 있었어. 그건 정말, 빈도가 높고 어쩌고 할 수준이 아니었지. 그 무렵의 귀신 오빠는 이미 인간이었던 시간 쪽이 적었지?"

"…그야 뭐."

센고쿠를 그렇게 만들어 버린 것은, 센고쿠가 그렇게 되어 버린 책임은 나에게 있었다. 적어도 나는 책임을 느꼈다. 그래서.

그래서.

"…상황은 대강 파악했어. 장악했다고 말하기는 어렵지만…. 그래서 나는 어떡하면 좋지, 오노노키?"

"어떡하면이라니?"

소박하게 되물어서 한순간 나는 입을 다물고 말았지만, 나쁜 예감이 들어서 침묵해 버렸지만 그 나쁜 예감을 털어 내듯이 곧바로, 그 물음은 그저 질문을 구체적으로 하라고 요청받은 것뿐이라고 해석하고 나는 고쳐 말했다.

"어떡하면 나는 인간으로 돌아올 수 있지?"

언제였던가.

아니, 당연히 그것은 봄방학 때였을 것이다. 나는 같은 내용을 시노부에게 물었다. 그때 시노부는 뭐라고 대답했더라?

아니, 그것은 과거의 일이다.

그때 시노부가 어떻게 대답했는가는 지금은 상관없다. 지금, 묻고 싶은 것은.

그리고 듣고 싶지 않은 것은 오노노키가 이야기하는 절망적인 대답뿐이었다.

"귀신 오빠."

오노노키는 말했다.

망설임도 없이, 배려도 없이.

인형 같은 눈동자로 인형처럼 말했다.

"무리야. 이걸 낫게 할 방법은 없어."

011

낮게 할 방법은 없다.

되돌릴 방법은 없다.

신기하게도 오노노키가 한 그 잔혹한 선언은, 절망적이며 아무런 구원도 없는 대답은, 듣고 보니 간단히 받아들일 수 있는 것이었다.

말하자면 놀라움도 당황도 없이.

받아들일 수 있는 것이었다.

몸에 스미는 답이었다.

뼈에 스미는 답이었다.

아니, 조금 다를지도 모른다. 의외성이 없었던 것은 아니다. 예상하지 못했던 답이었던 것은 사실이다. 하지만 그 의외성은 적당히 끼워 본 퍼즐 조각이 딱 들어맞았을 때 같은, 사전을 펼쳤을 때 찾는 단어가 있는 페이지를 한 방에 펼친 것 같은, 그런 너무나 '시기적절함'에 놀랄 때 같은 기분이었다.

"그렇구나…."

라고, 나는 중얼거렸다.

어쩐지, 그 깔끔한 체념으로도 받아들일 수 있는 대사에 가장 실소할 뻔한 사람은 다름 아닌 나 자신이었을 것이다. 뭘 그렇게 폼 잡는 소릴 하고 있는 거지, 나는. 그렇게 딴죽을 걸고 싶어진다.

이것은 어쩌면 차에 치였을 때에 저도 모르게 괜찮다고 말해 버리는 것 같은, 그런 건가?

"그런 건가. 그렇구나."

"…당황하지 않는구마잉?"

카게누이 씨가 오노노키의 어깨 위에서 수상하다는 듯 나를 바라보며 말했다.

"조금 전과 마찬가지로 결계 안이라고. 울며불며 바닥을 뒹굴어도 상관없당께? 빽빽 울면서 신을 향해 불평해도 괜찮어야? 잠시 그러는 정도라면 못 봤던 것으로, 못 들은 깃으로 해 줄 수도 있응께."

"아니요…. 그게요."

생각해 보면 손가락이 부러진 정도의 이야기가 아니다. 인간이 아니게 되고, 두 번 다시 원래대로 돌아갈 수 없다는 선언을 받은 것이다.

부위가 아니라 인간성 자체를 잃어버렸으니 울며불며 뒹굴어도 전혀 부끄럽지 않을 것이다.

그럼에도 불구하고.

나는 그런 행동을 할 생각이 전혀 들지 않았다.

"뭐랄까…. 그야 그렇겠구나 하는, 당연하겠다는 생각이 들어서요."

"……."

"상당히 무리를 해 왔으니까요, 요 반년간. 당신하고 싸웠을 때도 그랬지만, 그게 당연한 것처럼, 영양 드링크라도 마시는 것처럼 흡혈귀화해서, 불사신의 힘에 의존해서 괴이와 싸우고 있었어요. 그 응보는…."

응보?

입 밖에 내 보고, 그 말은 뭔가 다르다고 생각했다.

뭐가 다른지는 알 수 없지만… 아니, 좀 더 적절한 어휘를 내가 알고 있으니까 다르다고 생각한 것이었다.

응보가 아니라.

그냥 단순히 대가라고 말해야 했다.

"대가는 지불해야만 하겠죠."

그렇다, 대가다.

어영부영 얼버무리고 적당히 앞뒤를 맞춰 무마했던 것이 까발려 진 것뿐. 오늘 아침이 되어서 간신히 드러나고, 까발려진 것뿐. 단지 그뿐이다.

별것 없다.

오히려 늦었을 정도다.

최근 들어 일어났던, 달아 두었던 청구서 처리의… 마무리 같은 것이다.

적당히 얼버무려 왔던 일의, 정산의 마무리.

아니.

마무리의 최종 마무리다.

음력으로 생각해도 새해가 밝아 버렸지만, 아라라기 코요미도 드디어 밀린 빚들을 청산해야 할 때라는 이야기다.

그것뿐이다.

"대가라."

카게누이 씨는 재미없다는 듯 말했다.

그 표정으로는, 의외로 이 사람은 사디스틱하게 내가 괴로워하 는 모습을 보고 싶었던 것뿐인지도 모른다고 생각되었다.

"뭐, 자진해서 그 힘을 구사하고 있었응께 그것도 어쩔 수 없겄제. 여기서는 납득할 수밖에 없을지도 모르겄네. 하지만 그렇게까지 달관한 듯한 태도로 골똘히 생각해도 곤란허제. 말은 그렇게 했지만, 아직 니가 인간의 전부를 잃은 것은 아닝께."

"…그렇디는 말씀은?"

"되돌리거나 고치거나 하는 방법은 없지만, 그려도 너의 흡혈귀화를 이 이상 악화시키지 않을 방법은 있어."

카게누이 씨는 그렇게 말하고는 오노노키를 슥 바라보았다. 그 다음을 설명하라는 뜻인 듯했다. 뭐랄까, 이런 부분에서 보이는 이 신전심은 과연 음양사와 식신이라는 느낌이다.

"응. 뭐, 방법은 있어. 있어, 귀신 오빠."

"…그 방법이라는 것은, 오노노키. 요컨대 내가 이 이상 인간성을 상실하지 않을 방법 말이야?"

"뭐, 그래…. 그런 거지. 귀신 오빠가 지금 현재 어느 정도 흡혈귀화했고 어느 정도 인간성을 유지하고 있는가 하는 점은 이후로 상세히 수순을 따라 검증해야만 하겠지만, 어쨌든 그것을 그대로 현상 유지하기 위한 방법은 있어."

"……."

그 방법이 뭐냐고 바로 물어볼 수 없었던 것은, 어쩐지 허겁지겁 달라붙는 것처럼 보일 거라고 생각했기 때문일까.

구질구질하게, 빚을 떼어먹으려는 것처럼 보일 거라고 생각했기 때문일까. 달관한 듯한 말을 해 놓고. 그렇지만 결국 그럴 방법이 있다면 듣지 않을 수 없는 것도 지금의 내 상황이었다.

"그 방법이란 뭐지, 오노노키?"

"음…. 아니, 이 경우에 방법이라는 표현은 그리 적절하지 않았는지도 몰라. 왜냐하면 그건 딱히 어떠한, 구체적인 실행책을 동반하지 않으니까. 요컨대."

오노노키는 말했다.

"이 이상, 흡혈귀의 힘에 의지하지 않는 것이야."

"……."

"물론 시노부 언니에 대한 영양제공은 계속해도 괜찮아. 그림자를 통한 배터리 보급은 이제까지 하던 대로 충분해. 그 정도라면 오히려 문제가 되지 않게 되어 있어. 다만 페이스 배분을 생각해야 하겠고, 당연하지만 노골적으로 흡혈귀화하는 것은 피해야 해. 어떤 상황에 대해서도."

"…흡혈귀의 힘에 더 이상 의지하지 말라."

확실히, 방법이라고 할 수는 없다.

그도 그럴 것이, 아무것도 할 필요 없다는 이야기니까.

그러나 간단하지는 않다.

말하자면 그것은 중독증 치료에 가까운 처방이다. 이제까지 신나게 흡혈귀의 불사신성을 내키는 대로, 편리하게 사용해 온 내가 그것에서 떨어질 수 있을 것인가.

그리고 한심하게도 이미 괴이와 듬뿍 관계해 버린 나는, 앞으로도 괴이에 계속 관계하고 이끌리게 될 것이 틀림없으니까.

질질 끌려가고 있는 것은 지금도 그러니까.

"만약."

나는 확인을 위해, 물어볼 것도 없는 것을 오노노키에게 물었다.

"만약 앞으로도 무슨 일이 있을 때마다 괴이에 대처할 때에 불사신의 힘에 의존하면, 나는 어떻게 되지?"

"어떻게 되어 버릴지는 빤하겠지, 그런 건. 거기까지 말하게 하지 마, 친구에게. 점점 존재가 흡혈귀에 가까워져 가. 앞으로 몇 번 정도일까. 뭐, 귀신 오빠가 생각하는 정도의 여유는 전혀 없어."

"여유가 있다든가, 앞으로 몇 번이라든가 하는 낙관적인 생각은 하지 않지만…."

그렇지만.

만약 나에게, 내가 인간일 동안에, 인간성을 유지할 수 있는 동안에 반드시 해 둬야만 하는 일이 있다고 치고. 그것을 위해 흡혈귀의 힘이 필요해졌을 때에.

나는… 의지하지 않을 수 있을까?

그런 상황을 어쩔 수 없이 상정하게 되고 만다.

그러나 그런 상정을 머릿속에서 지워 버리듯이 카게누이 씨는,

"그 이상의 일은 말하지 않는 편이 좋고, 생각하지 않는 편이 좋겠어."

라고 말했다.

"조금 전에도 선언했고, 선전포고했는디 말여. 만약 ㄱ 이상, 지금 이상으로 니가 불사신의 괴이로 변하려 한다면 나는 전문가로서 니를 죽일 수밖에 없제. 때려죽이지 않으면 안 된당께. 지금이야 니는 막 흡혈귀가 되려는 상태, 말하자면 '흡혈귀성을 지닌 인간' 정도의 비율이지만 그 비율이 지금보다도 심하게 흐트러지게

된다면…. 말하지 않아도 알겠제?"

"……."

가엔 씨가 재빨리 카게누이 씨와 오노노키를 파견해 준 덕분에 나는 자신이 처한 상황을 알 수 있게 되었는데, 그러나 그것은 가엔 씨의 친절이기도 하고 우정이기도 한 동시에 나에게 못을 박아 두기 위함이기도 했던 것 같다고 나는 생각했다.

그런 사람이다.

카게누이 씨가 불사신의 괴이에 정통한 것뿐만 아니라 불사신의 괴이에 대해 특히 강한 집착을 품고 있는 것을 알면서도, 이 마을에 파견했다.

극단적으로 말하자면, 내 흡혈귀화가 카게누이 씨가 간과할 수 있는 범위를 넘어섰을 경우에 카게누이 씨가 그 자리에서 나를 퇴치해 버릴 거라는 걸 알면서도 가엔 씨는 카게누이 씨를 파견한 것이다. 뭐, 물론 그 가능성은 낮다고 짐작하고서 한 일이라고 믿고 싶지만….

"확인해 두겠는디, 내가 아라라기 군, 그리고 구 하트언더블레이드를 그냥 보내 준 것은 느그들이 오시노의 신청에 의해 무해하다는 것이 인정되었기 때문이여. 허지만 이렇게 되어 버리면 지금 니 입장은 이보다 더할 수 없는 경계선상에 있어. 단 한 발짝이라도 잘못 내딛으면, 혹은 그날의 내 기분 여하에 따라서 아라라기 군, 니는 나한티 퇴치될지도 몰라."

"……."

기분 여하에 따라서는 좀….

"앞으로 한 번 정도라면 괜찮다, 라든가 이번만큼은 예외다 하는 식으로다 이러쿵저러쿵 둘러대고 질질 끌며 흡혈귀화를 반복하면 니는 눈 깜짝할 사이에 내 표적잉께. 아니, 그게 아니제. 아니고 말고. 니 정신이 그런 식으로 자제할 수 없는 불량품이라고 판단되면 그 시점에서 ㅏ는 움직이겠제. 언젠가 불사신의 괴이로 번히게 놔둘 바에야 이참에 처치해 부는 것도 적절한 대응이란 기분이 들고."

"그때는 내가 너를 죽이겠다, 전문가."

그렇게.

오랜 침묵을 유지하고 있던 오시노 시노부가 거기서 입을 열었다. 어딘지 모르게 노골적인 느낌의 카게누이 씨나 무감정한 오노노키와는 대조적으로, 무시무시하게 감정에 가득 차 있다.

악감정에 가득 찬 말을 발했다.

"내 주인이 죽으면, 살해당하면 나는 속박에서 해방된다. 옛 힘을 되찾으면 어차피 너희는 나를 노리게 되겠지."

"…그렇겠제. 그런 것이여. 그때는 뭐냐, 우리하고 니가 서로 싸우게 되겠제이. 너의 무해인증도 동시에 풀리게 될 것이고."

카게누이 씨는 시노부의 살기에도 전혀 위축되지 않고, 오히려 미소를 지으며 노려보는 것이었다 여름방학 때에 대립했다고는 해도, 이 두 사람은 직접적으로는 싸우지 않았다. 싸우면 어느 쪽이 이기는가 하는 것 따윈 완전히 내 상상의 영역 밖에 있다.

잠시 마주 보던 카게누이 씨와 시노부 사이에 끼어들지도 못한 채로 긴박한 분위기가 이어졌다.

"그건 조금 나중 일이겠지, 언니. 그리고 시노부 언니. 지금 뜨거워지면 어쩌려고 그래."

하지만 그 분위기는 오노노키의 그런, 참으로 지당한 말에 깨어졌다.

이러한 장면에서 엉뚱하다고도 할 수 있는 정론을 끼워 넣는 것은 틀림없이 카이키의 영향이겠지만. 그렇다면 본의 아니게 카이키에게 감사하고 싶어졌다.

지금만은.

이 두 사람이 지금 이 자리에서 싸움을 벌이기 시작하면, 말 그대로 흡혈귀의 힘이라도 쓰지 않는 한에는 막을 방법이 없었을 테니까.

쓰더라도 아마 막을 수 없겠지만….

"미안해, 귀신 오빠. 우리 언니는 보다시피 생각 외로 성질이 급하고, 충동적이고, 단기적 계획밖에 못 세워. 그러니까 연상이라고 해도, 자상하게 지켜봐 준다고만은 할 수 없어. 그렇다기보다, 자상하게 지켜봐 주지 않는다고 말하고 싶을 정도야. 귀신 오빠, 그렇기에 나는 친구로서 귀신 오빠에게 부탁하고 싶어…. 지금 이 자리에서 두 번 다시, 두 번 다시, 두 번 다시 흡혈귀의 힘에 의지하지 않겠다고 약속해 줬으면 해. 아무리 곤란한 상황에서도 불사신의 힘에 의존하지 않고 행동하겠다고, 그렇게 맹세해 줬으면 해. 이후의 인생은 인간처럼 살겠다고."

인간처럼 살겠다고.

맹세해 줬으면 해.

오노노키는 평담하게 그렇게 말했다.

"……."

"나는 어차피 식신이니까, 언니가 하라고 하면 귀신 오빠가 상대라도 싸워야만 해. 개인적 감정은 갖고 있지만, 그건 있는 것뿐이야. 그런 식으로 만들어져 있어."

"오노노키…."

"뭐 어때. 이미 충분히 감상했잖아, 불사신 같은 거. 시체인 내가 하는 말이니까 틀림없겠지만, 불사신 같은 건 그렇게 좋지 않아. 그렇다기보다, 우리에 대한 것은 제쳐 두고 생각해도 그렇잖아. 지금 정도가 귀신 오빠가 인간으로서, 인간인 척을 하며 살아갈 수 있는 한도 아니야?"

인간인 척.

오노노키는 그런 어휘를, 골랐다.

인간인 척을 하는 인형은 골랐다.

"거울에 비치지 않고, 상처 회복이 약간 빠르다…. 그 정도라면 뭐, 어떻게든 얼버무릴 수도 있겠지. 체중을 없애고 있던 그 여자를 생각하면, 아직도 원숭이의 왼팔을 가지고 있는 후배를 생각하면…. 일단 입시 공부로 돌아갈 수 있을 거야. 어디 보자…. 거울에 비치지 않는다면 사진기에도 찍히지 않을 거라고 생각하는데, 귀신 오빠. 이미 입시 원서 사진은 찍었겠지?"

"…응."

긴 머리인 사진이지만.

"그렇다면 괜찮아."

오노노키는 그렇게 말했다.

뭐가 괜찮은 건지 전혀 알 수 없는 기준이었지만…. 게다가 만약 대학에 들어가면 그때는 그때대로 학생증에 넣을 사진이 필요해질 것 같지만, 어쨌든 그렇게 말해 주었다.

경솔한 보증이기는 해도, 보증해 주었다.

"알았어, 오노노키…. 그리고 카게누이 씨. 알았습니다. 맹세할 게요, 저는 앞으로 두 번 다시 흡혈귀의 힘을 빌어서, 사용해서, 괴이에 맞서는 행동은 하지 않겠다고. 만약 괴이에 관련되는 일이 있더라도 그때는 인간으로서, 흡혈귀의 힘이 아니라 인간으로서의 지혜로 맞서겠어요. 그러면 되죠?"

"기여. 그래, 그 말대로네. 그렇게 해 주면 좋제. 우리 일에도, 네 목숨에도, 구 하트언더블레이드의 목숨에도."

"…어쩐지 가벼운 맹세네."

그렇게, 왠지 모르게 나와 카게누이 씨 사이에 합의가 되었을 즈음에, 오노노키가 그렇게 가만히 중얼거렸다.

기분 나쁜 소리를 한다.

기분 나쁜 녀석 같은 소리를 한다.

아니, 가볍다고 하자면 그럴지도 모르고, 나 스스로가 여차할 때에 이 맹약을 지킬 수 있을지 어떨지 확실한 자신이 있는 것도 아니지만.

왜냐하면 결국 아무리 맹세하더라도 만약 내 앞에서 센조가하라나 하네카와가 죽을지도 모르는, 혹은 그것에 준하는 상황이 벌어졌는데 내가 흡혈귀로 변함으로써 그것을 막을 수 있다면 분명 나는 망설이지 않을 것이다.

앞뒤 가리지 않고, 눈앞의 일만을 생각할 것이다.

아라라기 코요미는 그런 녀석이다.

그 성격이 문제가 되어, 그 성격이 지금까지 몇 번이나 위기를 불렀는가를 알면서도, 학습했으면서도, 반성했으면서도 그렇게 생각해 버린다. 아라라기 코요미라는 인간의 경박함은, 가볍고 얄팍함은 아마도 죽어도 낫지 않을 것이다.

그렇기는커녕 죽지 않더라도 낫지 않는다는 얘기다. 슬프게도.

그렇지만, 그렇다고 카게누이 씨와의 구두 약속이 폭력이 휘둘러지는 것에 대한 두려움 때문에 임기응변으로 한 것은 아니다.

설령 마음속에 자기 자신에 대한 불신이 있다 한들, 이런 흉포한 사람을 상대로 임기응변을 구사할 정도로 내 정신은 굳세지 않다.

그 점에서 아마도 내 정신줄은 모세혈관보다 가늘고 약할 것이다.

섬세하다.

즉 이제부터는, 나는 대처하는 데 있어 흡혈귀화하지 않아도 되는 괴이 현상과의 관계법을 생각해야만 한다. 아니, 괴이 현상이 아니어도 그렇지만, 예를 들어 조금 전에 했던 가정 같은 경우, 센조가하라나 하네카와가 죽을지도 모르는 상황에 처하기 전에 그런 상황이 발생하는 것 자체를 막는 움직임을 보이면 된다.

그렇다, 예방이다.

예방하면 된다. 앞뒤를 생각해서 예방하는 거다. 그러지 못했기 때문에 나는 이렇게 앞으로 평생, 거울에 비치지 않는 인생을 보내는 꼴이 되어 버린 것이지만, 그것이야말로 학습재료, 반성재료로 삼아야 할 것이다. 여기서는 그 재료가 나 자신이어서 다행이라고 생각해 두면 마음이 편해진다.

별것 아니다.

확실히 오노노키의 말대로, 예전에 센조가하라가 품고 있던 고민이나 지금 칸바루가 안고 있는 왼팔에 비하면 내가 거울에 비치지 않는 정도는 대단찮은 개인기 같은 것이다.

그렇게 생각하고 마음을 편하게 먹자.

그렇다, 이게 흡혈귀라서 다행이지 않은가.

고르곤* 같은 것이었다면 큰일이었다고.

거울을 보면 돌이 되어 버리잖아.

"뭘 억지로 포지티브하게 생각하는 것이여…. 그런 긍정적인 마음은 나중에 가서 부작용이 확 밀려와 분다고. 내일 아침에 일어났을 때에는 아주 지옥 같을 것이여."

"기분 나쁜 소리를 하시네요…. 두 사람이 다 같이 기분 나쁜 말만. 말도 안 되는 인폼드 콘센트Intormed consent라고요. 괜찮아요. 저는 매일 여동생들이 화끈하게 깨워 주고 있어서 낙심할 짬 같은 건 없어요…. 그러면 카게누이 씨, 오노노키. 감사합니다."

"응, 천만에…. 근디, 그게 아니제."

카게누이 씨가 설마 이런 장면에서 한 박자 늦은 딴죽을 걸어 주는 장난스러움을 갖추고 있을 리가 없으므로, 이것은 단순히 정말

※고르곤(Gorgon) : 그리스 신화에 나오는 세 자매 괴물로 머리카락이 수많은 뱀으로 이루어진 여자의 모습을 하고 있다. 메두사가 유명하다.

로 깜빡했을 뿐일 것이다.

"나는 시방부터 너의 몸을 조사해야겠어. 상세히 말이여."

"그런가요?"

"당연하제. 아직 인간성 쪽이 강하다고 해서 거시기, 마늘을 잘 못 먹고 죽어도 괜찮겠능가? 햇빛을 뒤집어쓰고 재가 되는 일은 지금은 없겠지만, 한여름 같은 때는 모른당께? 장래에 노후를 즐기러 남국의 섬 같은 곳에 바캉스를 갔을 때, 그을린 피부가 불타오를지도 모른다고?"

"흡혈귀에 미치는 태양의 영향은 자외선의 양에 따라 결정되는 건가요…?"

처음 듣는데.

그렇다면 궁극적으로는 지구온난화에 의해서 흡혈귀가 멸망할지도 모르는데….

"뭣이 좋고 뭐가 안 되는지, 어디까지가 오케이이고 어디까지가 아웃인지, 어디에 보더라인이 있고 어디에 아웃라인이 있는가. 그걸 확실히 구분해서 알아 두면 이후의 생활도 상당히 편해질 것이여. 그것을 위한 어드바이스를 하고 나서야, 이번의 내 전문가로서의 일이 종료된다는 느낌이 오네잉."

"그런 건가요…."

의외로 고생스럽다.

그렇다기보다, 생각만 해도 진저리 나는 작업이다. 나는 센조가하라 정도로 의지가 강한 녀석은 아니라서, 그런 생활을 보내기 위해서는 파트너… 시노부의 협력이 불가결할 것 같다.

내가 실수했을 때에 때려 줄 녀석이 필요하다.

센조가하라의 체험담은 역시 참고가 될 것 같지만…. 파트너인 시노부의 상태가 어떤가 하고 슬쩍 엿보니, 팔짱을 낀 채로 서서 기분이 언짢아 보이는 정도까지는 아니어도 좀처럼 납득이 가지 않는다는 느낌의 표정을 짓고 있었다.

"저기…, 시노부."

"왜 부르냐."

으어어.

자신의 심경을 감추려고도 하지 않는다.

전혀 꾸미지 않는다.

게다가 애초에 그것이 어떠한 심경인지부터 알기 힘들다…. 기분이 좋지 않다는 것은 확실하지만.

"너에게도 한동안 불편을 끼칠 거라고 생각하는데…. 저기, 미안해."

"사과할 만한 일은 하지 않았다. 이미 신물 날 정도로 말하지 않았느냐, 나와 너는 일련탁생인 운명공동체다. 원래부터 나와 네가 이렇게 같이 있는 것 자체가 편의주의의 기적이다. 네 말대로, 그것만으로도 그 정도의 대가는 있어야 했을 것이야."

그리고 불편하다고도 부자유하다고도 생각하지 않는다, 라고 시노부는 어딘지 모르게 정색을 한 듯한 말을 했다. 그 말이야 맞는 말이긴 하지만.

그렇다면 뭐가 기분이 나빠진 원인일까 하고 생각했는데, 그러나 생각해 보면 괴이의 왕, 불사신의 괴이였던 오시노 시노부의 입장에서 보자면 천적인 괴이타도자 전문가에게 어드바이스를 받는다는 상황 자체가, 애초에 도를 넘을 정도로 불쾌했는지도 모른다. 머리를 밟힌 것을 제쳐 두더라도.

"그것은 내일 이후…라는 것은 아니겠죠, 물론."

"그리제, 그야 당연하제. 니의 흡혈귀도가 더욱 높아져 있는 이달밤에 제대로 한계치를 측정해야 하고. 그럴 일은 없을 거라 생각하지만, 그래도 만에 하나의 가능성으로서 내일 아침까지 기다렸다가 태양빛을 보는 것과 동시에 사라져 불고 싶지는 않겠제? 뭐, 하룻밤 정도 시간을 들이면 대개는 알 수 있어야."

"안심해, 귀신 오빠. 그것을 조사하는 것은 대부분 내 일이니까…. 내가 손수, 손끝에서 발끝까지 하나하나 조사해 줄게. 조금 전처럼 기습적으로 뼈를 부러뜨리는, 언니 같은 테스트는 하지 않아."

"……."

그럴 가능성을 생각하지는 않았지만, 다시 듣게 되니 본격적인 검사라는 것은 조금 무섭네…. 그렇다고 오노노키라면 안심할 수 있느냐고 하면, 오노노키의 말은 뒤집어 말하자면 뭐랄까, 기습적이 아니라 그냥 뼈를 부러뜨리겠다고 선언한 듯한 느낌이고.

아니, 잠깐.

어쩌면 발가락을 빤 것처럼 오노노키가 온몸을 핥아 준다는 서비스… 즉, 조사인지도 모른다.

그렇게 생각하니까 두근두근해지는걸.

"뭘 히죽거리는 거지, 이 귀신 오빠…. 기분 나빠."

카이키의 영향을 받은 대사인지, 원래 그녀의 대사인지는 모르겠지만 상당히 직접적으로 거절의 말을 들어서 의외로 상처 입었다.

역시 카이키는 싫다.

"어이, 그러면 준비를 시작해 볼까. 집에 전화는 해 두지 않아도 되겠능가?"

"괜찮아요. 저는 비교적 방임되고 있으니까. 잔소리 많은 여동생들도 오늘은 파자마 파티고."

나로서는 여동생들, 특히 츠키히를 보호하기 위해 칸바루 가로 파견한 것인데, 그러나 가만히 돌이켜보면 그것은 내 후배, 칸바루 스루가에 대한 대대적 서비스가 되어 버렸다는 기분도 든다.

파자마 파티고 뭐고 칸바루 녀석은 잘 때는 알몸이니까. 설마 여동생들 앞에서도 알몸은 아닐 거라고 믿고 싶은데….

"흐음…. 잘 되었네. 거시기, 나는 일단, 가엔 선배에게 연락을 해 두겠어. 대단한 일은 아무것도 없었다고 말여."

"……."

그렇겠지, 대단한 일은 아무것도 없었다.

없었던 거다.

불사신인 괴이를 계속 상대하고 있는 카게누이 씨로서는 당연히 그럴 테고, 나로서도 당연히 그렇다.

이것은 당연한 일이다.

센고쿠 나데코가 잃은 이 몇 달에 비하면.

아무 일도 일어나지 않은 것이나 마찬가지 아닌가.

"요츠기. 핸드폰."

"네, 언니."

오노노키가 어디에선가 휴대전화, 스마트폰을 꺼내서 카게누이 씨에게 건넸다. 오노노키가 스마트폰을 가지고 있었다니, 하며 나는 놀랐다. 아니, 지금 두 사람이 나눈 이야기에서 추측하기로는 카게누이 씨가 오노노키에게 가지고 있게 했던 것뿐이겠지만.

발 디딜 곳이 좋지 않은 곳을 걸어야만 하는 상황이니만큼, 카게누이 씨는 가능한 한 몸을 가볍게 하는 것을 염두에 두고 있을 테니까…. 지갑이나 휴대전화는 다 오노노키에게 맡겨 두고 있는지도 모른다.

"있제, 아라라기 군을 때려죽일 수 없었던 것은 유감이지만, 오늘은 불사신의 괴이의 싹이 트기 전에 하나 뽑았다는 걸로 만족해 두기로 했어. 룽룽."

그렇게 콧노래를 섞어서 스마트폰을 조작하는 카게누이 씨. 아마도 가엔 씨에게 보낼 보고의 메시지를 작성하고 있는 것이겠지. 그렇지만 카게누이 씨, 시노부하고는 대조적으로 상당히 기분이 좋다. 나를 죽일 수 없었던 것이 유감이라는 살벌하기 짝이 없는 말에는 전율할 수밖에 없었지만, 그 표정을 보기로는 특별히 아쉬워하는 것 같지도 않다.

불사신의 괴이의 싹을 싹트기 전에 뽑았다는 것이.

뽑은 것이.

그렇게까지 그녀에게 기쁜 일일까?

"저기요, 카게누이 씨."

"왜 그려?"

"저기…. 그게 말이죠, 여름방학 때도, 실은 물어보고 싶은 거였는데요…. 카게누이 씨는 어째서 그렇게 불사신의 괴이를 죽이고 싶어 하나요?"

"뭣이라고야?"

그런 목소리와 함께 메시지를 작성하던 손이 멈춘다.

터부를 건드리는 질문인지도 모른다고 생각하면서 던진 물음이었지만, 그러나 생각 외로 평범하게 되물어 올 뿐이었다. 메시지 작성에 열중하고 있어서 들리기는 했지만 제대로 알아듣지 못했다는 듯한, 그런 카게누이 씨의 반응이었다.

"왜 그렁가? 오빠."

"아니, 그러니까…. 카게누이 씨가 그렇게나 불사신의 괴이를 죽이고 싶어 하는 것은 어째서일까, 하고…. 괴이의 전문 분야로서, 그건 상당히 특수하지 않나요?"

"어이? 긍가~? 글쎄, 그렇지도 않을 것 같은디? 애초에 괴이란, 요컨대 괴물이란 대부분 죽어 있는 것이나 같은 존재잉께. 안 그러냐, 요츠기?"

"그렇지…. 그 부분의 기준은 모호해, 귀신 오빠. 불사신의 해석 여하에 따라서 언니의 전문 분야는, 말하자면 괴이 전반이라고 말해도 될 정도야."

"……."

하긴.

그 말대로이기는 하다.

애초에 그 이야기를 하자면, 카게누이 씨가 사역하고 있는 식신인 오노노키가 시체의 츠쿠모가미라는, 그 자체가 카게누이 씨 본인이 노리는 불사신의 괴이이니까.

그 부분이 이미 모순이라고나 할까, 파탄 나 있으니 전문 분야가 어떻고 하는 것은 의외로 유동적인지도 모른다.

감각적이라고 할까.

그렇다, 애초에 카게누이 씨와 오노노키의 전문 분야를 '좁다'라고 표현했던 것은 다름 아닌 카이키가 아닌가. 그런 녀석의 말을 곧이곧대로 받아들여서 바보 같은 질문을 해 버렸는지도 모른다.

크게 반성한다.

"실제로 나처럼 불사신의 괴이를 전문으로 하는 전문가는 그 밖에도 없지도 않아야. 뭐, 확실히 나처럼 뭐가 어떻게 돼 불던 덮어놓고 일단 죽이고 싶어 하는 녀석은 한 사람 정도밖에 모르지만."

"…한 사람은 있군요."

그것은 어쩐지 오싹한 이야기였다.

그녀에게 죽을 뻔한, '뭐가 어떻게 됐든'이라는 열의 있는 살의에 의해 타도당할 뻔했던 불사신의 괴이로서는.

"크크크, 하지만 그 녀석은 세상을 등진 사람 같은 것잉께 신경 쓰지 밀더라고, 아라리기 군. 기엔 선배 그룹에서도 멀리 떨어진, 진짜 일탈자여."

카게누이 씨는 말한다.

"계산 밖에 둬야 하는 녀석이라고 해야 쓰까. 뭐, 내가 불사신의 괴이를 전문으로 하고 있는 것은 그거지, 아무리 두들겨 패고 걷어차도 지나치는 법이 없기 때문이여. 으미? 이건 전에도 말하지 않았냐?"

"…그건 확실히 들었지만요."

하지만 정말로 그것뿐일까, 라고 생각했던 것이다.

단지 그 이유만으로 불사신의 괴이를 적으로 돌리고 있는 것일까. 어쩐지 그것은 너무나도 위험한 삶처럼 생각되는데….

무투파니까 그걸로 괜찮은 걸까?

일부러 난이도가 높은 길을 고르고 있다든가 하는 그런 느낌인지도…. 그런 소년만화 같은 캐릭터, 현실에서는 커다란 쪽 여동생 정도밖에 본 적이 없지만.

"뭐여, 아라라기 군. 내가 어떤 식으로 이 길에 발을 들였는지, 그런 번외편 같은 에피소드라도 듣고 싶은 것이여?"

"아뇨, 그렇게까지 흥미진진한 구경꾼 근성을 발휘하고 있는 건 아닌데요…. 다만 솔직하게 말하자면 신경 쓰인다는 느낌이 들 정도로는 신경 쓰여요. 처음에 만난 오시노의 전문 분야가 어쩐지 맞지 않는다는 느낌이어서…. 하지만 그런 건 결국 카게누이 씨나 카이키도, 가엔 씨도 마찬가지겠죠."

"그런 것이구먼. 거시기, 내 이유를 알고 싶어 하기보다, 니는 요츠기의 이유를 신경 써 주더라고."

"네?"

갑자기 이야기의 예봉이 빗나가서, 나는 오노노키 쪽을 본다. 오노노키는 변함없이 무표정하게 나를 보고 있을 뿐이었지만.

멍하니, 흐리멍덩하게.

이미 어느 정도 인간을 그만두고 있는 나를 보고 있을 뿐이지만.

"카게누이 씨, 그건, 무슨…."

"으미?"

그렇게.

그것을 추궁하려고 했을 때에, 그 타이밍에 기기누이 씨가 조작하던 스마트폰이 진동한 듯했다. 가엔 씨에게 보낼 메시지를 한창 작성하는 도중에 착신이 끼어들어 온 느낌일 것이다.

카게누이 씨는 내 쪽에서 볼 수 없는 각도에 있는 그 화면을 확인하더니 살짝 이맛살을 찌푸리고, 그런 뒤에 응답 버튼을 누른 듯했다.

"네에, 여보세요, 카게누이입니다만…."

그리고는 평범하게 통화를 시작해 버렸다.

뭐, 지금 와서는 딱히 1분 1초를 다투는 것도 아니므로 통화가 끼어들었다고 해서 그리 신경 쓰이는 것도 아니지만.

그러나 왠지 모르게 조금 전까지 기분이 좋았던 카게누이 씨의 표정이 변한 기분이 들었다.

그것도, 노골적으로.

"아…. 잠깐만 기다려 보이쇼. 기다려 보랑께요. 마침 지금 아라리기 군에게 그 녀석 이야기를 하고 있던 참인디…. 선배, 그거 아니제요. 아무리 그래도 너무 심하다고…."

선배?

선배라면…. 카게누이 씨가 선배라고 말하는 경우는 자동적으로 가엔 씨, 가엔 이즈코 씨를 가리키는 것이나 마찬가지다. 그렇다면 카게누이 씨의 표정 변화에도 납득은 간다. 카게누이 씨도 가엔 씨의 독특한 '뻔뻔스러움' 같은 것은 부담스러울 테고 말이야.

일단 나로서는 역시나라고 생각했지만, 마침 나와 카게누이 씨 일행의 대화가 일단락되어서 카게누이 씨가 그야말로 그녀에게 보고 메시지를 작성하고 있는 타이밍에 전화를 걸어오다니 이것은 역시나 가엔 씨라고 생각했지만, 그러나….

뭔가, 어쩐지 눈치가 이상…한가?

"그래요잉… 야. 하지만 타다츠루 녀석은 시방…. 그렁가. 알았구먼요. 아라라기 군에게는 그렇게 전해 주께. 우선은 그럴 수밖에 없을 텡께. 우리는 이대로 움직여도 괜찮응가? 이대로 흐름을 타버려도."

응, 응, 하고 그 뒤로 두어 번 끄덕인 뒤, 카게누이 씨는 "잘 있으쇼."라고 말하며 전화를 끊었다. 이 사람은 역시 작별의 말은 확실히 하는 사람이구나, 하고 생각했다.

솔직히 이때 나는 그런 것을 느긋하게 생각하고 있을 상황은 전혀 아니었지만, 저도 모르게 카게누이 씨나 카이키, 그리고 가엔 씨를 오시노와 비교해 버리는 나쁜 버릇이 들어 있었다.

"아라라기 군. 최악의 타이밍에 최악의 뉴스여."

"네…? 하, 하지만 지금 전화는 가엔 씨에게서 걸려온 것이었잖아요?"

아니.

가엔 씨에게서 온 전화라는 건 확실하겠지만…. 잠깐, 하지만 카게누이 씨는 일절 상대에 대해 상황설명, 요컨대 내 증상에 대한 설명을 하지 않았다.

즉, 하려고 준비하고 있던, 메시지까지 작성하고 있던 보고를 전혀 하지 않았던 것이다. 그렇다면 당연히 저쪽에서 이야기가 있었다는 뜻이 된다.

그 이야기라는 것이 즉 최악의 뉴스라는 이야기인가?

그렇다면 최악의 타이밍이란 어느 타이밍을 가리키는 것일까. 애초에 최악의 뉴스가 들어온 시점에서, 어느 때라도 그 순간, 그 현재가 최악의 타이밍이 되어 버리는 법인데.

"한동안 요츠기를 빌려 주게. 그렇게 한시라도 빨리 달려가."

"한시라도 빨리라니⋯. 어디로 말인가요?"

"칸바루 스루가의 집이제. 가엔 선배의 언니, 가엔 토오에의 딸이 살고 있는 칸바루 가. 그곳에 있는 네 여동생들을 한시라도 빨리 만나러 가라고."

카게누이 씨는 날카로운 눈매와 날카로운 말투로, 무엇보다 날카롭게 말했다.

"그것이⋯ 엄밀히는 이미 그곳에는 없을지도 모르지만 말이여."

012

오노노키 요츠기의 필살기.

전문가, 폭력 음양사 카게누이 요즈루의 식신인 그녀의 필살기는 '예외 쪽이 많은 규칙─언리미티드 룰 북'이라고 한다. 그 기묘한 명명의 유래는 모르지만 이 앞뒤 가리지 않는 오의가 어떤 것인가 하면, 육체의 일부를 순간적으로, 동시에 폭발적으로 거대화시켜서 그 부위로 대상을 공격한다고 하는, 동녀의 외관에는 어울리지 않는 극히 육탄적이기 짝이 없는 파워 오펜스다.

뭐, 카게누이 씨의 식신답다고 하자면 카게누이 씨의 식신답기는 한데…. 이 오의의 훌륭한 점이 어디인가 하면, 오펜스뿐만 아니라 디펜스에도 사용이 가능하다는 점이다. 아니, 디펜스라는 표현에는 어폐가 있다. 전용 가능한 것은 회피 행동이다.

순간적으로, 그러면서 폭발적으로 육체를 거대화시키는 그 반동, 반작용으로 마음만 먹으면 전방위로 고속이동이 가능하다. 앞으로든 뒤로든 오른쪽으로든 왼쪽으로든, 위로든. 천장을 발판으로서 이용하면 바로 아래로 이동할 수도 있을 것이다.

그리고 회피를 이동이라고 바꿔 말할 수도 있다.

RPG 게임풍으로 말하자면, 원거리 공격이 가능한 기술이 이동 주문이기도 하다는 것이다. 요컨대 무슨 말이 하고 싶은가 하면, 학원 옛터이던 공터, 현 빈터에서 칸바루 가까지는 무모하게도 직선거리로 연결한다고 해도 상당한 거리가 있지만, 오노노키의 힘을 빌면 단 십 수초 만에 도착한다는 뜻이다.

"나도 전성기라면 같은 걸 할 수 있다."

그렇게 시노부는 말하지만.

실제로 전성기의 그녀라면, 전설의 흡혈귀로 불리던 무렵의 그녀라면 이동은 고사하고 1초만 있으면 지구를 일곱 바퀴 반을 돌아 보였겠지만 지금의 그녀는 유감스럽게도 전성기가 아닌 쇠퇴기의 여덟 살 아이이므로 내 그림자에 가라앉아서 같이 이동할 수밖에 없었다.

오노노키의 허리에 두 팔을 감아 단단히 달라붙고, 눈을 감고서 몇 초 후…. 나는 이미 한밤중의 칸바루 가 앞에 있었다.

"갈까, 귀신 오빠."

"아니…. 잠깐… 기다려… 줘."

그 부분은 역시나 전문가답다. 오노노키는 착지 후에 바로 척척 움직일 수 있었지만, 정작 중요한 내가 그것에 따라갈 수 없었다.

당연하다. 이동 자체는 상공을 지름길로, 단숨에 날아가는 로켓 모션이었다고 해도 지금의 나에게 그 기압차와 산소 농도의 변화에 따라갈 수 있는 육체능력은 없다.

눈앞이 어질어질하고 숨이 가쁘다.

고산병 모드다. 기절하지 않은 것이 용하다.

몸이 산산조각 나지 않은 것만으로도 감지덕지라고 말해야 하는 상황일까.

지금 현재 내 육체가 흡혈귀화 되어 있지 않았더라면 더욱 심각한 상황이 벌어졌을 것이다. 그러나 이전에 이 이동에 함께했을 때처럼 시노부의 힘을 빌어서 흡혈귀화하고 있었더라면 이런 건 아무 일도 아니었을 것이다.

"……으으."

뭐라고 해야 할까.

그렇게까지 노골적으로 그 힘에 의존했다고 생각하지는 않았지만, 즉 자각은 없었지만, 하지만 막상 두 번 다시 그 힘을 쓸 수 없다는 것을 알게 되니 잃은 것의 크기를 통감하게 되네.

실제로는 이렇게 되었다고 해도 그것으로 뭔가를 잃은 것도 아니고, 그러기는커녕 그렇게 되는 것으로 나는 인간으로서 소중한 뭔가를 차츰 잃고 있었는데 말이지….

"괜찮아? 귀신 오빠."

오노노키가 그다지 걱정도 되지 않는다는 듯한 태도로 달려왔다.

물론 시체인 그녀에게는 기압차도 산소 농도도 관계없었다.

"인공호흡이라도 해 줄까?"

"아니…. 난 지금은 그런 조크에 장단을 맞춰 줄 컨디션이…."

흠.

내가 보기에도, 즉 바로 나 아라라기 코요미이면서도 '그러한 조크'에 장단을 맞출 컨디션이 아니라는 것은 정말 상당히 심각한 몸 상태인 듯하다.

하지만 계속 쭈그리고 있어 봤자 소용없다. 땅바닥에 계속 웅크리고 있어 봤자 의미가 없다. 컨디션이 어떠하든, 계속 쭈그리고 있을 수 있는 시추에이션이 아닌 것이다.

"시노부…, 미안해. 부축해 줘."

"하는 수 없군."

그렇게, 여기서 시노부가 숨어 있던 그림자에서 등장했다.

주르륵, 하고.

나와 오노노키가 까마득한 상공을 활공하며 그림자 따위 지면 위에 흐릿하게도 남지 않게 되었을 때, 이 녀석은 어디에 있었을까. 문득 그런 것이 신기하게 느껴졌지만, 그런 쓸데없는 것을 생각하고 있는 동안에 시노부는 내 몸을 지탱해 주었다.

유녀의 몸이지만, 밤이라서 그럭저럭 힘은 있는 것이다.

파워 캐릭터 유녀와 파워 캐릭터 동녀.

"그러면… 오노노키. 미안하지만 다시 한 번 부탁해."

"신나게 부려 먹네. 다른 사람도 아닌 나를 잘도 부려 먹는구나, 귀신 오빠. 뭐, 이번에는 언니의 보증이니까 얼마든지 힘을 빌려 주겠지만. 하지만 연속해서 그 높이까지 뛰었다간 귀신 오빠, 이번에야말로 정말 죽을 텐데?"

"아니, 아무도 그런 높이까지 뛰어 달라고 하지 않았어. 그게 말이지, 칸바루는 혼자 살고 있는 게 아니니까."

칸바루 가는 멋들어진 일본 저택이다.

저택이다, 저택.

척 보기에도 재산 많은 지역유지 같은 느낌의 집으로, 높은 담장에 둘러싸여 있다. 멋들어진 문까지 있다. 밖에서는 보이지 않지만 연못에 잉어를 기르고 있을 듯 보이는 정원까지 있다. 이런 걸 뭐라고 하더라. 그래, 고산수*였던가?

어쨌든 엄청 넓다.

진짜 넓디넓다.

고귀한 집을 표현하는 데에 그다지 적절한 말은 아니겠지만, 그저 휑뎅그렁하다고밖에 나는 말할 수 없다. 그런 집에 사는 인원수

※고산수(枯山水) : 동양의 정원 구성양식 중 하나로, 식물과 물 없이 이루어진 정원.

로서는 극단적으로 적겠지만, 그래도 이 집에는 칸바루 스루가와 그 조부모 세 가족이 살고 있는 것이다.

그것이 뭐 어쨌느냐고 한다면, 설령 정면으로라도, 정문으로라도 침입해서 할아버지 할머니와 조우했다가는 틀림없는 불법침입이 된다는 이야기이다. 인터폰을 누르고 들어간다는 방법을 아주 아주 약간 고려하지 않은 것도 아니지만, 역시 시간적으로 그러기는 어렵다. 이미 그것은 불법침입과도 비슷한 결례다.

그렇게 되면 정문을 사용하지 않고, 정당한 루트를 지름길로 지나 칸바루의 방에 도달하고 싶은 참이다. 그리고 지름길은 오노노키의 장기다.

상공 수천 미터까지 점프해 달라고 할 생각은 없다. 훌쩍, 하고 벽을, 저택을 둘러싼 벽을 뛰어넘어 주기만 하면 족하다.

"그렇다기보다… 결국 테스트는 할 수 없었는데, 그럴 시간은 없었는데 귀신 오빠는 지금 어느 레벨의 흡혈귀일까? 회복력은 있다고 해도 아주 낮은 것 같은데, 육체능력은 어느 정도일까. 밤이고 하니 마음먹고 힘껏 노력하면 벽 정도는 넘을 수 있지 않을까?"

"아니, 노력하고 하지 않고의 문제를 떠나서, 이런 벽에 섣불리 손을 대거나 했다간 경보가 울리거나 하지 않겠어?"

"이때는 딱히 울려도 상관없다고 생각해…. 언니의, 요컨대 가엔 씨의 말이 옳다면 집 안은 이미 전쟁터, 이미 전쟁이 끝난 상황일 테니까. 충분히 경보가 울려야 할 시추에이션이야."

"……"

아니.

가엔 씨의 말이 옳다면, 이라는 둥 오노노키는 다 안다는 듯 말하고 있는데 정말로, 그야말로 리얼한 의미에서 카게누이 씨와 이심전심이 가능하지 않은 한, 칸바루 가에 지금 무슨 일이 일어났는지는 그녀도 파악하고 있지는 못할 것이다. 그런데도 어째서 이렇게나 다 안다는 듯이 말할 수 있는 것일까.

그도 그럴 것이 카게누이 씨는,

"됐으니까 얼른 가야, 가면 안당께."

라는 말만 했을 뿐이니까.

한시라도 빨리, 라는 것은 단순히 재촉하기 위해 한 말이 아니라 정말 한시라도 빨리라는 의미였던 듯하다. 자세한 설명을 할 짬도 없을 정도로.

카게누이 씨가 우리와 동행하지 않았던 것은, 역시 아무리 인간의 영역을 넘어선 폭력의 소유자여도 그 경로 단축법을 인간의 몸으로 견뎌 낼 수는 없다는 의미일 것이다. 칸바루 가의 장소를 스마트폰의 지도로 오노노키에게 전했던 것은 요즘 스타일이라고 할까, 인간의 지혜였지만.

"오케이. 잘 붙들어, 귀신 오빠."

"응."

"붙들라고 하긴 했는데, 이걸 누가 봤다간 경찰에 붙들릴지도 몰라."

"나도 알아."

"자, 시노부 언니도."

"너를 붙드는 건 사양하겠다."

그렇게 시노부는 오노노키의 청을 거절하고 그림자 속으로 숨어들었다. 어쨌든 오노노키와 친해지지 않겠다는 시노부의 기개는, 어쩔 수 없을 정도로 뿌리 깊다.

"뛸게."

"응, 부탁해."

"'언리미티드 룰 북'."

그러나 이 정도의 점프라면 오노노키의 통상 모드로도 뛰어넘을 수 있을 것 같으니 성실하게 그런 식으로 기술명을 말하지 않아도 괜찮을 것 같은 기분이 들지만, 그런 생각을 하고 있는 동안, 생각할 짬도 없이 나와 오노노키는 칸바루 가의 마당 침입에 성공하고 있었다.

하고 있는 짓은 완전히 루팡 3세다.

"하고 있는 짓은 완전히 루팡 3세네."

그렇게 오노노키가 말했다.

싱크로되었다고 생각했지만,

"뭐랄까, 이러니까 귀여운 아이를 보쌈하러 가는 것 같은 느낌인걸."

이라고 덧붙여서 싱크로율이 낮은 것에 깜짝 놀라게 되었다.

같은 루팡 3세인데. 뭐냐고, 이 이미지 차이는.

"귀여운 아이란 말도 좀 그런데 말이야…. 요즘의 루팡 3세는 아마도 그런 짓은 하지 않을 거라고 생각하고. 어쨌든 칸바루의 방으로 서두르자. 남의 집이긴 해도 훤히 알고 있으니까."

훤히 알고 있다고 말하는 것은 역시나 조금 과언이지만, 그래도 칸바루의 방에 대해서라면 나는 방의 주인 이상으로 잘 알고 있다는 자신감이 있었다.

숙지하고 있다는 자신감이 있었다.

수험 시즌이든 마무리 공부를 할 시기이든 상관없이, 나는 칸바루의 마구잡이로 어질러져 있는 방을, 아무리 청소해도 되돌리기 기능이라도 지니고 있는 것처럼 금세 물건에 파묻히는 그녀의 방을 한 달에 두 번꼴로 정리하러 오고 있으니까. 어디에 무엇이 있는지 전부 알고 있다.

두 여동생을 칸바루의 집에 보낸 것도, 바로 얼마 전에 내가 칸바루의 방을 청소했다는 것이 커다란 이유다. 평소대로의 칸바루의 방이라면 나는 도저히 내 귀여운 여동생들을 보낼 수 없었을 것이다. 그 애들이 쓰레기에 빠져 죽을 위험이 있다.

오노노키의 어깨에 손을 두른 채로 나는 한 발짝 한 발짝, 살금살금 칸바루 가의 부지를 이동한다. 오노노키가 예상 밖의 쓸데없는 코멘트를 한 탓에 정말로 후배의 방에 보쌈을 하러 가는 듯한 기분이 들기 시작하지만 어쨌든 신발을 벗고 복도로 올라간다. 이런 때, 일본식 저택의 시큐리티는 너무나도 낮다. 어떻게든 하는 편이 좋겠다고, 자신이 처한 상황을 제쳐 두고 그렇게 생각했다.

칸바루 방의 미닫이문을, 나는 살며시 열었다.

살며시, 라기보다는 에라 모르겠다, 라는 느낌이었지만…. 과연.

“…….”

과연, 이라고 할 만한 일도 없었다.

덧없이.

그냥 카게누이 씨의 말대로였다. 우리는 그저 확인을 하러 온 것이나 마찬가지였다. 칸바루의 방은 텅 비어 있고, 비어 있는 이부자리 두 개가 나란히 깔려 있을 뿐이었다.

"…아니, 이부자리는 세 개가 있지 않으면 이상하잖아."

세 사람인데 왜 두 개냐.

무슨 거래가 있었던 걸까.

거기에 의문이 없는 것은 아니었지만, 아주 막대하게 있었지만 뭐가 어찌 됐든 행동이 우선이다. 아무도 없었지만 나는 소리를 내지 않도록 조심하면서 방 안으로 들어간다.

그리고 이부자리를 체크한다.

마치 형사 드라마에서 상투적으로 쓰는 말 같지만, 아직 온기가 남아 있었다.

그리 멀리까지 가지 못했는지 어떤지는 확실치 않지만, 방금 전까지 누군가가 누워 있던 이부자리다. 이어서 나는 베개의 냄새를 맡았다. 한쪽 이부자리의 베개에서는 카렌과 츠키히의 잔향이, 다른 한쪽 이부자리에서는 칸바루의 잔향이 느껴졌다. 역시 세 사람은 방금 전 정도까지 여기에 있었던 것이다.

뭐, 조합이 칸바루와 카렌 & 츠키히여서 다행이라고 가슴을 쓸어내리는 기분이 들었지만, 거기서 나는 깨달았다.

방을 빙 둘러보고, 그곳에 얼마 전 내가 이 방을 정리하러 왔을 때에는 없었던 물건이 있음을 깨달았던 것이다.

"……."

종이학이다.

칸바루의 방은 일본식 다다미방이라서 그곳에는 훌륭한 도코노마*가 있다. 하지만 그 도코노마는 평소에는 쓰레기들이 모이기 쉬운 공간일 뿐이고, 약간 공치사를 하자면 내가 청소했기에 지금은 깔끔하게 비어 있는 공간에, 마치 장식하듯이 종이학이 놓여 있던 것이다.

종이학이란, 말할 것도 없이 종이접기의 전형적인 예다. 아마도 일본인 중에서 한 마리도 접어 본 적 없는 사람은 없지 않을까 하고 생각되지만, 그러나.

그러나… 종이학?

"왜 그래? 귀신 오빠."

"아니, 오노노키, 이거 말인데."

오노노키가 말을 걸어와서 나는 그 종이학을 가리켰다. 건드리려고도 하지 않은 것은 너무 소심한 행동이었을까.

"……"

"아니, 기껏해야 학이잖아, 라고 생각할지도 모르겠는데 칸바루는 저런 물건으로 방을 장식할 녀석이 아니야. 그 녀석은 그런 녀석이 아니라고. 그렇다기보다, 애초에 도코노마에 뭔가를 장식한다는 개념이 없다고 할까, 단순히 저 공간은 물건을 놓아 두기 좋은 장소로밖에 생각하지 않아 썩기 쉬운 책을 늘어놓고 있었다면 몰라도, 저런 운치 있는 것을…."

"운치라…."

※도코노마 : 일본식 방에서 한쪽 벽에 족자와 꽃 등으로 장식해 놓은 곳.

오노노키는 그렇게 말하더니 고개를 붕붕 저었다. 무표정하게 고개를 저으니, 어쩐지 그런 기능의 인형 같다.

고개 부분에 용수철이 들어 있어서 건드리면 휘휘 흔들리는 인형.

건드리고 싶어진다.

"운치라고 말하자면 확실히 운치가 있다…고 할 수 있을지도 모르겠네, 귀신 오빠. 잠깐 저거, 집어 들어 봐."

"어? 하지만… 만약에 뭔가 단서라고 한다면."

"괜찮아, 귀신 오빠. 내가 생각하는 대로라면. 나는 식신…이라기보다는 시체니까 건드려도 아무 일도 일어나지 않을 거라고 생각하지만, 귀신 오빠는 아직 인간이니까."

"…알았어."

아직, 이라는 표현이 신경 쓰이지 않은 것도 아니지만 여기서 문답을 하고 있을 수도 없다. 칸바루와 여동생들이 없어진 상황이다. 한시라도 빨리, 한시를 다툰다는 상황은 아무것도 변하지 않은 것이다.

나는 종이학을 손에 들었다.

마치 폭발물이라도 다루듯이.

그 작고 하얀 종이학을.

"——!! 힉…."

깜짝 놀랐다…기보다는 기분 나쁨에 비명을 질렀다.

내가 그 종이학을 집고 들어 올린 순간—오해하지 말았으면 좋겠다. 이것은 정말로 그냥 일어난 현상을 그대로 문장으로 표현하고 있을 뿐이다―그 한 마리의 종이학이 갑자기 센바즈루[*]가 되었던 것이다.

마치 도코노마의 바닥에 센바즈루가 뿌리를 내린 것처럼 묻혀 있으면서 한 마리만이 새싹처럼 표면에 모습을 드러내고 있었는데 내가 그것을 뽑아내 버렸다는 느낌이었다.

센바즈루.

그것은 아주 인지도가 높은 일상적인 단어 중 하나라고 생각한다. 다치거나 병으로 입원한 가족이나 친구에게 만들어 보내는 위문품으로 잘 알려진 물건이라고 생각하는데, 그러나 이렇게 느닷없이, 예상 밖의 모습으로 갑자기 나타나게 되면 가슴속이 술렁거리게 된다는 것이 솔직한 감상이다.

인간의 근본적인 공포 중 하나라고 생각하는데, 작은 것들이 우글우글하고 밀집되어 존재한다는 것은 설령 무기물이든 뭐든 간에 꿈틀거리고 있는 것 같아서 기분 나쁘다.

아니, 좀 더 단순하게 말하면 '수가 많은 것이 두렵다'는 것뿐일지도 모른다. 나는 그 많은 수에 전율했던 것이다. 학을 집은 손을 떼지 않은 것만으로도 대단한 일이었다.

"이, 이봐, 오노노키…."

"역시나."

"여, 역시나? 아니, 만약 이 현상이 예상대로였다면 먼저 알려 달라고. 한 마리의 학이 천 마리의 학으로 변하다니…."

※센바즈루(千羽鶴) : 많은 수의 종이학을 이어 달아 만든 장식품.

"아니, 깜짝 놀라지 않을까 해서."

"……."

그 성격이 카이키의 영향이라고 생각하면, 짜증 나는 것도 두 배로 한층 커지는 것이었다.

어떡할 거냐고, 내 비명 소리에 할아버지 할머니가 깨어나시기라도 한다면. 아니, 실제로 정말로 말이야.

이 상황은 내가 유괴범 같잖아.

둘러댈 말이 없다고.

나는 센바즈루를 제등처럼 든 채로 오노노키 쪽을 향했다.

"그래서, 오노노키. 어떻게 예상대로였다는 거야, 이게?"

"지인의 범행이었다는 얘기야. 나하고 언니의 지인. 그건 메시지야. 루팡 3세 같은 표현을 계속하자면 범행 예고장이라는 거지."

"범행 예고장…? 아니, 하지만 이렇게 이미 유괴? …는 실행된 것이…."

아니, 아닌가.

유괴 자체가 목적이 아니라 그다음이 있다는 건가. 그런 것은 안심할 근거가 전혀 되지 않고 칸바루와 카렌, 츠키히가 이미 이 자리에 없다는 사실도 달라지지 않지만.

그렇지만, 예고장이라….

"그런 요술 같은 짓을 좋아하는 녀석이야, '그 녀석'은. 악의로써 사람을 놀라게 하는 걸 좋아하는 녀석이라고. 정말이지 믿을 수 없는 짓을 하네. 악의에 가득 차 있어. 다만 이번 메시지를 보낼 때에 학의 형태를 취한 이유는 상당히 직설적이지."

"그렇다는 얘기는?"

"새."

오노노키는 말했다.

"새의 형태. 피닉스. 즉 그 학은, 천년을 산다고 일컬어지는 새의 무리는 당신의 여동생인 아라라기 츠키히를 암시하는 거겠지."

"뭐…?"

"그건 그렇고, 귀신 오빠. 확인 작업은 마쳤어. 끝났어. 언니가 있는 곳으로 돌아갈까? 그 센바즈루를 언니에게 해석해 달라고 해야 해. 지인이 얽혀 있다면 솔직히 언니가 어디까지 이 일에 얽혀 줄지 알 수 없지만…. 하지만 그 정도는 거들어 줄 거라고 생각해."

013

"테오리 타다츠루手折正弦, 인형사."

그렇게.

카게누이 씨는 말했다.

일부러 그 심중을 살피려 하지 않아도 카게누이 씨가 '그 인물'에 대한 강한 적의, 혹은 혐오감을 갖고 있음은 틀림없었다.

명백하게 짜증이 나 있다.

"타다츠루…? 인가요?"

그러고 보니 아까 카게누이 씨가 가엔 씨와의 대화에서 그런 이름을 말을 했던 것 같기도 하고. 그때 나는 그것을 사람의 이름이라고는 생각하지 않았지만.

결국 나와 오노노키는 그 '범행 예고'라는 센바즈루 외에 아무것도 발견하지 못하고, 그것만 가지고 학원 옛터의 공터, 즉 벌판으로 돌아왔던 것이다.

"저기 말이죠…."

나는 카게누이 씨에게 보고 온 상황을 설명—후배와 두 여동생이 마치 카미카쿠시*라도 만난 것처럼 사라져 있고, 이부자리에는 온기가 남아 있었고—하려고 했지만,

"상관없시야."

라는 말로 그 시도는 막혔다.

듣기로는, 식신인 오노노키의 동향은 주인인 카게누이가 마음만 먹으면 손에 잡힐 듯이 알 수 있으므로 설명을 들을 것도 없이 상황을 다 파악하고 있다고 한다.

설마 오노노키의 동향이 훤히 전해지고 있었을 줄이야.

일방통행이라고는 해도, 정말로 이신전심이 아닌가.

어떻게 이럴 수가.

그렇다면 내 행동들을 돌이켜 봤을 때 약간 켕기는 일이 없는 것도 아니지만, 그 부분은 모든 것을 파악하고 있는 것도 아니라고 해석하는 것으로 나는 마음을 안정시킬 수밖에 없었다. 지금 이 이상으로 스트레스를 품고 싶지는 않다.

※카미카쿠시 : 갑자기 사람이 행방불명되는 일을 가리키는 말로, 옛 일본에서는 요괴의 소행으로 믿었다.

뭐, 식신의 눈을 통해 상황은 대충 파악하고 있다고 해도 간접적으로 보는 것과 직접 보는 것은 역시 느낌이 다를 거라고 생각하고, 나는 손에 들고 있던 센바즈루를 카게누이 씨에게 건네려고 했다

그러나 카게누이 씨는 그것을 흘끗 한 번 볼 뿐, 내가 내민 센바즈루를 받아 들려고도 하지 않았다. 마치 더러운 것이라도 보는 듯한 눈으로 이쪽을 볼 뿐이었다.

나라는 남자를 더러운 것처럼 보고 있는 것이 아니라면, 그 센바즈루를 혐오하고 있는 것이라고 생각했다.

그리고 카게누이 씨는 말했던 것이다.

테오리 타다츠루.

인형사라고.

"타다츠루라니···. 하지만 그건."

나는 지금 수험생으로 국립대학을 지망하고 있는 몸이다. 게다가 그렇지 않아도 원래부터 수학은 잘 한다.

타다츠루正弦, 요즈루餘弦, 요츠기餘割.

정현, 여현, 여접.

즉 사인, 코사인, 코탄젠트다.

삼각함수에서 쓰이는 그 용어들은 당연히 알고 있다. 그렇게 되면 자연히 카게누이 씨하고 요츠기, 그리고 그 인형사에서 어떠한 관련을 찾아내고 싶어지는 법이지만···.

공통항을 상정할 수 있을 듯하지만.

다만 조금 전부터 카게누이 씨의 퉁명스런 태도를 보고 있자니,

솔직히 쉽사리 묻기 어렵다고 할까…. 오히려 이때는 비상사태이니까 묻지 않고 넘어갈 수 있다면 그냥 넘기고 싶기도 했다.

지금의 나는 칸바루와 카렌과 츠키히의 행방을 알 수 있다면 그것으로 족하다.

그것이 행동원리였다.

"뭣이여?"

"…아뇨."

"…타다츠루는 인형사고, 음, 뭐, 전문가제…. 이른바 한 사람의 전문가여. 게다가 나하고 마찬가지로 불사신의 괴이를 전문으로 하는 전문가. 아까 말했제?"

나하고 마찬가지로, 라는 말에 힘이 들어간 느낌이 든 것은 그 부분을 강조해서 말하고 싶었기 때문은 절대 아닐 것이다.

오히려 그 부분만, 참지 못하고 저절로 어조가 강해져 버린 거라고 생각해야 할 것이다. 카게누이 씨는 그것을 평정을 유지한 상태로 말할 수 없었다고 봐야 한다고 생각한다.

그렇지만 그래도 역시 따져 묻기 어렵다.

지적하기 어렵다.

타다츠루라는 인물과 카게누이 씨 사이에 어떠한 관계가 있는가. 흥미가 없는 것은 아니고 필요하다면 알아야만 하겠지만, 그러나 이 분위기에서는 섣불리 물어볼 수 없다.

"아까 말했던, 이라는 건."

나는 신중하게 물었다.

카게누이 씨가 폭력적인 사람이기는 해도 이유도 없이 주변에 불똥을 흩뿌리거나 하지는 않을 테니 실제로 이렇게까지 신중을 기하지 않아도 괜찮을지도 모르지만, 어쩔 수 없이 움츠러들게 된다. 화풀이가 무섭다.

"즉, 그 사람이 일탈한 전문가라는 얘기군요. 가엔 씨의 파벌에 속하지 않은, 홀로 떨어진 일탈자라고 할까…."

"가엔 씨의."

그렇게 오노노키가 말한다.

끼어들어서 말한다.

참고로 오노노키가 부재일 동안에, 카게누이 씨는 계속 그 부근의 오른쪽 돌 위에 서 있었던 모양인데(나는 그 경우의, 돌과 지면의 구별의 기준을 알 수 없지만. 뭐, 아마도 뭔가 있는 거겠지), 지금은 오노노키의 어깨로 돌아와 있다.

"가엔 씨의 파벌에 속하지 않는다는 것은, 곧 어디에도 속하지 않는다는 것에 극히 가깝지만 말이야…. 가엔 씨의 그것은 파벌이라기보다 네트워크니까. 즉 타다츠루는 스탠드 얼론stand alone의 컴퓨터 같은 거야."

"요츠기. 쓸데없는 소리 하지 않아도 돼야."

카게누이 씨는 자신의 식신을 나무랐다.

대체 오노노키가 지금 했던 말의 어디가 '쓸데없는 소리'였던 것인가는 나로서는 알 수 없었지만…. 그러나 그 정보만으로 테오리 타다츠루라는 전문가가 얼마나 예외적인 녀석인지를 알게 된 기분이 든다.

그도 그럴 것이, 어떻게 생각해도 사회부적응자인 오시노 메메나 카이키 데이슈조차 가엔 씨의 파벌, 네트워크에는 속해 있다. 그 두 사람이, 다름 아닌 그 두 사람이 말이다.

그런데도 타다츠루는.

그 바깥에 있다.

그렇게 되면 나로서는 더 이상 그 일탈자의 일탈한 정도가 상상도 가지 않는다. 억지로 상상해 봐도 괴짜라든가 불길하다든가, 그런 범위에 들어가지 않는 인물상밖에 그려지지 않는다. 이미지가 막대하게 커져서 나를 겁먹게 한다.

"불사신의 괴이를 전문으로 하는 전문가, 그 녀석이 제 여동생들과 후배를 납치했다는 말인가요? 그러면 그 녀석의 목적은…"

유괴 사건.

괜히 괴이라든가 전문가 같은 것이 얽혀 있는 탓에 하마터면 초점이 빗나가 버릴 뻔했는데, 이것은 번듯한 유괴 사건이다. 결코 카미카쿠시 따위가 아니다. 상황에 따라서는 지금 당장 경찰에 신고를 해야만 할 정도다.

아니, 99퍼센트 그렇게 해야겠지만, 유일하게 그러지 않고 그밖의 해결책을 짜내야만 하는 케이스가 있다면…

"…뭔가요, 카게누이 씨. 테오리 타다츠루의 목적은."

"거기부터는 가엔 선배하고 이야기하는 편이 좋을지도 몰라. 나로서는 어쩔 수 없이 주관이 섞여 버릴께. 주관이라고 할까, 개인적인 감정이 섞이게 되니께. 내가 말할 수 있는 것은 타다츠루라는 녀석은."

거기서 카게누이 씨는 일부러 테오리 타다츠루에 대해 생판 남이라는 듯한 말투를 쓴 것 같았다. 극히 직선적인 카게누이 씨의 성격으로 보아, 그것은 아주 드문 일로 생각되었다.

"사적인 원한으로 움직이는 경향이 있어서 프로로서는 일처리가 어설프다는 얘기여. 그렁께 아직 상황은 아라라기 군, 니가 생각하는 징도로 절망적인 것은 아니라고. 다만…"

"다만, 뭔가요?"

"…이번 일에서 니는 상황에 대처하는 데 흡혈귀의 힘에 의지할 수 없다는 것을, 평소에 하던 대로 움직일 수 없다고 가슴에 새겨 둬야 쓰겄어. 사정을 알고 격앙하기 전에 말이여."

"……."

격앙할 만한 상황이 이 뒤에 기다리고 있는 것인가 하고 생각하니, 성급하지는 않지만 성미 급한 나는 그 시점에서 격앙해 버릴 것 같았다. 하지만 만일 지금 이야기하는 상대가 내가 격앙했다간 주먹 한 방에 그것을 잠재워 버릴지도 모르는 폭력 음양사인 카게누이 씨였기에, 나는 아직 간신히 침착하게 있을 수 있었다.

"알고 있어요."

그렇게 대답했다.

"이 이상 흡혈귀로 변하면, 저는 거울에 비치지 않는 정도가 아니게 되어 버리는 거죠? 알고 있어요."

"진짜로 알고 있는 것이여? 조금 전에는 거기까지는 일부러 군이 언급하지 않았지만, 그건 니만의 문제가 아니라고. 니가 흡혈귀화할 수 있다는 것은."

그렇게 말하고 카게누이 씨는 내 발밑을 보았다.

어쨌든 밤이고 달빛도 그렇게 강하지 않아서 어지간히 눈에 힘을 주지 않으면 내 그림자는 보이지 않지만, 전문가인 그녀에게는 당연히 그 그림자 안에 숨어 있는 오시노 시노부의 모습까지 보이고 있을까.

포착할 수 있는 것일까.

"구 하트언더블레이드 역시 흡혈귀화할 수 있다는 얘기라고."

"……."

"그렇게 되는 거잖여? 필연적으로, 논리적 귀결로서 그렇게 되잖여? 그도 그럴 것이 니하고 구 하트언더블레이드 사이에 연결된 혼의 링크는 그런 기하급수적인 시스템잉께. 니가 흡혈귀화하지 않는다는 것은 구 하트언더블레이드도 힘을 되찾을 수 없다는 것이랑께. 너와 동행하는 니 파트너는 앞으로 계속 여덟 살 유녀일 수밖에 없다고."

시노부가 계속 여덟 살 유녀일 수밖에 없는 것은 듣기에 따라서는 좋은 정보처럼 생각되기도 했지만, 물론 그럴 리가 없다. 그것은 어떤 종류의, 내가 흡혈귀로 변할 수 없는 것 이상의 문제였다.

"네…."

그렇게 나는 그것을 이미 알고 있는 정보처럼 끄덕일 생각이었지만, 그것이 잘되었는지 어떤지는 모르겠다. 실제로 카게누이 씨의 말대로, 설명을 들을 것도 없이 그것은 필연적인 논리적 귀결이므로 지금 여기서 카게누이 씨의 지적에 놀란다는 것도 이상한 일이다. 그렇지만 왠지 모르게라고는 해도 제대로 이해하고 있다고 생각하고 있었는데, 다시 한 번 또렷하게 그런 말을 들으니 마음이 불안하다는 정도가 아니었다.

그렇다, 여기서 통감하는 것은 불안이다.

지금까지 얼마나 시노부를 의지하고 있었는가를 뼈저리게 깨닫게 된 듯했다. 무의식중에. 내 피를 빨고 전부는 아니더라도 어느 정도 힘을 되찾아온 시노부의, 키스샷 아세로라오리온 하트언더블레이드를, 그 녀석의 전투 능력을 얼마나 의지하고 있었는가를 알게 되었다.

그렇다.

결국 궁극적으로 내가 의지하고 있었던 것은 흡혈귀화한 자신의 힘이 아니라 흡혈귀화한 시노부의 힘 쪽이었는지도 모른다. 아니, 더 자세히 말하자면 오시노 시노부라는 파트너를 의지하고 있었던 것뿐인지도 모른다.

내가 너무 의지해서.

잃은 것과, 배신한 것은…..

"…어쩐지, 우스운 이야기네요."

"응? 뭐가? 아라라기 군."

"아뇨, 애초에 저는 그 봄방학에 시노부의 힘을 봉인하기 위해서 그런 해결을 바랐을 텐데, 어느샌가 무슨 일이 있을 때마다 그 시노부의 힘에 의지하고 있었으니까요."

나도 카게누이 씨처럼 자신의 그림자에 눈길을 떨어뜨렸다. 내 그림자이지만 카게누이 씨처럼 그곳에서 뭔가를 찾아낼 수는 없었다. 물론 그 안에 시노부는 멀쩡히 있겠지만. 앞으로도 멀쩡히 있겠지만.

"뭐라고 할까…. 어쩔 수 없이 쓰고 있었을, 임시방편의 비기로서 사용하고 있었을, 빌린 것이었을 임시적인 힘을 어느샌가 당연하게 자기 것인 양 쓰고 있었던 것 같다고 할지…. 이래서는 계속해서 천벌이 내리는 게 당연한지도 몰라요."

"천벌?"

그 말에 반응한 것은 오노노키.

오노노키 요츠기 쪽이었다.

"그건 어떨까…. 확실히 이 사태는 귀신 오빠의 자업자득이기는 해도 그것이 정말 천벌일지 어떨지…."

"…응? 무슨 뜻이야?"

"아니, 천벌치고는 타이밍이 너무 좋다는 얘기여. 타이밍이 너무 좋다는 건, 단순한 우연이 아니라면 대개는 인위적인 일이제."

하늘이 아니라 사람의 짓이제.

그런 식으로 카게누이 씨가 오노노키의 말을 받아 이었다.

"니가 거울에 비치지 않게 되었따는, 이른바 흡혈귀화가 인간의 한도를 넘었다는 그날에 니 후배와 여동생이 우리의 지인에게 납치되었다는 것은, 아무리 봐도…. 우연으로 보기엔 지나치다는 느낌이여."

"……."

뭐.

하고 싶은 말은 이해가 안 가는 것도 아니다. 그러고 보니, 뭐였더라?

언젠가 비슷한 이야기를 카이키 데이슈가 했다는 기분이 든다.

아, 그렇지. 카게누이 씨와 오노노키가 이 동네에 처음 찾아왔을 때의 일이다. 여름방학, 오봉 연휴 때의 일이다.

카이키 녀석은 이렇게 말했었다.

'대개의 경우 우연이란 어떠한 악의에서 생겨나는 법이다'. 다만 그때에 악의를 발하고 있던 것은 다름 아닌 카이키 데이슈 본인이었지만.

"…외상값의 회수가 단숨에 몰려온 것 같은 일은 최근에는 드물지 않지만요. 그렇다기보다 실제로 요즘 들어서는 그런 일들뿐이에요. 얼버무리고 있던 일들의 정산이 반복되고 있죠. 쌓아 올려 왔던 일이, 제쳐 두고 있던 것들이 단숨에 무너져 내리기 시작했다고 할지…."

"누군가 무너뜨린 거 아니여? 젠가처럼. 가엔 선배의 이야기를 듣기론, 그리고 요츠기의 말을 듣기로는 그런 느낌이었는디."

"……."

오노노키의 이야기란 그 '어둠'에 대한 이야기일까. 하치쿠지 마요이의 일일까. 그렇다, 그것이야말로 제쳐 두고 있던 일의 극한 같은 것이지만.

그것이, 무너져 내리는 모습의 극한 같은 것이었지만.

"…힌 기지 물어봐도 될까요, 카게누이 씨"

"뭔디?"

"저기…. 이상한 표현이 되겠는데요, 테오리 타다츠루라는 사람은 잘못이나 부정을 용서하지 않는 정의로운 사람인가요? 세상에는 옳은 형태가 있으며 세상은 그 옳은 형태로 되어야만 한다는,

지구가 회전하고 타원을 그리듯이 세상도 제대로 회전해야 한다는 그런 사상을 가진 사람인가요?"

"사상? 하이고…."

웃겨 부네, 라고 카게누이 씨는 말했다.

정말이지 전혀, 조금도 웃지 않았지만.

진지한 얼굴도 이만한 것이 없었지만.

"…그런 것하고는 무연하제이. 그런 것이란, 옳음이라든가 옳은 형태 같은 것들에 한해서가 아니라 사상 그 자체하고 무연해. 사적 원한과 사상은 다르잖어? 불사신의 괴이를 전문으로 한다는 것 말고는 나하고 공통점이 없제."

"……."

마치 카게누이 씨의 폭력에는 사상이 있다는 듯한 소리를 하고 있지만… 뭐, 그 부분에 대해서 의논을 벌이면 이야기가 끝나지 않을 느낌이므로, 지금은 테오리 타다츠루에 대한 이야기로 한정하자.

아니, 지금의 질문은 단순히 괴이에 대한 타다츠루의 스탠스를 묻고 싶었던 것뿐이다. 그 '어둠'과 마찬가지로, 오류를 삼키는 블랙홀처럼 타다츠루가 내 여동생과 칸바루를 납치했다고 한다면 지금 그 세 사람, 세 사람 중 두 사람은 무사하지 못하다는 이야기가 된다. 잘못을, 눈속임을 수정당하게 된다.

그렇게 생각하면 온몸의 피가 끓어오를 것 같았고, 그 끓어오른 뜨거운 피를 전부 시노부에게 마시게 하고 예민해진 감각기관을 총동원해서 그녀들을 찾아 나서고 싶었다.

실제로 그런 식으로 수색하면 나는 반나절도 되지 않아서 그녀들의 신병을 확보할 수 있을 것이다. 뭐랄까.

생각해 보니 그 아이디어는 아주 매력적으로 생각되어서, 눈앞의 카게누이 씨와 오노노키, 결코 나의 아군이 아닌 두 사람이 있는 것이 든든한 억제력이 되었다.

진정해라.

그건 아니다.

그건 결국 빚으로 빚을 갚는 짓이나 다름없다. 카드 돌려막기 같은 파멸의 길이다. 힘을 얻는 것에는 대가가 필요하고, 그렇다면 왠지 모르게 그 행위에는 자기희생감이 느껴지며, 희생되는 것이 자기뿐이라면 도전할 가치가 있어 보이는 듯 생각되기도 하지만… 그렇지는 않다.

나라는 존재가 상실되는 것으로.

나라는 인간의 존재가 상실되는 것으로 적지 않은 상실감을 맛볼 사람들이 있음을 또렷하게, 명확하게 자각해야만 하는 것이다, …나는.

신물 나게 그런 기분은 맛보았을 것이다.

뼈저리게 깨달았을 것이다.

나는 이렇게 되어도 상관없다며 자기희생정신에 도취된 끝에 여동생과 후배를 구한다 한들, 그것은 그녀들로부터 나라는 부위를 잃게 만드는 것과 마찬가지다. 말하자면 그녀들로부터 팔이나 다리를 떼어 내는 것과 같은 짓이다.

여차하면 그것도 어쩔 수 없겠지만.

지금은 아직 그런 판단을 해서는 안 된다.

"가령, 타다츠루에게 사상 같은 게 있다면, 그것은 미적 호기심일까. 나는 그것을 '미美'라고 표현하고 싶지는 않지만 말이여."

"네?"

미적 호기심?

익숙지 않은 단어다.

지적 호기심이라면 들은 적이 있는데.

"신이 만들지 않은 것이야말로 아름답다, 라는 감성―인간이 만든 괴이라는 존재를 아름답다고 여기는 감성의 소유자. 아티스트기분을 내고 있다는 얘기여. 그 부분이 어설프다는 거제."

"……."

아티스트 기분.

좋은 의미…로 말하는 건 아닌 것 같네.

"내가 불사신의 괴이를 상대하는 것은 뭐, 짐작하는 대로 그것을 나쁜 것으로 간주하고 미워하기 때문이여. 하지만 타다츠루는, 뭣이냐, 전해 들은 이야기로는 그 정반대라고 하더라고."

"정반대…."

"아름다운 것으로 간주하고, 사랑하고 있제."

전해 들은 이야기로는, 이라는 전제라고 할까, 그럴싸한 주석은 어쩐지 사족인 듯해서 눈치가 없는 나라도 단순한 거짓말이라는 것을 알 수 있었다. 카게누이 씨도 그것이 거짓말임을 감출 생각이 없을 것이다. 다만 타다츠루와의 거리감에 대해서는 거짓말을 해서라도, 사실을 말하고 싶지 않다는 의사표시를 한 것이라고 생각한다.

"긍께, 그런 의미에서는, 사상은 없더라도 구애되는 것은 있응께 니 여동생이나 후배는 아직 안전하제. 적어도 내 표적이 되는 것보다는 말이여."

"뭐, 카게누이 씨의 표적이 되는 것보다 안전하지 않은 케이스는…."

없을 것 같은 기분이 들지만, 끝까지 말하지 않은 것은 그 말을 했다간 지금 이 순간에 내 몸이 몹시 안전하지 않게 되어 버릴 것 같았기 때문이다.

"하지만 괴이를 아름답다고 여기는 감성의 소유자가 어째서 전문가로서 괴이와 마주하고 있는 걸까요? 그야 괴이타도자라든가 괴이살해자 같은 것과는 다르겠지만, 결국 괴이를 퇴치하는 입장이잖아요?"

"서 있는 위치는 오시노 군에 가까울지도 모르제. 퇴치라기보다는 저쪽과 이쪽의 중개를 생업으로 삼는다고 할까…. 중개하는 중립이라고 할까. 화상畵商은 그림의 가치를 이해하고 그것을 아름답다고 생각하지만, 그것을 알기 쉬운 금액으로써 사고팔잖아? 그런 느낌이제."

"……."

화상은 결코 수집가가 아니다, 라고 말하는 듯한 이야기였다. 혹은 동물 애호가인 사람이 동물을 우리에 가둬 놓는 동물원에 근무하고 있는 듯한 모순을 품고 있다는 것인지도 모른다.

아니, 그것은 모순은 아닐 것이다.

책을 읽는 걸 좋아하는 인간이 책을 쓰게 된다. 그것도 따지고 보면 번듯한 모순이지만 세상은 그런 모순들로, 모순투성이로 성립되어 있다. 그렇다면 모순은 당연한 것이며 역설적으로 이미 모순이라고는 할 수 없다.

그렇다기보다 내 생각인데 최강의 창과 최강의 방패, 이 두 개가 모이면 모순이 생겨난다는 예시는 알기 쉬운 패러독스인 듯하면서도 애초에 전제가 어쩐지 이상하다는 기분이 든다.

최강의 창. 최강의 방패.

그것은 그 하나만으로 이미 세상과는 모순되어 있다는 생각이 든다. 최강의 창도 최강의 방패도, 어차피 최강이 아닌 인간이 사용한다는 시점에서 최강은 아니게 되어 버리니까.

내가 시노부의 힘을.

흡혈귀의 힘을 제대로 관리하지 못하고 도취되어 버린 것처럼.

오시노의 기대를, 신뢰를 저버리고.

인간을 상실해 버린 것처럼.

상정해야 하는 것은 도구를 가지고 있지 않더라도 사용하지 않더라도 최강인 인간이다. 그러나 그런 녀석은 없다. 존재하지 않는 것이다.

"그렇다면 지금의 제가 맞서야만 하는 상대로서는 딱 좋다는 느낌일까요, 그 타다츠루라는 전문가는."

"……."

나의 자학적이라고도 받아들여지는 대사는 아무래도 카게누이 씨에게 불유쾌하게 울렸는지, 잠시 침묵한 뒤에,

"너무 도취되지 마야."

라고 말했다.

그것은 평소의 간사이 사투리가 아니라 표준어에 가까운 인토네이션으로 발한 말이었다.

"힘이 아니라 스스로에게. 자기도취어, 그긴."

"자기도취…."

자신에게… 취한다.

그것이 자기희생이 아니더라도.

"비극적 상황에 빠지지 마라고. 너는 그저 여동생 두 명과 후배를 영문 모를 얼간이에게 유괴당한 것뿐이고. 그 일에 대해서는 일방적인 피해자여. 가령, 만에 하나라도 천벌 같은 것이 있었다고 해도 그건 니가 인간성을 상실했을 때까지고, 그 세 사람이 표적이 된 것과는 아무런 상관도 없어. 안 그러냐, 요츠기?"

"…그렇지."

어째서인지 카게누이 씨는 여기서 오노노키에게 동의를 구하고, 그것에 대해 오노노키는 의미심장하다는 느낌으로 끄덕였다.

자신이 부리는 식신에게 동의를 구한다는 것도 우스꽝스런 이야기였고, 그것에 대해 의미심장하게 끄덕인다는 것도 우스꽝스런 이야기었나.

아니, 애초에 이 두 사람은 이상한 관계다. 그야말로 명백하게 모순되어 있는 듯하다고 생각될 정도로.

"그러면 그 상관없는 세 사람을 구해야만 하겠네요…. 결국, 저는. 어찌 되었든. 카게누이 씨는, 저기…."

말하기가 힘드네.

상당히 뻔뻔스러운 부탁이 되기 때문이지만, 그렇다고 말하지 않을 수도 없다. 스스로에게, 자기 자신에게 빠지지 않기 위해서도.

"…거들어 주실 수 있을까요? 말하자면, 그 세 사람의 구출극을."

"가엔 선배한티 그렇게 하란 소릴 들었응께 그렇게 할 것이여. 그 전개에 준하도록 하겠어. 다만 미리 말해 두겄는디, 나는 직접적으로 관여하지 않을 것잉께 그리 알어. 내가 가진 힘은 뭐든 든 불사신의 괴이를 쓰러뜨리기 위해서 특화되어 있응께 인간한티는 사용할 수 없어."

"……"

"그런 얼굴 하지 마러야. 굳이 말하자면 타다츠루가 아무리 짜증 나는 녀석이라도 나의 적에 가까운 건 니 쪽이니께 말이여. 아, 그렇게 그런 얼굴 하지 말랑께. 요츠기는 계속 빌려 줄텡께. 게다가 지혜도 빌려 주고. 어쨌든 우선해야 할 일은 그 센바즈루의 검증이여. 그것이 메시지라면 아라라기 군, 니한티 보내는 메시지일 것이다이."

"저에게…?"

"그 녀석이 어느 정도까지 상황을 파악하고 있는지는 모르겄지만, 아라라기 군. 타다츠루의 목표는 기본적으로는 너니까."

"…저요? 아니, 하지만 타다츠루의 목표는."

"너하고 구 하트언더블레이드. 오시노 군이 신청한 느그들 두 사람의 무해인정이란 것은, 어디까지나 가엔 선배의 네트워크 안에서만 유효하게 작용항께, 그 바깥에 있는 타다츠루에게는 통용되지 않아."

그렇게 되면 정말로 타이밍으로서는 최악일까. 나하고 시노부가 더 이상 제내로 싸울 수 없는 상태일 때에, 그야말로 우리를 노리는 자가 나타났다는 것은.

인위적이고.

작위적이고.

악의적인, 타이밍의 고약함을 느낀다.

"그러면 그 가정에 따르면, 두 여동생과 칸바루는 우리에 대한 인질이라는 얘기가 되네요."

"그려. 그렇게 생각하믄 걔들이 안전할 확률은 좀 더 높아져 불지. 노리는 것이 걔들이 아니라 니들 둘이라면. 지금으로서는 그렇다는 얘기제."

그 말을 들어도 조금도 마음은 편해지지 않는다.

그렇다기보다 초조함이 강해져 갈 뿐이었다.

여동생들도 물론 걱정이지만 칸바루에 대한 미안한 마음도 상당히 강하다. 가엔 씨와 인연이 있는, 혈연인 칸바루 가라면 안전지대일 기라고 생가해서 여동생들을 그녀 곁으로 보냈는데, 그럼으로써 오히려 칸바루를 말려들게 해 버린 느낌이 든다. 이렇게 될 바에야 하다못해 그 녀석에게 사정을 설명해 뒀어야 했다. 어째서 그렇게 하지 않았는지 후회된다.

아니, 칸바루 역시 불사신의 괴이는 아니라고 해도, 왼팔에 괴이가 깃들어 있으니까 그 녀석 자신이 전문가의 목표가 된다는 케이스도 없는 것은 아니겠지만…. 그렇지만 이 타이밍에 납치된 것은 역시 나에 대한 인질로서의 의미가 강한 것으로 여겨진다.

"뭐…, 이런 식으로 수다를 떨고 있을 상황도 아니겠다잉. 어쩔 수 없제. 일단 그 센바즈루 좀 줘 봐. 거기에 메시지가 없는 것 같다면 사태도 변하겠지만서도."

그러고서 간신히, 카게누이 씨는 계속 받아 들기를 거부하고 있던 타다츠루가 남긴 센바즈루를 받아 주었다.

014

사람은 자신이 사는 동네에 대해 어느 정도나 알고 있는 법일까? 예를 들면 당신이 살고 있는 동네를 어느 정도 알고 있습니까, 라는 질문을 받았다고 치자. 대부분의 사람들은 숙지하고 있다는 정도는 아니어도 어느 정도는 알고 있다, 라고 대답하지 않을까.

적어도 나라면 그렇게 대답한다.

어쨌든 자기가 살고 있는 동네다. 적어도 아무것도 모른다, 알고 있는 것이 없다, 마을이란 대체 무슨 뜻입니까? 라는 말하지는 않는다. 그렇게까지 무지를 가장하는 것은 불가능하고, 실제로 뭔가 알고 있기는 하다.

다만 그러나 '동네'라는 말의 범위에 따라 달라지기는 하겠지만, 나는 겨우 1년 전까지만 해도 어느 학원 옛터에 있는 빌딩에 대해서는 알지 못했다.

그리고 키타시라헤비 신사에 대해서도 몰랐다.

뱀을 신앙하는 그 신사를 몰랐다.

뱀과, 뱀의 괴이에 인연이 깊은. 그리고 센고쿠 나데코에 인연이 깊은 그 잊힌 신사에 대해시도, 칸바루와 둘이서 오시노의 지시를 받아 방문할 때까지는 몰랐다.

"뭐든지 알지는 못해, 알고 있는 것만."

이건 우리 반의 반장인 하네카와 츠바사의 명언으로, 센조가하라 히타기의 입을 빌자면 집합론적으로 참을 말하고 있을 뿐이라는 무미건조한 이야기가 되는 듯하다. 그러나 이 말을 자계自戒로서 취급했을 때는 '말하고 있는 것뿐'이라는 의미에서 어긋나기 시작할 것이다.

즉, 인간.

알고 있는 범위의 일을 알고 있다고 자각하는 것은 가능하다. 그러나 모르는 범위의 일을 모른다고, 언제 어떠한 경우에도 자각할 수 있는 것은 아니라는 뜻이다.

한 가지 예를 들자면, 나는 프랑스어를 모른다고 단언할 수 있다. 망설임 없이 단정할 수 있다. 이것은 '모른다'는 것을 '알고 있다'는 싱대다.

하지만 예를 들어 세계사에 약한 내가, 공부가 부족해 모르는 나라가 어딘가에 있다고 치자. 그리고 그 나라의 내부에서만 사용되는 말이 있다고 가정하고, 그것을 여기서 '아라라기가모르는어語'라고 한다. 나는 당연히 그 언어를 모르지만, 그 이전에 나는 그 언어를 모른다는 것도 모른다는 이야기가 된다.

'무지無知의 지'라는 말이 있는데, 그것은 공부가 부족한 나도 알고 있을 만한 말로 '자신이 모른다는 것을 안다'라는 의미다. 그런데 이 격언의 실현을 표현하는 것은 거의 불가능하다.

이른바 '악마의 증명'일 것이다. 아집에 찬 중학생이, '당신은 정말로 모든 모르는 것을 알고 있는가'라고 묻는다면 분명 철학자를 논파할 수 있었을 텐데, 라고 생각하는 그런 류의 이야기다. 물론 그 철학자의 시대에 중학생은 없었겠지만.

어, 무슨 이야기냐고?

그렇다.

인간은 알고 있다고 생각해도 실은 아무것도 모를지도 모른다는 이야기다. 모르는 것을 모르는 것이니까. 그리고 그 경우, 모르는 것을 스스로 깨닫기 위해서는 우연한 만남에 거는 수밖에 없는 법이다.

하네카와 스타일로 말하자면 '아무것도 몰라, 모르는 것은.' 정도가 될까.

모른다는 것을 알면 알려고 움직이는 것도 가능할지 모르지만, 모른다는 것을 모른다면 그것을 알기 위해 행동하는 일은 없다던가…. 내가 말하고 있으니 얘기가 꼬이기 시작하지만, 어쨌든.

테오리 타다츠루가 칸바루 스루가의 방 도코노마에 남긴 센바즈루에 들어가 있던 메시지에는 약속 장소로 키타시라헤비 신사가 지정되어 있었다고 한다. 들어 있던 메시지에는 전문가 간의 암호가 사용되어 있어서, 아무리 머리가 잘 돌아가는 녀석이라도 키워

드를 모르면 풀 수 없도록 되어 있었다고 한다.

그렇다고 해도 카게누이 씨가 어떻게 해독했는가 하는 수순은 그녀의 노고에 보답하기 위해 필요 최소한만 공개하기로 한다.

우선 카게누이 씨가 착수한 것은 센바즈루를 한 마리씩 해체한다는, 생각하는 것만으로도 정신이 아득해지는 작업이었다. 접우학을 한 장의 납작한 종이로 되돌린다는, 비생산적인 데다 양은 천 개나 된다는 골탕 먹이는 듯한 작업이었다.

그 정도라면 나도 거들 수 있어서 그렇게 제안했지만, 그리 정중하지도 않게, 쌀쌀맞게 거절당했다. 그거다, 아무래도 카게누이 씨는 가끔 학교에서도 보이는, 설령 단순작업이라도 남의 도움을 받는 것을 싫어하는 타입이었던 듯하다. 멀리서 찾을 것 없이, 센조가하라가 옛날에 딱 그런 타입이었지만. 게다가 효율이 나쁘더라도 자신의 페이스가 무너지는 것이 싫다는 사고방식은 나 같은 인간에게는 이해하기 쉬운 것이었다.

그렇다고 해도 이 상황에서 명백히 효율이 나쁜 행동을 하는 것을 지켜보느라 답답하긴 했지만, 다행히 카게누이 씨의 솜씨는 좋았다. 그녀는 척척, 반해 버릴 정도의 손놀림으로 종이학을 해체해 나갔다. 이 정도라면 어설프게 내가 거드는 것보다 오히려 효율이 좋을지도 모른다고 생각될 정도로.

펼쳐진 천 장의 종이는(정말로 천 마리였다. 딱 천 마리였다. 보통 천 마리의 학이란 뜻의 '센바즈루千羽鶴'이지만, 그 절반도 안 되는 경우도 많은데), 대부분이 그냥 맨종이였다.

아니, 대부분이라고 말하기에는 말은 부족하다. 그도 그럴 것이 천 마리 중에 999마리까지는 정말로 그냥 맨종이로 만들어진, 단순한 종이학이었으니까.

하지만 단 한 마리.

하지만 단 한 장.

해체한 종이의 뒷면에 사인펜으로 적은 메시지가 적혀 있는 종이가 있었던 것이다. 나에게는 휘갈겨 쓴 메모로밖에 보이지 않는 그 메시지를 해독한 결과 도출된 것이 키타시라헤비 신사였다고 한다.

"이런 메시지, 보통은 깨달을 방법이 없다고 생각하는데요…. 천 마리 중에 한 마리에만 암호를 남겨 두다니, 너무나 비효율적이라 현기증이 나는데요…."

"아니 뭐, 그것이 일그러진 미의식이라는 거지만 말이여. 그 부분은 감내하라고. 효율만을 추구해 봤자 허무한 법이고, 만드는 것도 간단하지 않으니께. 이 센바즈루."

타다츠루는 이것을 혼자서 한 거라고, 라고 카게누이 씨가 처음으로 여기서 테오리 타다츠루를 두둔하는 듯한 말을 했다. 아마도 작은 일 하나를 끝내서 마음이 풀어졌다고 할까, 학을 천 마리 해체한다는 작업을 막 끝낸 참이라 성취감 때문에 방심한 것이겠지. 이 사람도 인간이구나, 라고 생각했다.

"시간을 지정하지는 않았나요?"

"안 했제. 지정된 것은 장소뿐이여. 하지만 상식적으로 생각하면 오늘밤 중이겠지. 그렇지 않으면 보통은 경찰이 움직일 텡께. 어린 여자애 세 명이 유괴되어 모습을 감췄다는 것은 명백한 사건잉께. 큰 사건이 되니께 말이여."

"…그 경우에 타다츠루는 어떻게 할까요?"

"어떻게라고?"

"저기…. 즉 그 경우에 타다츠루는 여동생들과 후배를 어떻게 할까요?"

"글씨 말이다."

짧은 말이었다.

그리고 그 짧은 말만으로 충분하고도 남았다.

"한 가지 말할 수 있는 것은, 말할 수 있는 확실한 것은 타다츠루 녀석은 내가 여기에, 이 마을에 와 있다는 것을 알고 있다는 것이여. 그렇지 않다면 메시지에 전문가에만 통하는 암호를 쓰거나, 아라라기 군밖에 없었다면 알아차리지 못할 만한 효율 나쁜 전달법을 쓰지는 않을 텡께."

"……. 아, 아아, 네. 그러네요. 그런 거군요."

이해하는 데 약간 시간이 걸렸지만, 과연 듣고 보니 확실히 그렇다. 나였다면 기껏해야 학을 집어 들고, 센바즈루로 변한 것을 보서고 깜짝 놀라고 끝이었을 테니.

오노노키가 그때 '범행 예고장'이라는 말을 해 주지 않았더라면, 그 자리에서 화를 내며 구깃구깃 둥글려서 버렸을지도 모른다.

나를 깜짝 놀라게 하는 것으로 끝나버리면 타다츠루도 센바즈루를 접은 보람이 없을 것이다.

그렇구나.

카게누이 씨가 가엔 씨에게 듣고 타다츠루의 존재를 이미 알고 있는 것처럼, 타다츠루 쪽도 어떠한 수단으로써 카게누이 씨, 그리고 아마도 카게누이 씨와 한 세트인 오노노키의 내방을 알고 있었다는 이야기가 되는 것이다.

…그렇다고 한다면.

"어? 그러면 그 타다츠루라는 사람은 당신들이 저에게, 명색으로나마 제 편임을 알면서도 저를 불러내고 있다는 건가요…? 카게누이 씨를 알면서도, 적으로 돌리겠다고 말하고 있는 건가요? 설마. 그런 녀석이 이 세상에 있을 수 있는 건가요?"

"워매, 니, 나를 얼마나 위험인물로 보고 있는 것이냐."

그야 뭐, 엄청나게.

지상 최강 레벨로.

…라고는 말하지 않는다.

자진해서 얻어맞으려고 고개를 내미는 행동이나 다름없다.

"그렇게 말하고 있잖어. 나의 폭력은 불사신의 괴이를 죽이는 데만 쓴다고. 인간에게는 휘두르지 않는다고. 기본적으로는."

"그 주석이 무서운 건데요…. 기본적으로는, 이라는 거. 무엇에 응용할 생각인가요? 아, 하지만 그래서인가요? 그래서 타다츠루 쪽은, 당신을 적으로 돌리는 전개가 되어도 완전히 안심할 수 있다는 건가요?"

"완전히 안심하고 있는 건 아닐 거라 생각해, 귀신 오빠. 그도 그럴 것이, 나에게는 언니 같은 제약이 없으니까."

그렇게 오노노키가 말했다.

어디까지나 태연하게.

"타다츠루 같은 건, 산산조각 내 주겠어."

"말 씀씀이가 고약허네."

카게누이 씨가 한쪽 발로 어깨 위에서 오노노키의 머리를 찼다. 또 폭력이다. 아니 뭐, 오노노키는 불사신의 괴이니까 괜찮을까.

"산산조각 내 드리겠사와요, 라고 말혀 봐."

"그런 고상한 캐릭터하고 만난 적이 없으니 불가능해⋯."

오노노키는 그렇게 말한 뒤에 나를 보고 말했다.

"뭐, 귀신 오빠. 나라는 녀석은 당신의 여동생하고는 조금의 인연도 없는 몸도 아니니까. 구하러 갈 거라면 적극 협력하겠어. 물론 귀신 오빠가 절대 시노부 언니의 힘을 빌리지 않는다는 조건하에서의 조력이지만."

"그 조건은 물론 지킬 생각이야. 어, 하지만 왜 여기서 일부러 새삼스레 그런 말을 하는 거야?"

그렇게 신용이 없는 걸까.

아니, 나도 스스로를 신용하지 않지만, 오노노키처럼 어떤 의미에서 세상을 벗어나지 않았으면서 세상물정을 모른다고 할까, 속기 쉬워 보이는 캐릭터에게 신용받지 못하는 것은 어쩐지 은근히 쇼크다.

"당연하지. 나는 당신의 자제심과 자율심을 신용하고 있지 않고⋯. 게다가 당신이 흡혈귀화해서, 완전히 흡혈귀화해 버려서 나와 언니가 당신과 하트언더블레이드 콤비와 싸우는 건 솔직히 내키지 않아."

"⋯⋯."

너무나도 정면으로, 태연한 음정으로 들어서 그 말의 의미는 고사하고 '당신들과 적대하고 싶지 않다'라는, 단지 그런 의미의 말일 뿐이라고 이해하는 것에는 내가 보기에도 상당한 시간을 요했다.

그러니까 그것은 어디까지나 오노노키의 의견일 뿐이겠지만⋯. 그러나 이 상황에서도 그렇게 말해 주는 누군가가 있는 것을 든든하게 느끼는 것이 나의 나쁜 점일지도 모른다.

든든해서.

눈물이 날 것 같다니.

"다만 타다츠루는 이미 나에 대한 대책을 세웠을 거라고 생각하지만. 세울 수 있다면 세웠을 거라 생각하지만 말이야. 애초에⋯."

"그다음은 말하지 않아도 돼, 요츠기. 필요 없는 건 모르는 편이 나은 경우도 있응께. 그것보다, 장소를 알고 스탠스도 알았응께. 이제는 행동으로 넘어가야 쓰겄구먼."

오노노키가 말하려던 뭔가를 막고, 카게누이 씨는 왼팔의 손목시계를 보았다. 밴드가 가느다란 쇠사슬로 이루어진 녀석이다. 나는 비교적 의식적으로 시계를 차고 있는 인간이라 다른 사람의 시계에도 왠지 모르게 신경을 쓰게 되는데⋯. 그것이야 어쨌든, 그 시계가 가리키는 시간은 현재⋯.

"심야 1시가 넘어 부렀네."

그렇다고 한다.

"아침까지는 결판을 내고 싶은 참인디, 어떻게 생각해도. 즉 아라라기 군, 니 이번 미션은 두 여동생과 후배, 가엔 선배의 조카를 아침까지 집에 바래다주고 이부자리 안에 집어넣는 것이여."

흠.

그렇게 정리하고 보니 알기 쉽다. 그리고 알기 쉬운 것 이상으로 '좋은' 것은 그 미션에 테오리 타다츠루와 싸운다, 테오리 타다츠루를 쓰러뜨린다는 가정이 절대적 의무로서 포함되지 않았다는 점이었다. 즉, 책략을 짠다면 타다츠루를 속여 넘기는 형태로 인질을 탈환한다는 방식도 있다는 뜻이다.

그렇다기보다, 그쪽이 메인일 것이다.

그렇게 해야 할 것이다.

흡혈귀로서의 힘을 사용할 수 없는 지금, 인간으로서의 지혜로 곤란에 대해 맞서는 것이… 기본.

인간의 본분.

"…하지만 바래다주고 이부자리 안에 집어넣는다고 한들, 잠자리에서 습격당하고 잘 모르는 녀석에게 유괴당했다는 트라우마 급의 기억은 어떻게도 해 줄 수 없겠네요."

"잊어불게 해 주면 되제. 머리를 대여섯 방 정도 갈겨 주면 기억 같은 건 날아가 부니께."

"……"

너무 무섭다.

뭐, 여름방학에 츠키히는 비슷한 꼴을 당해서 실제로 기억이 날아가 있지만…. 이번에는 어떨까.

그렇게 잘 풀릴 수 있을까.

아니, 그 일이 잘 풀리고 말고는 나중 이야기인가. 우선은 일단 오늘 밤을 넘기지 못하면 아무 소용없다.

메시지를 준비하거나 암호를 준비하는 상대의 주도면밀함을 생각하면 그것은 간단한 일이 아닐 것 같지만, 그래도 할 수밖에 없다. 나는 할 수밖에 없다, 사람으로 있기 위해.

인간으로 있기 위해.

"그러면 오노노키. 미안하지만 다시 한 번 뛰어서 지름길로 가줄 수 있을까. 키타시라헤비 신사의 위치는…."

그런 산속의 장소는 스마트폰으로도 그리 간단히 검색할 수 없을 테고 착지지점에 상당히 정확도가 요구되니까 어렵다고는 생각하지만, 키타시라헤비 신사라는 약속 장소로 향하는 데에 오노노키의 힘을 빌리지 않을 수는 없다.

그렇게 생각한 나는 우선 신사의 장소를 오노노키에게 대강 설명하려고 했는데, 옆에서 카게누이 씨가 말했다.

"그러지 않는 편이 좋을 거구먼. 타다츠루는 요츠기가 있는 것을 알고서 이런 메시지를 보냈응께, 위에서부터의 착지 따윈, 막힌 것 없는 상공으로부터의 습격 따윈 훤히 보이는 짓잉께 한 방에 아웃이여."

뭐가 어떻게 아웃인지는 알 수 없었지만—설마 지대공으로 저격당하는 것도 아닐 것이다—그러나 확실히 밤하늘이라고는 해도 뻥 뚫린 상공을 통해 약속 장소로 향한다는 것은, 허를 찌르는 기습을 바라는 자가 취할 만한 수단은 아닐지도 모른다.

"그러면 오노노키에게는 산 근처까지 점프로 이동해 달라고 하고, 거기서부터는 걸어서 등산이 될까…요."

또 오노노키하고 등산인가.

묘하게 나하고 산에서 길을 잃는 인연이 있는 아이다.

반더포겔*부라도 들어갈까.

"나는 통상 모드로 따라갈랑께. 허지만 내가 합류하기를 기다리 시 말고 인질 구출은 니 좋은 타이밍에 들어가. 스스로의 판단으로 움직여 부러. 어차피 합류하더라도 나한티 팀플레이는 불가능해 붕께."

"......"

할 수 없겠지.

그렇다기보다, 땅 위를 걸을 수 없다는 제약을 가진 카게누이 씨 의 합류를 기다리고 있다간 자칫 날이 샐 가능성이 있다.

"알았습니다. 그러면."

그렇게 말하며 나는 오노노키의 허리에 달라붙었다.

매번 생각하지만 이 구도는 어쩐지 야릇하다.

"참고로 오노노키. 아주 약간이라도 괜찮으니까, 살포시 살짝만 이어도 되니까 저공비행은 할 수 없을까?"

"저공은 무리지."

오노노키는 말했다.

무표정하게.

"저속이라면 가능하지만. 그렇게 할까?"

"아니."

※반더포겔 : Wandervogel. 독일어로 '철새'란 뜻으로, 산과 들을 돌아다니며 심신을 다지는 것을 목적으로 한다. 주요 활동은 산에서의 캠프나 등산 등으로 산악부와 유사.

나는 오노노키의 허리에 얼굴을 밀착시키고 꾹 끌어안은 채로 고개를 저었다.

"안 해도 돼. 힘껏 날아."

015

"아아…. 늦었네요, 아라라기 선배. 제가 너무너무 좋아하는 아 라라기 선배. 기다리다 지쳐 버렸어요."

그렇게.

나와 오노노키가 까마득한 상공에서 착지한, 키타시라헤비 신사 를 꼭대기에 두고 있는 산기슭의 도로. 그 횡단보도의 빨간 신호 부근에서 초기설정 그대로인지 조작음이 꺼지지 않은 휴대전화를 삑삑 하고 조작하며 쪼그려 앉아 있던 오시노 오기는 그렇게 말했 다.

오시노 오기.

나오에츠 고등학교에 올해 말에 전학 온 1학년 여자아이.

기다리다 지쳐 버렸다는 그 말이 얼마나 진실한지는 알 수 없다. 진의가 어디에 있는지조차 알 수 없다. 다만 휴대전화의 화면을 보 니, 오기는 결코 여고생다운 메일을 작성하고 있던 것은 아니었고 아무래도 전자책을 읽고 있던 것 같다.

최근에는 이거고 저거고 뭐고, 전부 휴대전화구나.

스마트폰을 줄이면 어째서 맛폰이 되는가 하며 약어에 트집을 잡고 있을 상황도 아니다. 최근에는 스마트폰이라고도 하지 않고 그냥 스마트 디바이스로 부른다든가 하는 이야기도 들었고.

다만 스마트폰의 화면으로 전자책을 읽을 수 있게 된다는 것은 좋은 아이디어인지도 모른다. 결국 데이터인 '작품'을 어떠한 툴로 읽는가 하는 것은 독자에게 중대한 문제이니, 분명 하드웨어에는 가벼움보다도 친숙함이 필요한 것이겠지.

"여어, 오기…."

나는 달라붙어 있던 오노노키의 허리에서 손을 떼고, 오노노키를 그곳에 기다리게 한 채로 종종걸음으로 오기 쪽으로 달려갔다.

상황이 상황이고 지금이 지금이다. 이야기를 나누고 있을 시간은 없지만, 그러나 '기다리다 지쳤다'라는 말을 듣고서 그대로 지나쳐 갈 수는 없다.

하물며 상대가 오시노 오기.

오시노 메메의 조카라고 한다면.

"이런 곳에 이런 시간에, 여고생이 혼자 있으면 위험해. 정말이지, 여전히 너는 무서운 걸 모르는구나. 집까지 바래다줄게."

"아하하, 아라라기 선배가 그렇게 한 것처럼 한 번에 뛰어서요? 사양하겠어요, 저에게는 집 같은 건 없으니까. 아아, 그게 아니라, 전혀 아니라, 아리리기 선배도 바쁘신 것 같으니까요. 저는 그저 이제부터 전쟁터로 향하는 아라라기 선배에게 한마디 격려의 말을 건넬까 해서 아침부터 계속 여기서 기다리고 있었을 뿐이에요."

"아침부터 계속…?"

아침이라니.

아침이라면 아직 내가 거울에 비쳤는지 안 비쳤는지도 모르는 타이밍이었다고 생각하는데…. 아니, 이것도 늘 하는 농담이겠지. 당연히 오기의 오기 조크일 것이다. 이 아이는 늘 이런 식으로 특이함을 자랑하는 이상한 농담을 해서 사람을 당황하게 만드는 것을 좋아한다.

뭐, 하지만 아침부터는 아니더라도, 그래도 어쩌면 혹시나 저녁 7시쯤부터 여기에 있었는지도 모른다. 그런 아이다.

농담을 하지 않아도 사람을 당황스럽게 만들 만한.

그런 조카.

"어라? 안 보이네요, 늘 있던 금발 유녀 로리 노예는 어쩌셨나요? 이상하잖아요, 설정상 그 애가 없으면 아라라기 선배는 아무것도 못 하잖아요?"

"…옛날에는 그렇지도 않았다는 기분도 들지만."

나는 오기에게 대답했다.

정직하게 대답했다.

"하지만 지금은 그렇지. 그 말대로의 설정이야. 그리고 그것이 딱히 부끄럽지도 않아. 다른 사람의 힘을 의지할 수 있는 것은 좋은 일이야."

"너무 의지했죠? 삼촌이 자주 말했잖아요. 어디 보자… 뭐라고 했더라? 그 왜, 삼촌이 자신의 고유대사처럼 말하는 그거. 그게…. 뭐였더라, 어라, 어라어라어라?"

분명 기억하고 있다.

그럼에도 불구하고, 오기는 내 입으로 말하게 하고 싶은 듯했다.

그런 식으로 생각이 들여다보이면, 훤히 보이면 오히려 그것에 맞춰 주는 것에 별 저항이 없어진다. 그 시점에서 그냥 맞춰 주고 있는 것뿐인지도 모르지만.

"사람은 다른 사람을 구할 수 없어. 나는 너를 구할 수 없어. 네가 혼자서 일어서 살아나는 것뿐이야, 아라라기 군…이었던가, 확실히."

"아, 맞아, 맞아. 그거예요. 내가 왜 그걸 잊어버렸을까…. 깜빡깜빡 한다니깐. 삼촌의 고유대사인데."

"그래, 네 삼촌의 대사야. 내가 아니야."

나는 말했다.

"그러니까 후회는 하지 않아, 놀랄 정도로…. 아차, 어리석었다. 좀 더 생각해서 신중하게 행동했어야 했다…. 지금 와서는 그런 생각은 전혀 하지 않아. 그야 뭐, 오기, 너의 삼촌의 신뢰나 기대를 저버린 것은 미안하다고 생각하고 있고, 솔직히 할 말도 전혀 없지만…. 아, 그렇지. 실수했고 어리석었고 좀 더 생각해서 신중하게 행동했어야 했겠지만, 그렇다고 해도, 요컨대 미리 그것을 알았다고 해도 분명히 나는 같은 행동을 취하지 않았을까 생각해. 그건 카게누이 씨가 말한 대로이고, 알려 주지 않았던 오시노 탓은 절대 아니야."

중요한 부분은 얼버무리고 말하지 않을 생각이다.

하지만 아마도 오기는 전부 알고 있는 것은 아닐까 하는 생각이 든다. 내가 지금 어떠한 상황에 있으며 어떤 식으로 곤란해 하고 있고, 어떤 식으로 후회하지 않는가를 그녀는 알고 있다. 그렇지 않을까 하고 생각한다.

알고 있고, 일부러 그것을 대화라는 수고를 들여서 표현하고 있을 뿐이다. 알고 있는 것뿐이라고도 말할 수 있겠지만.

외견적으로는 오시노와 닮지는 않았지만, 그런 성격은 그 알로하 녀석을 쏙 빼닮았다고 생각한다. 하네카와는 어째서인지 '전혀 다르다'라고 말하고 있지만.

"그러네요. 알고 있어도 같은 행동을 했겠죠, 아라라기 선배. 그렇기 때문에, 이지만요."

"그렇기 때문에, 라니?"

"그렇기에 그렇기 때문이에요. 그렇기 때문, 이상의 의미는 없어요. 아니죠, 결국 제가 저로서 여기에 이렇게 있는 것은 분명 아라라기 선배의 그런 부분에 이끌려서일 거라고 생각해요. 뭐랄까, 아라라기 선배는 왜곡할 수 있는 사람이라고 생각해요."

"왜곡해? 뭘 말이야?"

"그건 뭐, 그래서 여러 가지이지만요. 원래 왜곡되지 않았을 여러 가지. 그리고 저는 그, 왜곡된 것이 싫다고 할까요. 공평하며 천칭의 좌우가 딱 맞는 것을 좋아한다고 할까요. 제대로 해 놓고 싶은 거예요, 제대로."

"……."

제대로 한다, 깔끔하게 한다.

그렇단 말이지.

"제대로 되어 있는 것은 기분 좋으니까요. 아라라기 선배는 아무래도 미묘하게 기분 나쁜 것 쪽을 좋아하는 것 같지만요."

"…어쩌면 오기의 그런 부분이 하네카와 녀석하고 어울리지 않는 것일지도 모르겠네. 동족혐오인지 뭔지…. 그 녀석은 '제대로 해야만 한다'라고 다른 사람보다 배로, 정말로 병적일 정도로 강하게 생각하던 녀석이니까."

"사람보다 배라면 고양이 몇 배일까요."

그렇게 말한 오기는 내 몸 옆으로 엿보듯이, 시키는 대로 인형처럼 서 있는 오노노키 쪽으로 눈길을 주었다.

그리고 오노노키를 보는 채로 말했다.

"뭐, 실제로 아라라기 선배는 지금도 저렇게 다른 사람의 힘을 의지하고 있지만요. 사람이라고 할까… 동녀인가요? 동녀. 저런 쪼그만 애의 힘을 빌리려고 하다니, 한심해요."

"응… 그렇지. 한심할지도 몰라, 어쩌면. 하지만 너도 조금 전에 봤잖아, 저 애는 보통 꼬마가…."

"알아요. 전에도 들었고."

"응?"

말했던가?

아, 말했던가.

그러면 어째서 쪼그만 애라고 처음에 말했을까. 어쨌든 대화를 하고 있나 보면 갈팡질팡하게 되는 애다.

이야기의 끝이라고 할까, 착지점이 보이지 않는다.

착지하면 그것으로 끝날 것이라고 장담할 수도 없다.

무엇을 알고 있고 무엇을 모르는 걸까. 그리고 나는 이 아이에게 무엇을 어디까지 이야기했지?

"그러면 아라라기 선배는 평범한 아이가 아닌 동녀의 힘을 빌어서 천군만마를 얻은 건가요. 해냈네요, 오늘 밤에도 분명히 이제까지 해 온 대로 손쉽게 이길 거예요."

"손쉽게 이긴다니, 잘도 그런 말을 하네. 내가 바로 요전까지 이 길을 이런 식으로 걸어서 키타시라헤비 신사를 매일처럼 참배하고, 그때마다 격퇴당해 죽을 뻔했던 것을 잊은 거야, 오기?"

"그랬던가요? 깜빡했나 봐요. 저는 아라라기 선배의 멋진 모습밖에 기억하지 못하니까요."

오기는 장난치듯이 그런 소리를 했다.

이런 부분이 삼촌을 닮았다.

다만 장래가 걱정된다. 이런 성격으로 괜찮을까, 아니, 애초에 이 아이에게 장래 같은 게 있을까, 하는.

츠키히에게 할 만한 걱정을.

"…아차. 나는 역시 다른 사람 걱정을 너무 많이 하는 것 같아. 자기 앞가림도 못 하면서 남 걱정을 하고 있을 상황이 아니지. 그러면 나중에 또 봐, 오기. 학교에서."

"그런 소리를 하지만, 아라라기 선배는 더 이상 학교에 안 나오잖아요."

그런 대사에 움찔했다.

뭐랄까, 나는 늘 다니던 그 나오에츠 고등학교에 두 번 다시 갈 수 없다고 은근히, 그리고 단정적으로 선언당한 듯한 기분이 들었던 것이다.

물론 그것은 나의 단순한 착각이었는지,

"정말이지, 어째서 3학년은 이 시기에 학교에 오지 않아도 되는 시스템인 걸까요. 남겨져서 쓸쓸해 하는 후배의 기분을 잘 살펴 줬으면 좋겠어요."

라고 오기는 덧붙였다.

"그렇다기보다 아라라기 선배도 학교에 오는 게 금지되어 있는 것은 아니니까 오시라고요. 귀여운 후배인 제가 아주 쓸쓸해 하고 있다고요."

"아… 응. 쓸쓸하게 해서 미안. 하지만 나 정도의 성적이면 집에 틀어박혀서 공부할 수밖에 없어."

내가 그렇게 대답하자,

"그런가요~."

그렇게 오기는 아쉽다는 듯이 말했다.

"쓸쓸함을 느끼고 있는 사람은 저뿐만이 아니고 칸바루 선배도 그렇지만요~. 아아, 칸바루 선배는 지금쯤 뭘 하고 있을까~."

"…글쎄다."

그렇게 말하고 나는 오기에게 손을 흔들고 등을 돌렸다. 속내를 말하면 역시 집까지 바래다주고 싶었지만.

"그러면, 나중에 봐."

"성장하셨네요, 아라라기 선배. 스스로 그렇게 생각하지 않으시나요?"

"……."

작별의 말이 들리지 않았던 것일까, 아니면 못들은 체하고 무시한 것일까. 오기는 내 등을 향해 그대로 말을 걸어왔다.

"요 몇 달 사이에 엄청 어른이 되지 않았나요? 상당히 어른스러워진 거 아닌가요? 옛날처럼 쉽게 격앙하지 않게 되었네요. 옛날이었다면 지금처럼 냉정한 심경으로 있을 수 없지 않았을까요?"

"……."

"봄방학 때에는, 뭐랬더라. 자기는 이미 인간으로 돌아갈 수 없다고 생각했을 때는 체육창고에 틀어박혀 울지 않았었나요? 지금 그렇게 쿨하게 있을 수 있는 것은 그렇다면 뭘까요. 이 1년 동안 쌓아 온 다양한 경험이 당신을 성장시켰다는 얘기일까요. 네, 여러 가지를 대가로, 여러 가지를 잃으면서 성장할 수 있었다는 얘기일까요. 눈속임이나 장난, 비장의 수가 통하지 않는다는 것을 알아버렸기 때문일까요. 이야, 좋네요. 사람이 성실하게 성장하는 모습을 보는 건. 저는 성공담보다도 성장담 쪽을 좋아해요. 설령 실패하더라도 인간적으로 성장할 수 있다면, 이야기는 그것으로 족하다는 기분이 들어요."

"……."

"아라라기 선배도 하치쿠지나 센고쿠의 일로 실패하셨지만, 그래도 그것으로 성장할 수 있었다면 어떤가요, 그것으로 족하다는 기분은 안 드시나요? 결국 인간은 모든 것을 지킬 수도 모든 것을 손에 넣을 수도 없어요. 그러면 원하는 것을 손에 넣을 수 없었을 때, 좋아하는 것을 지켜 낼 수 없었을 때에 그것을 어떠한 식으로 받아들이는가가 중요하죠. 행동거지가 기대된다고 할까요. 인생은 원래부터 그리 잘 풀리지 않는 법이니까, 잘 풀리지 않았을 때에 어떻게 좌절하지 않는가, 어떻게 그것을 디딤대로 삼는가 하는 점이 중요하겠죠?"

"그럴지도 모르겠네."

확실히.

요즘의 내 경험은, 최근 들어서의 내 실패는 나를 성장시켰는지도 모른다. 나를 이른으로 만들었는지도 모른다. 그런 의미에서는 인간은 성공담보다 실패담, 성공담보다 성장담 쪽에서 배우는 것이 많은지도 모른다.

그럴지도 모른다, 그럴지도 모른다, 그럴지도 모른다.

하지만.

"하지만 말이야, 오기. 그렇다고 해서 실패나 불행을, 희생이나 슬픔을 '좋은 것'이라고는 생각할 수 없고, 생각해서는 안 되잖아."

"……."

"이왕이면 성공해서 성장하고 싶어. 당연한 소리지만."

그렇게 말하고 나는 오노노키가 있는 곳으로 돌아갔다.

시간이 없었던 점도 있어서 오기와의 대화가 어중간하게 끝나 버린 느낌을 부정할 수 없었지만, 곧 다시 만날 수 있겠지.

어차피 다시.

만나야만 하겠지.

게다가 내가 생각하는 정도로 중간에서 끊어진 것도 분명 아니라고 생각한다. 오시노 오기, 그녀 역시 삼촌과 마찬가지로 훤히 꿰뚫어 볼 듯한 인간이니까.

016

"뭐, 조금 전의 애가 흑막이고, 그 애가 타다츠루에게 괴이 퇴치를 의뢰한 장본인이고, 귀신 오빠를 못살게 굴면서 즐거워하고 있는 끝판대장이겠지."

그렇게 오노노키는 산길을 오르면서 태연하게 말했다. 산길이라고 해도, 길이라고 해도 우리가 지금 걷고 있는 것은 뜻밖에도 내가 오르는 데 익숙한 키타시라헤비 신사로 통하는 계단이 아니다.

상공에서의 이동을 꿰뚫어 보고 있을 거라며 포기한 우리가 설마 빤한 정규루트로, 예전에 센고쿠와 지나쳤던 그 계단을 통해 약속 장소로 향할 수 있을 리도 없었다. 뭐, 시노부라면 덫이 있을지도 모른다는 걸 알면서도 그렇게 하고 싶어 했을지도 모르지만, 지금 그녀는 내 그림자에서 쉬고 있는 중이고, 나에게는 더 이상 그 '위풍당당'에 장단을 맞춰 줄 수 있는 힘이 없다.

그런 이유로 나와 오노노키는 어떻게든 허를 찌르기 위해, 타다츠루의 의표를 찌르기 위해 도착하는 그때까지 모습을 들키지 않도록 길이 아닌 길을 사용해서 산을 오르는 것이었다.

뭐, 예전에 오노노키와, 그리고 하치쿠지와 걸었던 그 산길을 떠올리면 이 정도의 등산은 비교도 못 된다… 라고 허세를 부리고 싶은 참이지만, 밤의 산길은 그저 위험하고, 무서울 뿐이었다.

한겨울에도 뱀 같은 것이 아무렇지도 않게 나오니까, 이 산은.

그러고 보니 신사의 이름이 키타시라헤비 신사라는 것은 하네카와가 알려 줘서 알고 있었는데, 이 산 자체의 이름은 뭘까. 못 들었네.

흠.

모르는 것 자체를 깨달은 기분이 무지의 지知라는 걸까.

"어? 뭐라고, 오노노키?"

"아니, 아무 말도 안 했어. 성의 없는 예상을 늘어놓은 것뿐이야. 가령 그렇다고 해도 목적을 잘 모르겠고 말이야. 아, 하지만 목적은 말했던가. 제대로 하고 싶다는…. 하지만 제대로 한다는 건 뭘 말하는 걸까? 옳다는 건 뭘까? 나는 괴이고 식신이고 시체고 츠쿠모가미이지만, 이것은 이미 그것만으로 제대로 되어 있지 않다는 얘기가 되는 거지. 얼버무리고 속이고 또 속이며 살아 있다, 속이고 또 속이며 죽어 있다고 할까. 하지만 그것은 내가 극단적인 것뿐이고 인간도 많든 적든 그러고 있지 않을까."

"……."

"예를 들었을 경우…의 이야기인데. 귀신 오빠는 아라라기 츠키히 씨…를 지키려고 싸웠던 적이 있었잖아. 츠키히 씨의 비밀을 지키려고 필사적으로 싸웠던 적이 있었잖아. 하지만 정말로 그때 귀신 오빠는 츠키히 씨의 비밀을 지킬 수 있었던가?"

"…무슨 얘기야? 내 싸움이 헛수고였다는 소리를 하고 싶은 거야?"

"아니, 그게 아니라, 그게 아니라 말이야. 애초에 진정한 의미에서의 비밀 같은 게, 아무도 모르는 비밀 같은 게 있을 수 있나 하는 생각이 들어서. 츠키히 씨의 비밀을 부모님이나 언니인 카렌 씨,

동급생이나 선배나 후배, 즉 츠키히 씨 주위의 모두가 모를 수 있는 걸까 하는 생각이 들어서."

"…공공연한 비밀이라고 말하는 거야? 내가 목숨을 걸고 지켰던 것이."

그렇다면 내 행동은 정말 광대 짓이었다는 이야기가 되는데…. 다만 새삼 지적당하고 보니 오노노키의 설을 부정할 이유는, 적어도 이 자리에서는 도출되지 않았다.

그렇다.

확실히 나만 여동생의 비밀을 알고 있다고 생각하는 것도 억지스런 이야기다. 그야 모든 것을, 모든 진상을 파악하고 있는 사람은 없다고 해도 아라라기 츠키히, 그녀가 품은 커다란 문제를 아무도 모른다든가 하는 일은 있을 수 없는지도 모른다.

오히려 모두가 각자 알고 있으며, 알고 있으면서도 입을 다물고 있다고 생각하는 편이 현실적이다.

"하지만 그건 분명히 낙담할 만한 일은 아닐 거야. 나뿐만이 아니라 모두가 츠키히를 지키려 하고 있다는 얘기니까."

그렇게 생각하려고, 생각한다.

정말 뻔뻔스럽게도, 생각한다.

만약 나의 현재 상황이 모두에게 알려지더라도, 모두가 나를 지켜 줄지도 모른다고.

그것은 기대치 높은, 어처구니없는 바람이겠지만.

"아니, 뭐, 그런 일도 있을지도 모른다고 하는 단순한 넘겨짚기야. 다만 결국 인간이란 모두 생각 외로 입이 가벼운 듯하면서도 입이 무거워. 제대로 되어 있지 않은 세상 속을 제대로 되어 있는 듯 보이게 만들 정도로는. 세상을, 세계를 그럴싸하게 만들 정도로는."

"마치 세상을 연극무대의 소품처럼 말하네, 오노노키는."

"무대 소품이라기보다는 무대 배경이겠지, 내가 표현하고 싶은 의미는. 세상은 세상의 견본시장이라고도 말할 수 있을까. 타다츠루도 아마 그렇겠지만."

"……."

"타다츠루에 대한 얘기, 듣고 싶어?"

오노노키는 말한다.

참고로 지금의 행군은 오노노키가 나무들을 헤치면서 앞에서 걷고, 내가 그녀가 만든 길을 뒤따라간다는 꽤나 꼴사나운 모습이 되어 있다.

의지만 하고 있다.

뭐, 뱀에게 물리는 것은 두 번째로 걷고 있는 녀석이라는 말도 있으니 내 위치가 결코 편하고 안전한 것은 아니라고 해도, 산길을 걷는 것에 필요한 힘에 있어서 나는 오노노키에게 전혀 상대가 되지 않는다. 맥없이 꼴사납게 그녀의 꽁무니를 쫓아갈 수밖에 없는 것이나. 오기의 말대로, 한심하다.

"솔직히 말하면, 듣고 싶지 않아."

"허어. 귀신 오빠의 소중한 사람을 세 명이나 납치한 녀석인데?"

"응. 앞으로 있을 전개의 가장 이상적인 형태는, 그 타다츠루의 의표를 찔러서 타다츠루 몰래 세 사람을 구출한 뒤에 들키지 않고, 발각되지 않고 이 산을 내려가는 거야. 즉 반대로 말하면 타다츠루의 얼굴도 성격도 말투도 모르는 채로 끝마칠 수 있다면 그보다 기쁜 일은 없지."

"그거 참 멋지네. 확실히 그럴 수 있다면 베스트지, 이 자리에서는. 이 밤에는. 하지만 그래서는 이 자리를 넘기는 것뿐이지, 이 밤을 지나 보내는 것뿐이지 아무런 해결도 되지 않아. 뭐라고 하더라, 그런 걸…. 여우 쳇바퀴가 아니라, 너구리 쳇바퀴가 아니라…."

"다람쥐 쳇바퀴 돌 듯한다, 야."

"그래. 그거. 다람쥐 쳇바퀴야. …왜 다람쥐 쳇바퀴 돌 듯한다고 하는 걸까? 소득 없는 싸움의 반복을. 솔직히 다람쥐에게 그런 이미지는 없는데."

오노노키는 갑자기 주위를 향해 고개를 이리저리 돌렸다. 동물의 이름을 나열하다 보니 의외로 근처에 그것들이 있지 않을까 하고 의식했는지도 모른다. 이 산에 여우나 너구리가 있다는 이야기를 들은 적은 없지만.

뭐, 이 어둠속이라면 뭐가 나와도 이상하지 않다. 밤눈이 좋지 않으면 이런 밤에는 걷기도 힘들 것 같다.

넘어지지 않고 걷는 것만으로도 버거웠다.

걷는 것만으로도 수풀에 이쪽저쪽을 긁히고 있고 말이야…. 이 정도의 상처는 금방 나을까, 지금의 나는?

"그러니까 늘 그렇듯이 '설득' 해야만 하는 거 아냐, 귀신 오빠는? 마주하고 이야기를 나눠서 타다츠루를 포기하게 만들어야만 하는 거야."

"확실히 그럴지도 몰라. …다만 이야기를 나눈다는 것도 실제로는 그다지 어른스런 해결법도 아니니까. 요즘 들어서는 치고받는 것이나 입씨름이나 폭력의 한 가지 형태일 뿐이라는 생각이 들기 시작했어. 그러니까 세 사람을 되찾아 온 뒤에는, 나는 집에 틀어박히고 가엔 씨나 카게누이 씨나 오오노키에게 다 떠넘기고 싶다는 게 본심이야."

"그거 정말 있는 그대로의 본심이네. 그렇게까지 말해 주면 마음이 편해. 뭐, 적어도 가엔 씨는 이번에 한해서는 귀신 오빠를 지키기 위해 움직여 줄 것 같지만…. 상당히 마음에 들었나 보네, 가엔 씨는. 귀신 오빠가."

오노노키는 말한다.

"아니면 책임을 느끼고 있는 걸까, 가엔 씨 나름대로."

"책임? 무슨 책임?"

"뭐, 센고쿠 나데코의 일을 사전에 막지 못했다는, 막을 수 없었다는 마음이 강하겠지…. 가엔 씨는 그것에 대해서 후회는 하지 않는 사람이겠지만, 그렇지만 벌충하고 싶다고 생각하고 있는지도 몰라. 애초에 귀신 오빠의 흡혈귀화가 최근 몇 달 사이에 급속히 진행된 것은 그 센고쿠 나데코의 일이 커다란 원인이니까."

"하지만 결국 언제 그렇게 되는가의 차이잖아, 그런 건. 시간문제일 뿐이야. 만약 센고쿠의 일이 없었더라도 결국 다른 일이 생길 거고, 나는 무슨 일이 있을 때마다 시노부의 힘을 빌려 흡혈귀의 힘을 휘두르고, 맹위를 떨치고 우쭐해져서 신을 내고… 인간을 잃어 갔을 거야. 안 그래?"

"그건 맞아. 그러니까 그만두려면 지금일 거야. 지금이 그만둘 때야. 눈에 보인다…기보다 거울에 비치지 않는다는 형태로, 눈에 보이지 않는 결과가 나와 버린 지금이 빠지는 데는 가장 적기일 거야. 조금 전에 귀신 오빠가 자기 입으로 말했지만, 어차피 알고 있더라도 귀신 오빠는 몸에 증상이 나타날 때까지 그만두지 않았을 테니까. 뭐, 그래도 들으라고, 귀신 오빠. 나는 귀신 오빠의 인생관까지, 사생관死生観까지 참견할 생각은 없고 그 부분을 뒤엎을 생각도 없어. 하지만 지금 귀신 오빠는 타다츠루에 대해서 너무 아무것도 몰라. 어차피 그 녀석하고 한마디라도 대화를 하지 않고 돌아가는 것은 불가능할 테니까."

"……."

"언니는 이런 얘길 수다스럽게 말하지 말라고 할 것 같지만, 조금 전에도 말하려고 했다가 제지당했지만 다행히 언니는 여기에는 없으니까."

"아니, 잠깐. 오노노키. 식신의 주인으로서 너의 동향은 카게누이 씨에게 훤히 알려지는 거 아니야?"

"훤히 알려져."

"그러면 안 되잖아."

"이 자리에 없으면 맞을 일은 없어."

오노노키는 당당했다.

정보통신이 발달하고 아무리 멀리 떨어져 있더라도 타인과 이어질 수 있는 이 시대, 그 가치관은 부러울 따름이다.

…이 경우에는 나중에 카게누이 씨에게 맞게 되는 것뿐이라고 생각하지만, 그 나중 생각조차 없는 것도 포함해서.

"타다츠루는 말이지, 불사신의 괴이를 전문으로 한다는 의미에서는 확실히 언니와 같지만, 불사신의 괴이란 것의 의미가 조금 달라. 조금, 그리고 명확하게. 언니는 불사신이더라도 살아 있는 괴이를 전문으로 해. 살아 있지 않으면 죽일 수 없으니까. 타다츠루는 원래부터 죽어 있는 괴이를 상대로 해. 그것이 서로 어울릴 수 없는 이유라는 거지."

"살아 있는 불사신과 죽어 있는 불사신? …어쩐지 전에 들었던 것 같은데, 그 얘기. 유령과 좀비의 차이였던가, 뭐였더라…."

"타다츠루는 생명을 갖지 않은, 인형으로서의 생명을 사랑하는 거야. 원래는 말이지. 다만 그러기만 해서는 먹고살 수 없으니까, 그렇게까지 편집적으로 구애되지 않고 이런저런 일들을 하고 있지만."

"아아, 그렇구나…. 그야 그렇겠지. 그렇지 않으면 살아 있는 불사신의 괴이인 나를 노릴 이유가 없어지니까."

"나라고 하는 괴이는 인공적인 존재야."

"……."

느닷없이 오노노키가 자신의 출신에 대해 이야기하기 시작해서, 나는 곧바로 반응할 수 없었다.

"기획 입안자는 가엔 씨, 가엔 이즈코인 모양이지만 제작에 참여한 건 언니인 카게누이 요즈루와 카이키 데이슈, 그리고 오시노 메메에 테오리 타다츠루로 되어 있어. 뭐, 한가한 대학생들의 여름방학 과제 연구 같은 것이었던 모양이야. 최초의 최초에는."

그건 너무 초기라서 나하고 연결점이 있다고는 말할 수 없지만, 이라고 오노노키는 말했다.

"100년간 살았던 인간의 시체를 사용한, 인공적인 츠쿠모가미."

"응? 이해가 잘 안 되는걸. 오노노키의 출생에 카이키가 관련되어 있다는 것은 알고 있었는데, 하지만 지금 이야기로는 타다츠루는 역시 가엔 씨 일파란 얘기가 되지 않나?"

"그 무렵에는 가엔 씨도 단순한 학생이었어. 평범한 일개 대학생이야. 아직 그런 파벌이나 그룹 같은 것을 통솔하는 입장에 있지 않았어. 지금도 본인은 자기가 통솔하겠다는 생각으로 움직이고 있는 것은 아니라고 생각하지만⋯. 꼭 싸워서 사이가 틀어지는 게 아니라도 시간이 흐르면 사람들은 간단히 흩어져 가지. 그런 법이잖아?"

그런 법일까.

아니, 예전의 나라면 그 물음에 간단히 YES라고 끄덕였을지도 모르지만, 지금 와서는 그런 식으로 쉽게 생각할 수 없었다.

사람이, 사람들의 모임이 흩어지기를 원하지 않았다.

다만 그런 식으로는 생각할 수 없더라도 근본적인 부분에서, 근저에서는 그런 법이라고 이해하고 있기도 했다.

그도 그럴 것이, 내가 고등학교를 졸업하고 마을을 나가 버리면 모두와 지금 이대로의 인간관계로는 있을 수 없게 될 테니까.

흩어지게 될 테니까.

"타다츠루와 언니와의 사이가 나쁜 것은, 지금도 서로 으르렁대는 분위기가 있는 것은, 사회인으로서 그리 칭찬할 수 없는 언니의 태도의 원인은 애초에 나에게 있어. 나라는 식신의 소유권을 두고 다툰 일 때문이야."

"……."

"그 소유권을 가장 먼저 포기한 사람은 카이키였고 그다음이 오시노 메메였는데… 그 부분의 이야기는 생략할게. 사람에 따라서, 각각의 입장에 따라서 이해가 다른 이야기가 되니까. 애초에 초기의 나와 현재의 나는 괴이로서 동일한 것도 아니야."

"흐음…. 그 부분은 복잡해 보이네. 하지만 요컨대 마지막에 카게누이 씨와 타다츠루가 너를 놓고 쟁탈전을 벌였고, 최종적으로 카게누이 씨가 소유권을 얻었다는 거구나."

쟁탈전이라는 성격으로 말하자면, 카게누이 씨는 힘으로 오노노키를 자기 것으로 삼았을 가능성이 높다. 그렇다면 타다츠루 쪽이 카게누이 씨를 미워하고 있을 법하지만.

어쨌든 인형의 쟁탈전이 사이가 나빠진 원인이라는 것은 소꿉놀이를 연상시킨다고 할까, 너무 유치한 듯 느껴지기도 했다.

"아니."

그러니 오노노키는 카게누이 씨에 대해 상당히 실례되는 내 추리를, 입 밖으로 낸 것도 아닌데 부정해 왔다.

"내가 언니를 골랐어."

"……."

"언니는 나를 타다츠루에게 떠넘기려고 하는 구석도 있었지만 말이야. 최종적으로는 나를 맡아 주었어. 그 이후로 언니와 타다츠루의 사이는 계속 틀어져 있다는 거야. 그전에도 아주 친한 친구였던 건 아니지만, 그 일로 인해 결정적으로 결렬되었어. 뭐… 방랑자인 타다츠루와 사이가 좋은 상대 따위 좀처럼 없었지만."

굳이 말하자면, 오시노 메메 정도였을까. 그렇게 오노노키가 덧붙여서 나는 놀라게 되었다.

오시노가 사이좋게 지내는 상대라는 것이 도무지 감이 잡히지 않았던 것이다. 친구가 없어 보이는 녀석이었으니까. 하지만 뭐, 그 점에 대해서는 나도 남 이야기는 할 수 없지만.

다만 오시노 메메라는 남자는.

어느 정도 이상으로 사이가 좋아진 상대로부터는 스스로 멀어져가는 경향이 있었던 것으로 생각된다. 이것에 대해서는 나로서는 전혀 알 수 없는 감각이므로, 남 이야기는 할 수 있다고 생각한다.

그 녀석은 사람들로부터 멀어지는데 능숙하고, 사람과 작별하는데 서툰 남자였다.

"무슨 말을 하고 싶은 거냐면, 어째서 갑자기 이런 이야기를 시작했느냐면 귀신 오빠. 최악의 경우에는 말이지."

오오노키는 말했다.

"최악의 경우에는, 즉 타다츠루와 싸우게 되었는데 전혀 상대가 되지 않고, 언니의 합류도 때를 놓치고, 인질도 죽게 될 것 같고 귀신 오빠도 죽을 지경에 처했을 경우. 요컨대 달리 수단이 없어진 경우에는, 어쩔 도리가 없어진 경우에는 나라는 괴이를 제시하는 거래를 하면 분명 타다츠루는 응할 것이라는 이야기를 하고 싶었어.”

“…….”

“그 녀석은 아직도 나를 원하고 있어. 언니도 그 생각이 있어서 분명 나를 귀신 오빠에게 빌려 준 거라고 생각하고… 우와아.”

오노노키는 이야기하는 동안에 나를 전혀 돌아보지 않고 앞으로 앞으로, 위로 위로, 정상으로 정상으로 걸으면서 발언하고 있었는데, 나는 그런 오노노키의, 길다란 드로워즈 스커트의 자락을 잡아 들쳐 올렸던 것이다.

우와아.

오노노키는 이런 팬티를?

이건 피겨로 만들었을 때 큰일이겠는데.

“무슨 짓을 하는 거야, 귀신 오빠.”

“바보 같은 말을 하는 녀석은 바보 같은 짓을 당해도 싸. 후후후. 내가 내 목숨이 아깝다고 오오노키를 팔아넘길 리가 없잖아. 너무 깔보시면 곤란하다고.”

“나는 스커트를 들치면 곤란한데.”

“카게누이 씨도.”

나는 스커트를 잡아당겨서 오노노키의 이동을 억지로 멈춘 채로 말했다.

“그럴 생각으로 오노노키를 나에게 빌려 준 건 아닐 거야. 오노노키에게라면 나처럼 못 미더운 녀석을 맡길 수 있으니까 빌려 준 거잖아. 안 그래?”

“거들름 피우며 동녀의 스커트를 들치는 사람을 맡아도 말이지…."

"아니, 멋진 얘기를 하고 있으니까 스커트를 들치고 있는 나 이외의 이야기도 하라고."

"해 주기를 바란다면 우선 떨어져. 내가 인형이라고 수치심이 없다고 생각하면 커다란 착각이야."

커다란 착각인가.

뭐랄까, 나는 오노노키의 수치심 없어 보이는 분위기에 모에를 느끼고 있었는데. 아니, 수치심이 있는데도 없는 듯 보이는 무표정이라는 것이 반대로 모에할지도 모른다.

그런 생각을 하면서, 나는 오노노키의 스커트를 좀 더 꾹 잡아당겨서 가까이 다가오게 했다. 오노노키의 힘이라면 그 자리에 발을 딛고 버티는 것만으로 오히려 내가 끌려가게 할 수도 있었겠지만, 굳이 그렇게 하지 않고 뒷걸음질로 다가와 주었다.

"만약 작전다운 작전을 세울 거라면 이거겠지, 오노노키. 내가 미끼가 되어서 타다츠루의 시선을 끌어 두는 동안, 오노노키가 그 틈을 찔러서 세 사람을 구출하는 방법이야. 구출하자마자 '언리미티드 룰 북'으로 어디로든 괜찮으니 즉시 이탈하는 거야. 나를 경내에 남겨 두고 저속이동을 하는 거지. 뭐, 세 사람 중 몇 사람인가는 기압차 때문에 기절할지도 모르지만 이 상황에 그것은 어쩔 수 없어. 죽지는 않겠지."

"알았어. 죽었을 때는 죽은 거라는 얘기구나."

"아니야. 그렇게 살 떨리는 소리는 안 했어. 죽었을 때는 전력을 다해서 소생시켜 줘."

뭐, 카렌이나 칸바루는 심폐기능이 차원이 다르게 굉장할 것 같으니 나보다 심각한 상황은 일어나지 않을 것이다. 그러니까 문제는 츠키히인데… 츠키히는 츠키히니까.

"그래서 그 작전의 경우에 귀신 오빠는 그 뒤에 어떡할 거야? 혼자… 구 하트언더블레이드까지 넣으면 두 사람인데, 타다츠루와 같이 신사에 남겨지고 전력인 내가 없어지면 어떡할 거야?"

"괜찮아. 나는 비책인 'THE 엎드려 빌기'가 있어."

"평생 비밀로 해 두면 좋았을 텐데."

오노노키는 앞을 향한 채로 탄식했다. 하다못해 탄식할 때 정도는 이쪽을 향했으면 싶었지만, 돌아봐 주지 않더라도, 앞을 향한 채라도 어차피 무표정할 것은 알고 있으므로 대화에 지장은 없었다.

"타다츠루는 엎드려 빌기로는 용서해 주지 않아. 남에게 엎드려 빌게 만드는 것이 취미 같은 녀석이야."

"무시무시한 성격이네…. 하지만 그런 무시무시한 성격을 가진 녀석도, 남에게 엎드려 비는 것이 취미 같은 녀석하고 만난 적이 있을까?"

"그런 걸 의기양양하게 물어봐도 말이지."

오노노키는 어깨를 축 늘어뜨렸다.

표정이 보이지 않는 것 때문에 오히려 정서가 풍부하게 보이는 이상한 아이다.

"만약 귀신 오빠가 진짜로, 진짜에 진짜로 사과하면 못 본 척 보내 줄 거라고 생각하고 있다면 그건 어설픈 예상이라고 얘기해 주겠어. 확실히 언니는 지금은 불사신의 괴이가 되어 가고 있는 당신을 못 본 척하고 보내 주기로 마음먹고 있지만, 그렇지만 어디까지나 그것은 잠정적인 언니의 기준이야. 타다츠루의 기준으로는 설령 귀신 오빠가 현재 흡혈귀화하지 않았더라도, 한 번이라도 흡혈귀화했던 시점에서 퇴치대상이니까."

"응, 무해인정이 통하지 않는다는 얘기였던가."

"오히려 무해인증이 역으로 작용할지도 모르지. 무해인증 되어 있어서 가엔 씨의 네트워크 내에서는 손을 쓸 수 없기에 자신이 해야만 한다며 열의에 불타고 있을지도."

"……"

법률로는 벌할 수 없는 악을 벌한다, 같은 스탠스일까.

그렇다면 나는 상당한 악역으로 간주되어 버린 것 같다.

"게다가 귀신 오빠가 아무리 엎드려 빈다고 한들, 꼴사납게 용서를 구걸해서 죽일 생각이 없어지게 만들었다고 한들, 귀신 오빠의 그림자에는 현재 전 흡혈귀 유녀가 있음을 잊으면 안 돼. 귀신 오빠가 만에 하나, 백만에 하나 용서받는다고 해도 시노부 언니는 무리야. 무리에 무리야. 아, 하지만 이런 방법이 있을지도 모르겠네. 구 키스샷 아세로라오리온 하트언더블레이드라는 전 괴이의 왕을 타다츠루에게 헌상함으로써 자기만은 못 본 척 넘어가 달라는 방법은."

"…반대 패턴은 몰라도 그런 방법은 없어. 오노노키."

나는 말했다.

아니, 실제로 내 손이 스커트를 들치고 있는 것으로 봉쇄되어 있지 않았다면 오노노키의 멱살을 쥐고 있지 않았을까 하고 생각할 만한 발안이었다. 그야말로 있을 수 없는 이야기다.

"그렇겠지. 나를 제시하지 않은 당신이 시노부 언니를 제시할 리도 없어."

오노노키도 알고서 한 말인 듯, 간단히 물러섰다.

"하지만 그래서는 귀신 오빠. 하는 말이 예전과 달라지지 않았어. 전혀 어른이 되지 않았어. 자기는 세 명의 인질을 모두 무사히 구출하고, 게다가 나나 시노부 언니도 제시하지 않고, 그러면서 자신도 살아나려고 하다니 말이 안 되잖아. 맛있는 요리를 잔뜩 먹고 나서 요금은 내지 않겠다고 말하는 것이나 마찬가지야."

"······."

"누구나 뭔가를 이룰 때에는 대가가 필요하다고 하잖아? 흡혈귀의, 불사신의 힘에 너무 의존한 대상代償으로, 요컨대 대가로 귀신 오빠가 '인간성'을 상실해 갔던 것처럼."

거기서 뭔가를 배우지 못하는 한, 귀신 오빠는 늘 요금을 떼어 먹다가 마지막에는 모든 것을 잃게 되는 거야… 라고 오노노키는 말했다.

무거운 말이다.

지금의 나에게는 무거운 정도가 아닌 말이다.

"뭐, 팬티를 훤히 드러내 보이면서 무슨 말을 해 봤자, 라는 기분도 들지만."

"내가 지금 팬티를 훤히 드러내 보이고 있는 것은 100퍼센트 귀신 오빠 탓이라고 생각하는데."

"다른 사람 탓으로 돌리는 건 좋지 않아."

"이 상황을 귀신 오빠 말고 누구의 탓으로 해야 좋을지 모르겠는데 말이야…. 뭐, 완전히 어른이 되어 버려도 재미없을까. 귀신 오빠. 그런 거라면 내가 제출하는 대안도 있어."

"대안?"

"귀신 오빠가 미끼가 될 일은 없어. 아니, 무슨 일이 있더라도 꼭 되고 싶다면 되어도 딱히 상관은 없지만. 일단 눈치채이지 않게 가까이 다가간 뒤에 내가 재빨리 '언리미티드 룰 북'을 타다츠루에게 먹이면 돼. 기습으로 말이야. 인질 세 사람은 그 뒤에 천천히 구하면 되고."

"…으음."

어쩐지 명안이란 생각이 든다.

대화를 하지 않고, 그것도 거래의 여지도 없다는 점에서는 내 계획하고 이념은 동일하지만, 다만 이 경우에는 한순간에 결판이 난다.

타다츠루가 설령 오노노키에 대한 대책을 세우고 있었다고 해도, 기습이라면 그것이 송두리째 깨지게 될 것이다.

다만….

"그 경우에, 타다츠루는 어떻게 되지? 다치는 정도로 끝나나?"

"죽어."

"그렇겠지!"

"안 될까? 여자애 세 명을 유괴한 녀석이야. 산산조각 나는 것이 정당한 응보라는 기분도 드는데."

"아니⋯. 그냥 생각해 봐도 그건 안 될 일이잖아. 안 되는 데다 무리잖아. 살인범이 된다고. 그런 짓을 저지르면⋯. 정말로 인간이 아니게 돼."

인간이 아니게 된다.

언제가의 오시노의 말을 떠올리면서, 나는 오노노키에게 그렇게 말했다.

"사람을 죽여도 사람은 사람이지만 말이야. 뭐, 그런 평화로운 가치관도 싫지는 않고, 필요하기는 해. 그 말을 들을 수 있어서 다행이야."

"응?"

"그 말을 들을 수 있어서 다행이라고 말했어. 그러면 귀신 오빠. 슬슬 나의 스커트에서 손을 떼 주지 않겠어? 하반신이 서늘해서 감기가 들 것 같아."

"감기가 들어? 츠쿠모가미이자 식신인 오노노키가?"

"들지는 않지만, 들 것 같은 기분이 들어. 그렇다기보다 들고 들지 않고로 말하자면, 내 스커트를 마냥 들치고 있는 귀신 오빠에게 상당한 거부감이 들고 있어."

"그런가."

그 말을 들으니 확실히 그렇다는 생각이 들었고, 역시나 나 자신도 스스로에게 거부감이 들어서 오노노키의 긴 스커트에서 손을 떼어서 잡아당기기를 멈췄다.

그렇지만.

나중에 생각하면 분명 나는 이때 손을 떼어서는 안 되었는지도 모른다고 생각한다. 오오노키의 드로워즈 스커트에서 결코 손을 떼어서는 안 되었다고 생각한다.

무슨 말을 듣더라도 떼어서는 안 되었다.

카이키의 영향을 강하게 받은 지금의 오노노키가.

아니, 그렇지 않더라도 오노노키가.

이제부터 무슨 행동에 나설 생각인지는, 생각해 보면 알 만했는데도. 그런데도 나는 오노노키가 시키는 대로 손을 떼고 말았던 것이다.

017

마지막으로 키타시라헤비 신사에 대한 설명을 조금만.

원래 이곳은 이 마을에 있는 유일한 신사로, 지역 일대를 영적으로 안정시키고 있었다고 한다. 아마추어인 나로서는 영적으로 안정시킨다는 것이 대체 어떠한 의미인지 전혀 알 수 없고 짐작도 가지 않지만… 뭐, 괴이라든가 요괴라든가 하는 이런저런 것들을 '폭주' 하지 않는 상태로 유지하기 위한 기능을 가지고 있었던 거라고, 지금은 그렇게 이해하고 있다.

다만 그 기능을, 키타시라헤비 신사는 점차 할 수 없게 되었다. 시간이 지남에 따라 신사로서 추앙받지 않게 되어 건물들은 텅 비게 되었다. 황폐할 대로 황폐해져서, 오히려 영적인 쓰레기들이 바람을 타고 모여드는 폐허나 다를 바 없는 곳이 되어 버렸다.

오시노의 말에 내가 처음 그 신사를, 신사 옛터를 방문했을 때에는 토리이조차도 쓰러질 것 같은 꼬락서니였다.

차마 눈뜨고 보기 힘들 정도라는 것은 그런 모습을 두고 하는 말일 것이다.

그리고 그때에는 이미 영적으로 안정시킬 기능을 가지기는커녕, 주변을 영적으로 흐트러뜨리는 쓰레기가 몰려드는 공간으로 변해 있었다. 이 신사 옛터가 마을의 중추에 위치한 탓에 마을 자체가 영적으로 흐트러질 수도 있는 상황이 생겨나 있었다.

그 원인은 다름 아닌 내 그림자 속에 계시는 괴이, 키스샷 아세로라오리온 하트언더블레이드의 내방 때문이었다.

해외에서 온 듯하니까 내일來日일까?

괴이의 왕, 괴이살해자라 불리던 철혈이자 열혈이자 냉혈의 흡혈귀의 내방은 이 마을을 크게 흐트러뜨렸다. 난기류처럼 흐트러뜨렸다. 그리고 그 흐트러뜨림의 중심이 된 것이, 기능을 잃었던 신사 옛터였다고 한다.

내가 오시노로부터 위임받은 것은 그 흐트러짐을 봉인하는 일이었다. 지금 생각하면 너무나 정체불명인, 너무나도 수수께끼인 부적을 붙이기 위해 나는 이 신사를 찾아왔던 것이다.

그 부적에 어느 정도의 효과가 있었는지 내 시점에서는 확실치 않았지만, 오시노가 말하길 나는 요괴 대전쟁을 막은 듯하다. 다만 문제는.

문제는 그 뒤다.

폐허로 변했던 이 신사는 그 뒤에 재건되게 되었다. 그 일에 어떤 정치적인 거래가 있었는지는 일개 고교생인 나는 전혀 알 수 없었지만, 어쨌든 신사는 다시 세워지고.

그곳에 새로운 신이 모셔졌다.

원래 그 신은 책임을 지게 한다는 의미도 있었는지 시노부가 맡게 될 예정이었다고 하는데, 거기서 계산 착오가 발생했다. 그 계산 착오의 원인은 대부분 나였다고 나중에 들었다.

실제로 그 신출내기 신께서 이 신사에 있는 동안 마을은 평화로웠다…고 생각한다. 평화라는 말의 의미가 아무런 사건도 일어나지 않는 상태라는 의미라면 확실히 평화로웠다. 그러나 이번 달, 한 사기꾼의 손에 의해 그 신은 인간으로 끌어내려졌다.

건물만은 깔끔해지고.

그리고 다시 텅 비게 된 신의 땅에, 다시 텅 빈 신사에 지금 간신히 내가 도착했다는 것이다. 진저리 나는 등산 끝에 말이다.

계획으로는 신사의 뒤편 부근에 도착할 예정이었지만, 역시 산속에서는 똑바로 걸을 수 없는 모양인지 우리는 전혀 다른 각도로 산을 올라온 듯했다.

구체적으로는 신사에 대해 90도 정도, 완전히 측면으로 진입하는 등정이 되었다.

이것이 평범한 등산이었다면 무계획도 이만저만이 아니었겠지만, 곧바로 하산하는 편이 좋을 정도의 대 실수였지만, 그러나 이 각도에서 경내에 도착한 것에 좋은 점도 있었다.

신사를 정확히 측면에서 볼 수 있었기에, 시야에 들어온 그 모습으로 나와 오노노키는 상황을 이해할 수 있었던 것이다.

나는, 적어도 지금의 나는 밤눈이 좋은 편이 아니었으므로 이 한밤중에 시야가 그리 선명하지 않았지만, 그래도 조금 전까지 발밑조차 보이지 않는 길을 걷고 있었다. 하늘이 트이고 나무들이 가로막지 않은 경내인 만큼 훨씬 주변이 잘 보였다. 잘 느껴졌다.

"서세… 타다츠루?"

테오리 타다츠루?

인형사… 전문가?

그렇게 오노노키의 눈치를 살피자, 오노노키는,

"응."

이라고 끄덕였다.

"전에 만났을 때하고는 머리 모양이 다르지만."

"흐음…."

그 인물은.

테오리 타다츠루는 천벌이 두렵지도 않은지 신사의 새전함 위에 앉아 있었다. 그것도 책상다리를 하고 앉아 있었다. 게다가 그런 것으로도 모자라 종이로 얏코*를 접으며 놀고 있다는 당당한 모습이었다. 천벌 받을 짓이라고 말하긴 했는데, 저래서는 신도 간덩이 한번 크다며 천벌 내릴 기분을 잃어버릴지도 모른다는 생각이 들었다. 자기도 모르게 너그럽게 넘어가 주고 싶어지는 모습이었다.

뭐, 이 키타시라헤비 신사에는, 지금 현재.

또다시… 신이 없는 상황이지만.

※얏코 : 奴さん. 에도 시대의 하인이 팔을 벌린 모습을 본뜬 연인 얏코연(奴凧) 형태로 작게 접은 종이세공물.

타다츠루는 얏코를 접고.

하반신의 하카마를 만들어서 그것에 이어붙인 뒤에 새전함에 넣고 있다.

차례차례.

넣고 있다.

무슨 생각으로 그러고 있는지는 알 수 없었지만, 설령 신이 벌을 주지 않는다고 해도 이 신사를 현재 관리하고 있는 사람들이 화를 낼 것 같다.

"저건 혹시 시간을 재고 있는 걸까? 새전함이 얏코로 꽉 차면 타임아웃이라든가…."

"용케 알았네. 꽤나 예리하잖아, 귀신 오빠. 맞아, 저게 세상에서 말하는 타다츠루 정리定理 중 하나, 종이접기 시계야."

"타다츠루 정리라니…. 그런 말을 세상에서 하고 있는 거야? 어쩐지 멋지긴 한데."

요즈루 정리도 있는 걸까?

그렇다기보다 의외였지만, 혹은 애초에 생각도 해 보지 않았었지만 테오리 타다츠루는 겉보기에 젊고 선이 가느다란 남자였다.

나이만 놓고 말하자면 카게누이 씨나 오시노 쪽과 동갑, 즉 요즘 스타일로 말하면 어라운드 서티around thirty 세대라고 생각하고 있었는데, 그것보다는 틀림없이 젊다.

건강이 안 좋은 것이 아닐까 하고 생각될 정도의 하얀 피부에 소박한 배색으로 소박하게 갖춰 입은 패션. 카이키가 입고 있는 검은 양복이 상복 같다면, 타다츠루의 의상은 마치 수의 같았다.

"늘 저런 차림이야? 저 녀석은."

"…아니."

그렇게 말하는 오노노키.

"좀 더 패셔너블한 사람이었다고 생각하는데…. 그렇지만 머리 모양과 마찬가지로 옷차림도 계속 동일한 취향인 사람은 없으니까."

"흐음… 뭐, 그야 그렇지."

"특히 타다츠루는 드레서거든."

"……."

그렇지만 드레서치고 저 수의 같은 복장은 악취미라는 기분이 든다. 카이키의 상복 정도는 아니지만.

그래서 왠지 모르게 오노노키도 고개를 갸웃하는 걸까?

그러고보니 오시노가 신적인 의식을 할 때에 칸누시*의 의상을 입고 왔던 적이 있었는데, 어쩌면 그것은 그러한 의미인지도 모른다. 신사이기도 하고. 다만 이 경우에 수의를 내가 입고 오는 것이라면 이해가 안 가는 것도 아니지만, 어째서 타다츠루 쪽이 입고 있는 걸까?

그는 계속해서 얏코를 접고.

새전함에 넣는다.

그 반복.

"…여기에서는 저 새전함이 언제 꽉 찰지 알 수 없어…. 하지만

※칸누시(神主) : 신사의 신관. 혹은 그 우두머리.

언제 타임아웃이 되어도 이상하지 않다고 봐야겠지. 산을 올라오는 데 시간이 너무 걸려서 벌써 새벽이 가까워. 여기서 관찰과 고찰을 계속할 시간은 별로 없어 보여."

"새벽도 가깝다…. 하지만 사실 그 편이 귀신 오빠에게는 좋을지도 모르겠네. 밤은 동트기 직전이 가장 어둡다고 하니, 일본의 상투구인 축삼시 같은 때보다 의외로 흡혈귀적으로는 나을지도 몰라."

"말 되네."

"촛불은 꺼지기 직전이 제일 밝게 타오른다는 그거야."

"그 비유는 들지 마."

여동생의 남자친구 중 촛불이란 뜻*이 들어간 녀석을 떠올리게 만들기도 하니까.

"하지만 지금의 내 흡혈귀성 따윈 거울에 비치지 않는 정도잖아? …그렇구나, 그리고 하네카와의 가슴을 생각하면서 나으라고 빌면, 회복력도 나름대로 있는 건가."

"그것이 고귀한 흡혈귀의 힘이라고는 별로 인정하고 싶지는 않지만…. 그렇지. 하지만 그런 식으로 불사신성을 증가시킬수록 타다츠루의 특기분야가 되리라는 점이 얄궂은 일이지."

오노노키의 말투는 빈정거리는 듯했다.

아니, 평담하니까 빈정거리는 듯하지는 않지만, 빈정거림을 느낀다.

※촛불이란 뜻 : 츠키히의 남자 친구의 성인 로소쿠자와(蠟燭澤)의 이름 중 '로소쿠'는 촛불이라는 뜻이 있다.

뭘까, 여기서는 오노노키의 가슴을 생각하면서 소원을 빈다고 말하는 편이 나았던 걸까. 여자는 어렵다. 혹은 남자가 바보였다.

"그러면 타다츠루가 서툰 분야는 뭐지?"

"글쎄. 역시 단순한 폭력일지도. 신비한 힘을 사용하는 사람은, 실은 의외로 단순한 힘에 약한 법이야. 그러면 귀신 오빠. 밝은 동트기 직전이 가장 어둡다고 해도 저 종이접기 시계의 한도를 알 수 없는 이상, 얼른 움직이는 편이 좋을 거야. 내가 제안한 몇 가지 안을 채용하지 않겠다는 것은, 그 안이한 미끼 계획으로 가겠다는 거지?"

"…그럴 생각이야."

안이하다는 말을 들으니 의욕을 잃을 것 같지만.

"그러면 나는 이제부터, 원래 도착할 예정이었던 신사의 뒤편으로 우회할 거야. 그리고 아마도 신사 안에 있을 세 여자애를 찾고, 짊어지고서 '언리미티드 룰 북'으로 단숨에 도망친다…. 그러면 되는 거지?"

"응, 맞아."

"귀신 오빠의 여동생들과도, 그리고 칸바루 씨하고도 나는 이것이 기본적으로 첫 만남 같은 것이 되니까 짊어지려 할 때에 저항할지도 모르는데, 그 경우에는 조용히 만들어도 돼?"

"물론이지. …아니, 조용히 만든다고 해도 심장까지 그러라는 의미는 아니라고?"

나는 만일을 대비한 주석을 달고 나서,

"시간은 어느 정도 걸릴까?"

라고 물었다.

"산속을 행군해서 다시 한 번 신사의 뒤편으로 돌아가는 것은."

"혼자라면 금방이야. 정상까지 몇 시간이나 걸렸던 것은 단지 귀신 오빠라는 발목을 붙잡는 존재가 있었기 때문이야."

"발목을 붙잡는 존재라니…."

"스커트를 붙잡는 존재라고 불러도 괜찮겠지만. 문자 그대로."

문자 그대로라면 그냥 발목을 붙잡는 존재 쪽이어도 괜찮았겠다는 기분도 들지만, 뭐, 그것은 제쳐 두고.

"다만 세 여자애의 소재가 신사 안이 아니었을 경우는 얘기가 달라. 경내 안을 그때부터 찾게 되면 나름대로 시간이 필요해. 귀신 오빠의 마음가짐으로서는 우선 5분간 타다츠루와의 대화를 유지시키는 것을 유념했으면 좋겠어. 그리고 5분 이내에 내가 로켓처럼 날아오르는 장면이 목격되지 않으면, 땅에서 하늘을 향해 거꾸로 흘러가는 유성이 보이지 않으면 그때는 신사 안에는 없었다는 이야기가 되는 거야."

"……."

"뭐, 물론 그 뒤에 나는 경내 안을 찾아보겠지만, 그 경우에는 분명히 이 신사 안에는 인질이 없을 거라고 생각해. 다른 장소에 감금되어 있는 패턴. 이 경우에, 나는 끼어들어서 귀신 오빠를 낚아채고 뛸 거야."

"어. 어째서? 그 경우에는 타다츠루에게 감금장소를 들어야만 하잖아?"

"아니야. 그 경우에 타다츠루는 일방적으로 거래를 제시하면서,

거짓말까지 했다는 얘기가 돼. 이건 전문가로서 해서는 안 되는 반칙, 룰 위반이야."

"룰 위반…."

"즉, 그런 짓을 해 준다면 오히려 우리로서는 편해진다는 얘기야, 귀신 오빠. 큰 수고를 덜어서 타다츠루에게 감사 인사를 해도 좋을 정도야. 뭐든 가능해지면 가엔 씨가 전면적으로 협력해 줄 거야. 알다시피 그 사람은 업계 내의 질서를 유지하는 것을 제일로 여기고 있으니까. 설령 네트워크 밖에서라고 해도 그 정도의 만행은 허락되지 않아."

"…그렇구나. 뭐, 가엔 씨라면 그렇겠지… 하지만."

"응. 타다츠루는 그것을 알고 있으니까 가엔 씨의 지침에 저촉될 만한 짓은 하지 않을 거야. 그 사람을 화나게 하지는 않을 거야."

"하지만 칸바루 스루가라고 하는 가엔 씨의 귀여운 조카를 납치했다고."

"가엔이란 성씨가 아니니까 아마도 모른 거겠지. 왼쪽 팔이 원숭이라는 것밖에 모른 거야. 하지만 애초에 절연상태인 조카가 유괴된들 가엔 씨가 화를 낼지 어떨지는…."

오노노키는 일부러 전부 다 말하지 않았지만… 뭐, 그럴 것이다. 가엔 씨는 우정이 두터운 사람이지만 그 두터움이 너무 두터워서 어딘가 무기질적이고 메말라 있다.

차가운 것은 아니지만 어딘지 모르게 온도가 부족하다.

우정을 단위로 취급하고 있다.

이만큼 신세를 지고서 이런 소리를 하는 내 쪽이 훨씬 메말라 있는지도 모르지만, 그것이 내 솔직한 감상이다.

"…그러면 역시 신사 안에 있다고 생각해도 될까. 그곳 말고 세 사람이나 되는 여자애를 안전하게 숨길 만한 장소는 없어 보이니."

산속, 덤불 속에 감추는 것도 가능은 하다는 기분도 들지만, 그렇다면 뱀에 물릴 위험도 있다. 안전하다고는 할 수 없다.

"그러네. 그러면 작전 개시야. 귀신 오빠, 귀신 오빠의 잡담 스킬로 타다츠루의 관심을 5분간 열심히 끌어 줘."

잡담 스킬은 뭐야.

그런 스킬은 없어.

그렇다는 딴죽을 걸기 전에, 오노노키는 나무들 사이로 사라져 갔다. 이렇게 되면 나도 꾸물거리고 있을 수 없다. 오노노키가 신사 안을 찾기 쉽도록, 저 남자 앞에 모습을 드러내야 한다.

"너 말이다."

그렇게 그때 그림자 속에서 목소리가 난다.

시노부다.

"말해 두겠다만, 나는 납치당한 세 사람보다 네 쪽이 아주 훨씬 중하고, 게다가 네가 인간으로서 인간다운 생활을 계속 보냈으면 한다는 생각은 별로 하고 있지 않다."

"……."

"네가 흡혈귀화하는 것도 나에게는 싫은 일이 아니야. 물론 너의 희망이 그러하다면 최대한 그것에 맞춰 주고 싶다고 생각한다만, 그것이 무리라면 그 점에 강하게 구애되지는 않는다. 네가 이후에 시간 벌이에 실패해서 타다츠루라는 녀석에게 죽을 지경에 처하게 된다면, 그 순간 나는 너의 피를 빨겠다. 억지로 깔아 눌러서라도 빨 거다. 너를 흡혈귀화 시켜서, 불사신으로 만들어서 싸우게 해서 이기게 만들 거다."

물론 너의 피를 빨아서 파워 업한 내가 싸워도 좋겠다만, 이라고 시노부는 말했다.

"그것으로 네가 인간성을 더욱 잃은들 내 알 바 아니다. 조금도."

"……."

알았어.

나는 그렇게 끄덕였다.

이 타이밍에 하기에 적절한 협박이라고 나는 생각했다. 질책 같은 격려에 가깝다. 오기로라도 나는 시간을 벌기 위한 잡담을 해야만 하게 된 것이다.

뭐, 스킬이라고는 하지 않더라도.

잡담이나 헛소리는 옛날부터 이런저런 녀석들과 해 왔으니까 말이야. 있는 힘껏, 그 전문가와도 즐겁게 이야기를 해 보도록 하자.

나는 덤불에서 나가면서

"어딜 보고 있어! 이쪽이야!"

라고 말했다.

남자라면 한 번은 해 보고 싶은 대사다.

018

"……여어. 그렇다기보다, 음…. 여어."

그렇게.

타다츠루는 대립하는 구도의 두 사람이 처음 만날 때치고는 조금 기운 빠지는 인사를 해 왔다. 어쩐지 그 목소리도 영 귀찮아하는 듯 들렸다. 이쪽을 돌아보며, 그의 시점에서 보자면 갑자기 나타난 나에 대해서도 그리 놀라지도 않은 눈치로 그렇게 말했다. 내 대사도 그냥 헛돌았다는 느낌이다.

이 분위기라면 설령 내가 오노노키에게 달라붙은 채로 하늘에서 뚝 떨어지며 나타났다고 해도, 혹은 신사 정면의 계단을 올라 토리이를 지나며 나타났다고 해도 리액션에 큰 차이는 없지 않았을까 하고 생각될 정도로, 의욕이 결여된 무기력한 태도였다.

아니, 무기력이라고 하기보다, 이건 그거다.

병을 앓고 있는 듯한 우울함이다.

"아라라기 코요미 군…이구나."

"…응. 그래. 내가 아라라기 코요미다."

그렇게 나는 말하면서 천천히 그에게 다가간다. 어느 정도 거리가 가장 이야기하기 좋을까 하는 생각을 하면서.

너무 거리가 멀면 당연히 이야기하기 힘들고, 너무 가까우면 그것은 그것대로 경계하게 만들지도 모른다. 애초에 너무 가까우면 공격을 받게 될지도 모른다. 적절하다고 생각되는 거리보다 약간 더 떨어진 정도가 가장 적절한 거리일 것이다.

"너는 테오리 타다츠루…라고 봐도 좋겠지?"

"좋은가 나쁜가로 말하면 물론 좋아…. 내가 테오리 타다츠루라서 나쁜 것은, 일단 없어. 혼자인가? 아라라기 코요미 군."

"그래 보나시피 둘이나 셋은 아니야."

거짓말은 하는 것은 괴로웠지만, 오노노키하고는 이처럼 개별행동을 하고 있고 시노부는 지금은 그림자에 숨어서 기척을 감추고 있으므로 내가 혼자라는 말이 거짓말은 되지 않을 것이다.

나를 '한 사람'으로 세어도.

아직 틀리지는 않을 것이다.

"그래…. 요즈루는 잘 있나? 지면을 걸을 수 없는 저주를 받고 있는 그 여자에게 이 산길은 힘들겠지. 닌자처럼 나무 위를 달린다고 해도 도착하는 데 앞으로 한 시간 정도는 걸릴까…."

저주?

지면을 걸을 수 없는… 저주?

어?

그건 카게누이 씨가 취미로 하는 것이 아니었나?

"저주라니, 무슨…."

그렇게 말하면서 나는 타다츠루가 책상다리를 하고 있는 새전함 안이 보이는 각도까지 다가갔다. 아니, 새전함 안은 어떻게 한들 바로 위에서 보지 않으면 안 보이지만, 그러나 그 새전함에서 약간 **넘치고 있는** 얏코의 팔이 보였던 것이다.

우와…. 어떻게 이럴 수가. 멀리에서 볼 때는 몰랐는데, 종이접기 시계는 이미 넘치기 직전이 아닌가. 큰일 날 뻔했다. 조금 더 오기하고 잡담을 하고 있었다간 저 시계는 한계를 고했을 참이 아닌가.

내가 온 것으로 타다츠루는 얏코 접기를 이미 멈추고 있다. 그런데 이 사람, 종이접기가 엄청 빠르네.

뭐, 칸바루 방의 도코노마에 놓여 있던 센바즈루는 미리 준비해뒀던 것이라고 생각하면 된다고 해도, 얏코는 종이접기 시계의 시스템으로 보아 전부 이 자리에서 접은 것일 테고…. 단 몇 시간 만에 새전함을 가득 채울 만한 얏코를 접다니.

그렇게 빠른 페이스로 접고 있는 것으로 보이지는 않았는데 말이야….

"…얘기지? 카게누이 씨의 저주라니."

"그런 저주를 등에 지고 있는 거야. 요즈루하고 나는. 평생 지면을 걸을 수 없다는, 어린 아이의 놀이 같은 저주를 말이지."

"…너도?"

아니, 확실히.

그러고 보니 새전함에 앉아 있는 타다츠루는 지면을 밟고 있지 않다. 내가 모습을 보여도 그곳에서 내려와서 이쪽으로 걸어오거나 하지 않는다.

카게누이 씨하고 같은 스탠스다.

그렇지만….

"신사라는 시추에이션상 알기 쉽게 설명을 하자면, 참배로 한가운데를 걸으면 안 된다… 라는 게 있지. 아, 하지만 저주라는 것은 피해망상의 강한 표현이지만 말이야. 저주를 건 쪽의 입장에서 말하자면, 이건 단순한 장부결산 맞추기가 되겠지. 나하고 요즈루가, 너무나 분수에 어울리지 않는 것을 원했기에 치르게 된 대상代償, 대가라는 거다."

"…그건."

그것은 예를 들면.

내가 불사신인 흡혈귀의 힘을 지나치게 남용했기 때문에 거울에 비치지 않게 되었다… 같은 대상인가? 너무 가까이 다가가서 끌려들어가 버렸다고 하는, 즉 대가인가. …그렇다면.

이 남자가.

그리고 카게누이 씨가 원했다던 분수에 어울리지 않는 것이란 뭐지?

아니, 잠깐.

조금 전에 나는 **그런 이야기**를 듣지 않았던가. 그리고 만약 그것이 원인이라고 하면….

"아니, 아니지. 이런 게 아니야."

그렇게, 거기서 타다츠루는 고개를 저었다.

갑자기 뭔가를 깨달은 듯한 눈치였다.

"딱히 너는 너히고 잡담을 하려는 생각에 이런 짓을 벌이 게 아니야. 너의 가까운 사람을 납치한 것은, 너라는 괴이를 퇴치하기 위한 작업이었다."

"응, 그렇겠지…. 나도 너하고 이야기를 하러 온 것은 아니야."

그렇게 말하면서, 급전개를 보이는 이야기의 방향에 나는 초조해졌다.

그도 그럴 것이, 실제로 나는 타다츠루와 잡담을 하러 왔으니까. 이러고 있는 동안에 오노노키가 세 여자아이를 발견하고 탈환해 주기를 기다리고 있으니까.

욕심을 말하자면 좀 더 '저주' 에 대한 이야기를 듣고 싶었다.

지금은 어디쯤일까?

얼마나 시간이 지났을까?

아차, 오노노키에게는 5분을 벌어 줬으면 한다는 말을 들었는데 애초에 첫 단계, 대화가 시작할 때에 시계를 체크하지 않았다. 이래서는 지금 타다츠루와 이야기를 시작하고 얼마나 지났는지 알 수 없다.

지금 2분 정도인가?

아니, 그건 너무 후하게 생각한 거다. 희망적 관측일 것이다. 하지만 적어도 1분은 지났나? 지나 달라고.

"인질을 되돌려 주실까. 그 녀석들은 상관없잖아."

"상관없어? 이봐, 그렇지 않다는 건 알고 있을 텐데. 왜냐하면 너의 소중한 그 애들은, 특히 그 츠키히라는 여자애는… 아니."

나는 일단 이런 때에 나눠야 할 형식적인 대화를 함으로써 좀 더 시간을 벌려고 생각했지만, 그것조차 타다츠루는 도중에 고개를 저으며 멈춰 버렸다.

"아니지. 이것도 아니야."

"……?"

"저기 말이다, 아라라기 군. 한 가지 묻고 싶은데, 괜찮을까? 뭐,

딱히 시간을 벌려고 하는 것은 아니야…"

그렇게, 무슨 바람이 불었는지 타다츠루는 그런 식으로 이야기를 꺼내기 시작했다. 그것은 정말 '무슨 바람이 불었는지'란 느낌이었다. 지금 시간을 벌고 싶은 것은 이쪽인데.

이, 그런가. 그것은 즉 아침… 태양이 뜰 때까지를 위한 시간 벌이라는 의미일까. 그렇게 생각하면 납득이 간다. 동트기 직전이 가장 어둡다고 해도, 날이 새 버리면 그것은 아침. 아침이 되면 내 힘은 어쨌든 약해지니까. 아니, 잠깐.

그 부분이 뒤죽박죽이 되어 있다.

타다츠루는 지금 어디까지 이해하고 있는 걸까?

타이밍이 너무 절묘하다. 지나치게 좋아서 배드 타이밍도 이만한 게 없다는 이야기를 하고 있었는데, 각본대로 짜여지니 듯한 우연, 악의에서 생겨나 있다… 라고 생각하고 있었는데, 애초에 타다츠루는 그 타이밍에 대해 어디까지 알고 있는 걸까?

이 녀석은 내가 지금 거울에 비치지 않게 된 것을 알고 있는 걸까? 아니면 혹시 내가 지금 시노부에게 피를 빨려서 파워 업한 상태라고 오해하고 있는 걸까? 어느 쪽이지?

카게누이 씨가 나와 함께 있는 것을 알고 있었다고 해도, 내가 그 사람에게 뭘 상담했는가까지 파악하고 있을까?

아차, 그것을 꼼꼼히 생각하고 분석해 뒀어야 했는데. 만약 타다츠루가 아무것도 모른다면, 육체를 강화해서 나타났다는 허세를 활용해서 싸울 수 있었잖아.

지금부터라도 허세는 통할까?

그 노선변경을 실행으로 옮기기에는 나는 너무나도 평범하게 등장해 버렸지만⋯. 애드리브로 어떻게든 될지도?

"묻고 싶은 것이란 건 뭐지?"

어쨌든 저쪽에서 화제를 던져 주었다면 더 바랄 게 없다. 나는 망설이지 않고 평정을 가장하며 타다츠루의 질문에 응했다.

"미안하지만 나도 대답할 수 있는 질문과 대답할 수 없는 질문이 있다고."

일단은 그런 츤데레 같은 대사도 섞어 보았지만, 이건 말해 보니 의외로 부끄러워지는 대사였다.

실제로 타다츠루는 본체만체한 얼굴로 내 말에 대한 코멘트도 하지 않고,

"나는 대체 어째서 여기에 있는 거지?"

라고 물어 왔다.

물어 왔다.

"⋯⋯?"

어? 뭐라고?

형사드라마에서 아이를 유괴당한 부모가 유괴범으로부터 전화를 받았을 때처럼, 나는 무슨 질문을 받더라도 일단 대화를 길게 끌려고 생각하고 있었다. 그러나 너무나도 예상범위 밖에서 날아온 그 질문에, 이 국면에서는 절대 그래서는 안 되는데도 입을 다물고 말았다.

나는 대체 어째서 여기에 있는 거지?

타다츠루는 그 이상 말하지 않는다.

입을 다문 나에게, 아무 말도 하지 않는다.

나도 아무 말도 하지 않고 침묵을 유지했지만, 그러나 이 침묵은 내 쪽에서 깰 수밖에 없었다.

"무슨 뜻이지? 어째서 이곳에 있느냐니, 그건 당연하잖아. 아니, 그게 아니지. 엄밀히 말하면 나는 네가 어째서 그곳에 있는지는 몰라. 여러 가지 가능성, 여러 가지 패턴이 있으니까. 그러니까 그건 내가 대답할 수 있는 질문이 아니야. 하지만 그걸 너 자신이 모를 리는 없을 텐데?"

말하는 중에 열이 오르기 시작했다.

오기가 말한 정도로는, 그리고 오노노키가 말한 대로 나도 어른이 되지 않았다는 증거인지도 모른다.

그것이 좋은 일인지 나쁜 일인지는 알 수 없지만….

"너는 그곳에, 그런 모습으로 그곳에 앉기 위해, 너 자신이 솔선해서 스스로 내 난폭한 여동생하고 걱정스런 여동생하고 손이 많이 가는 후배를 유괴했겠지만… 아무것도 모른다는 듯 시치미 떼는 얼굴로 헛소리 하지는 말아 주시지. 얼른 그 녀석들을 풀어…."

안 된다. 이런 말을 해서는 안 된다.

모처럼 상대 쪽에서 화제를 던져 주고 있는데, 이런 식으로 견디지 못하고 본론으로 나아가 버리다니, 그렇게나 일세를 풍미했던 내 잡담 스킬은 어디로 가 버린 거지?

진정해라.

나는 더 이상 흡혈귀의 힘에 의지할 수 없을 정도로….

인간이 아니라니까?

"…응. 그래. 그래. 그래… 나다."

타다츠루는 말했다.

병든 느낌으로.

"내가 범인이다."

"……."

"내가 앉아 있는 것이 신경 쓰인다면 일어서지. 그렇지만 아라라기 군. 아라라기 군, 그래도 알 수가 없어. 일어서도 앉아도 알 수가 없다고, 나는. 앉아도 일어서도 알 수가 없어, 나는. 어째서 내가 이곳에 있는지."

"무슨 소릴…."

무슨 소릴 하고 있는 거야, 당신. 나를 바보 취급하는 거야? 라고 생각했다. 생각했지만 그것을, 그 의문을 그대로 입 밖에 내기는 꺼려졌다. 그 말을 하기에는, 바보 취급당하는 것을 화내기에는 너무나도 타다츠루의 얼굴이 진지했고, 그리고 진짜로 고민하는 분위기였기 때문이었다.

고민하고 있다.

철학자처럼.

염세가처럼.

그렇다기보다는 초췌해진 느낌이라고 말하는 편이, 어쩌면 정확할지도 모른다. 마치 며칠이나 잠 못 이루는 나날을 보낸 뒤 같다. 설마 종이접기를 계속하느라 피로해진 것도 아닐 것이다. 대체 무엇이 그를 그렇게까지 지치게 만든 것일까.

죽은 사람처럼… 기진맥진하게 만든 것일까.

"모르겠어. 나는 모르겠어. 나는."

"…모르겠다니 무슨 소리야. 모르겠다니 무슨 뜻으로 하는 소리야? 그런 식으로 말이지, 애매모호하고 변죽 울리는 듯한 소리를 하면 내가 겁먹을 거라고 생각하는 거야? 난 말이지…"

화난 듯이 말하면서도 니는 한편으로 그랬으면 좋겠다는 생각이 들기 시작하고 있었다. 제발 그래 달라고 생각하고 있었다. 만약 전문가인 타다츠루가 나를 강하게 경계하고 있다면, 그것은 그가 착각하고 있다는 이야기가 된다. 나라는 빈약한 인간을 잘못 보고 있다는 이야기가 된다.

"세세한 사유 따윈 생각 않고 무책임하게 말하자면, 너는 나를 퇴치하기 위해 거기 있는 거야. 그것뿐이야. 그렇잖아?"

"그렇다."

이것에는 간단히 수긍했다.

"그렇지만 모르겠다."

"뭘!"

내가 끝내 거친 목소리를 내며 버럭 소리치자 타다츠루가 대답했다.

"내가 너를 퇴치하는 이유를 말이다."

혼란은 점점 심해져 갈 뿐이었다. 아니, 타다츠루가 나를 퇴치할 이유야 명확하지 않은가. 카게누이 씨가 진저리 나게 알려 주었다.

"확실히 나는 전문가다. 불사신의 괴이를 전문으로 하는 전문가이고, 일탈자이고, 무법자 중의 무법자고, 사상은 없고 사적인 원한으로 움직이고, 무해인정은 통하지 않는, 그렇지만 미의식만은 한 사람 몫을 하는 전문가다. 아라라기 군, 너 같은 예외적인 존재의 맞은편에 서는 데는 베스트 캐스팅이라고 말할 수 있어."

"……."

"그래, **캐스팅**. 캐스팅된 것 같은 기분이 머릿속에서 떨어지지 않아, 나는. 나는 그저 단순히, 여기에 이렇게 너하고 싸우기에 딱 좋은 인간이니까 배역으로서 선택된 것에 지나지 않는다는 기분이 들어. 필요에 응해서 이곳에 있을 뿐이란 기분이 들어. 아니, 나만이 아니야. 요즈루도, 요츠기도."

웅얼웅얼 중얼거리는 그 말은 독백 같아서 타다츠루의 기분을 살피는 것은 나에게는 불가능했다. 그렇다기보다, 그야말로 정말 알 수가 없었다. 무슨 말을 하고 있는 거지, 이 녀석은?

아니.

억지로 생각해 보면 이해 못 할 것도 없다.

이렇게 이야기하는 건, 그건 나 자신이 느끼고 있던 기분 나쁨과 대조해 봤을 경우의 이야기다. 나도 '그것'에 대해서는, 그렇게 생각하고 있지 않았던가?

타이밍.

타이밍이 너무 좋거나 타이밍이 너무 나쁘다. 마치 다 준비되어 있었던 듯한 이 전개에 대해 그런 식으로 생각하고 있지 않았던가?

내가 거울에 비치지 않게 된 그날에, 그날 중에 불사신의 괴이를 전문으로 하는 전문가가 내 여동생들을 유괴한다는 타이밍 나쁨. 우연치고는 너무 기가 막힌다고 말할 수 있는 우연.

대부분의 경우, 우연이라는 것은 어떠한 악의에서 생겨난다. 그곳에서 말하는 악의를 나는 타다츠루, 테오리 타다츠루에게 기인한 그것이라고 해석하고 있었다. 왠지 모르게 그렇게 생각하고 있었다. 그러나.

　다름 아닌 그 타다츠루가 나와 같은 기분 나쁨을 느끼고 있었다고 한다면, 악의의 근원은 대체 어디에 있는 것일까?

　악의는 누구의 악의지?

　"타다츠루. 너는 전문가야. 어찌 됐든 사냥꾼이 아니라 전문가지. 그렇다면 요컨대 의뢰인이 있어서 움직인 거 아니야?"

　오기가 흑막이고 타다츠루에게 의뢰했다고 하는 오노노키의 가설을 떠올리고, 나는 말했다. 응, 그렇다. 내가 이곳에 있는 것은 타다츠루에게 불려 나왔기 때문이지만, 타다츠루가 이곳에 있는 것은 누군가 의뢰인이 있기 때문이고….

　"의뢰인. 있다, 있기는 있다, 물론. 하지만 그것도 마치 의뢰하는 이유를 날조당한 것 같은…. 아니, **딱 좋게**, 딱 좋은 느낌으로 조정된 듯한 사람이었어. 제대로 된 전개를 만들기 위한, 이 상황을 만들기 위한 배우 같았어."

　"……."

　"신은 주사위 놀이를 하지 않는다고 하는데, 나는 누군가에게 주사위 놀이를 당하고 있는 기분이야. 뭔가의 재료로서, 내 개성이나 내 기호가 사용당하고 있는 기분이야. 아라라기 군, 너는 그렇지 않아? 너는 '어쩔 수 없이', 말하자면 강제로 그곳에 서 있는 게 아닌가?"

나는 적어도 그래, 라고 말했다.

타다츠루는 우울한 듯 말했다.

선이 가느다란 이 남자에게, 우울함은 맞춤옷처럼 잘 어울렸다.

하지만 토해 낸 대사는 그 자리에 어울리지 않았고, 나를 납득시킬 수 있는 것이 아니었다. 당연하다. 웃기지 말라고.

"어쩔 수 없다니, 무슨 소리야. 너는 어쩔 수 없이 내 소중한 녀석들을 유괴했다는 거야?!"

"그것도 너는, 화를 내야 해서 화를 내고 있는 게 아닌가? 역할로서의 분노가 아닌가, 그건…. 너와 내가 뭐가 다른가. 서로가 해야 할 일을 하고 있을 뿐이잖아. 각자가 세워진 입장에서, 부여받은 역할로. 우리에게 애드리브는 허락되어 있지 않아."

"뭐야, 그건…. 세상은 무대고 우리는 모두 배우에 지나지 않는다고 말할 셈이야? 그런 재치 있는 셰익스피어의 대사를…."

"세상은 무대가 아니야. 그래도 사람은 이야기성을 중시해야 하는 법 아닌가? 그래…. 사람은 드라마를 원하잖아? 마치 영양분을 원하는 것처럼. 하지만 그 드라마가 너무나도 기가 막혀서, 작위적이라서 내키지 않게 돼. 마치 짜고 하는 시합을 하는 기분이 되지. 강요당한 드라마 정도로 썰렁한 것도 없잖아."

"…무슨 말을 하고 싶은 거야, 너는. 모르겠다고, 정말. 요컨대 너는 내가 어떻게 했으면 좋겠다는 거지?"

"어떻게 했으면?"

"인질을 잡고 있잖아. 요구하는 게 있을 거 아냐. 나보고 얌전히 죽으라는 거야? 그러면 그 녀석들을 풀어 주겠다는 거야?"

시간을 버는 것이 내가 맡은 일이었으므로 인질의 안부를 확인, 그 녀석들이 무사한지 어떤지를 확인하는 것은 이제까지 피하고 있었는데, 이제는 한계였다.

이런 영문 모를 녀석에게 그 녀석들의 생사여탈권이 쥐어져 있다고 생각하니, 그것만으로 온몸의 털이 곤두서는 것 같았다.

"유감스럽게도 나는 그런 비겁자가 아니야⋯. 만약 내가 거래 재료로서가 아니라 협박 재료로서 그 여자애들을 사용할 사람이었다면, 그런 미의식 낮은 인간이었다면 분명 나는 이 자리에 캐스팅되지 않았겠지."

가엔 선배가 잠자코 있지 않을 테니까, 라고 말했다.

가엔 선배⋯ 선배라고 불렀다.

네트워크 밖에 있는 일탈자임에도 불구하고. 선배라는 말에서 어떠한 의미를 찾아내는가는 물론 자의적인 일이다. 그냥 빈정거리려고 한 말인지도 모른다. 하지만 기본적으로 선배라는 말은 사모하는 마음을 드러내는 표현이 아닐까⋯.

"아라라기 군. 오시노를 찾아."

타다츠루는 말했다.

너무나도 갑작스럽게, 전조도 없이.

"그 녀석이라면 분명히 누구에게도 이용당하지 않고 캐스팅 밖에서, 중립적 위치에서 밸런스 좋게 이야기에 관여해 줄 거야. 그건 그 녀석밖에 할 수 없는 일이야. 카이키는 전개를 크게 흐트러뜨려 준 모양인데, 이 신사를 다시 텅 비게 만들어 준 모양인데, 그 녀석은 너무 뒤틀어 놨어. 제대로 할 수 없는 형태로, 더할 나위 없이 제대로 만들어 버렸어. 카이키는 너무 뒤틀려 있어서 솔직하다고. 그러니까 오시노여야만 해."

"…오시노라면 이미 신물 나게 찾아봤어."

타다츠루의 의도를 읽지 못하는 채로 나는 말했다. 거짓말이 아니다. 센고쿠의 일이 있었을 때, 그 알로하 자식을 온 힘을 다해 찾았다. 하네카와는 전 세계를 돌아다니며 찾아 주었다.

그래도 단서 하나 없었다.

죽은 것처럼, 없었다.

"아니…. 죽었다면 오히려 단서가 나왔을 법하지만…. 그렇구나, 그러면 타다츠루. 너, 오시노의 친구인 모양이던데. 그렇게 들었어. 그러면 혹시 오시노가 지금 어디에 있는지 알고 있어?"

"알고 있었다면 나는 이런 곳에 없지. 이런 짓을 하지 않을 수 있었겠지. 이렇게."

제대로 된 짓을 하지 않을 수 있었겠지.

제대로 하지 않을 수 있었겠지.

그렇게 말하고.

테오리 타다츠루는 멈춰 있던 손을 움직여서 얏코를 접기 시작했다. 무시무시하게 손재주가 좋았다. 내가 그것에 대해 뭔가 코멘트를 해야 할까 하고 생각하는 도중에, 재빨리 그는 얏코의 하카마 부분까지 다 접고는.

그것을 새전함에 넣었다.

그것은 더 이상… 들어가지 않았다.

상자 위에 떠 있었다.

종이접기 시계는 다 찬 것이다.

"그러면 슬슬 시작할까. 그렇다기보다 끝내는 것이지만."

그렇게.

테오리 타다츠루는 일어섰다.

새전함 위에 책상다리를 하고 있는 모습도 상당히 불손했지만, 그렇게 결코 작지 않은 키로 일어선 것을 보니 이미 그런 시점으로 는 볼 수 없게 되었다. 불손하다든가 천벌이 떨어진다든가 하는 이 야기가 아니라, 이것은 그냥⋯ 새전함 위에 서 있는 사람이다.

평범한.

인간으로밖에 보이지 않는다.

"후우⋯."

타다츠루는 두 손에 종이를 쥐었다.

이미 그것은 접혀 있었고, 두 개 다 수리검 형태가 되어 있었다. 저것이 그의 무기라면 너무나도 멋들어지게 어울린다.

안 되는 건가, 라고 나는 생각한다.

이러쿵저러쿵하며 꽤 오랫동안 이야기를 했다고 생각했지만, 5 분 정도는 지나도 이상하지 않다고 생각했지만, 그러나 신사를 꿰 뚫으며 하늘로 올라가는 오노노키의 모습은 보이지 않았다. 설마 못 보고 넘어가지는 않았을 것이다. 그리고 그렇게 넓은 신사도 아 니다. 즉 이 신사 안에 그 세 여자아이는 없었다는 이야기인가?

어쨌든 시간 벌이는 이제 끝.

시작해야만 한다.

어떻게 해야 할까. 하다못해 경내를 도망 다니면 되는 걸까.

나는 이미 가망이 없다면 시노부만이라도 도망치게 하고 싶은데, 그것은 이미 시노부 자신에 의해 거부된 것이나 마찬가지고….

"타다츠루. 기다려 봐, 내 이야기를…."

"더 이상 기다릴 수 없어. 나는 지긋지긋해."

내 발버둥은 통하지 않았고, 타다츠루는 그렇게 말하며 두 팔을 벌렸다. 두 팔을 벌렸다? 모르겠다, 왜 그런 식으로 빈틈투성이의 포즈를 취하지?

덤비도록 유도하고 있는 건가?

그러나 그렇다고 해도 지금의 나에게는 미안하게도 그 도발에 응할 만한 무력이 없는데….

"장기말처럼 배치되고 장기말처럼 움직여지고 장기말처럼 일하는 건 이제 지긋지긋해. **나는 너를 흡혈귀로 만들기 위한 조력 같은 건 하고 싶지 않아.**"

고뇌하는 얼굴로 그는 말을 이었다.

그 말은 나를 향하고 있지 않았다. 나를 향하고 있는 것은, 조금 전에 들은 그 어드바이스였다.

"아라라기 군. 오시노를 찾아. 그것이 불가능하다면 너는 '제대로' 할 수밖에 없어. 손에 넣고, 잃을 수밖에 없어."

"……. 타다츠루. 만일 나에게 뭔가를 알려 주고 싶다면 좀 더 확실하게 말해 주지 않겠어? 나는 둔감해. 돌려 말해 봤자 알아듣지 못해. 만약 나에게 부탁하고 싶은 게 있다면…."

인질을 잡은 진짜 이유를.

그것이라고 말한다면, 또렷하게.

"확실하게 부탁해 줘."

"아라라기 군, 너에게는 아무것도 부탁하지 않아. 너는… 인간이니까."

"……."

"내가 부탁하는 것은… 그러니까 **너**다."

그렇게.

거기서 타다츠루는 희미하게… 희미하게 웃었다.

선이 가느다란 그에게 어울린다고 생각되지 않는, 그것은 자학적인 미소였다.

"부탁이니까 일순간에, 인간답게 끝내 줘."

두 팔을 벌리고, 조용히.

아주 온화하게.

등을 보이는 채로, 타다츠루는 말했다.

"아, 겸사겸사 부탁하고 싶군. 일생에 단 한 번의 소원이니 꼭 부탁하지. 너는 요즘 들어서 그 대사를 부끄러워하며 말하지 않게 된 모양인데, 그렇지만 마지막에 다시 한 번 듣고 싶어. 나는 좋아했어, 무표정한 너를. 그래도 표정이 풍부하려고 했던 그 대사를…."

"**알았다.**"

새전함 바로 뒤.

신사 건물 안에서 그런 목소리가 났다.

"'언리미티드 룰 북'. 나는 멋진 얼굴로 그렇게 말했다."

그것은 일순간이기는 했고, 이간답기도 했을 것이다.

아픔을 느낄 순간 따위 없었을 것이다.

신사의 여닫이문을 뚫고 나온 오노노키 요츠기의 검지가, 그대로 막대하게 거대화하며 테오리 타다츠루를 꿰뚫었다.

아니.

산산조각 냈다.

선이 가느다란 그의 마른 나뭇가지 같은 육체는, 수의 같은 옷과 함께 소멸했다. 강한 열에 불탄 것도 아닌데, 마치 태양빛을 뒤집어쓴 흡혈귀처럼 사라졌다.

피 한 방울 흩뿌리지 않고.

단순한 타격으로 사람 한 명을 소멸시키다니, 이것은 기기괴괴한 괴기 현상이며, 그리고 괴이 현상일 뿐이었다.

신사 안에 무표정하게 서서.

검지를 세운 채로 있는 오노노키의 모습이, 무엇보다도 확실한 증명이었다.

식신이 지닌 오의의… 올바른 용도.

"어… 아?"

무슨 일이 일어난 거지?

마치 요술처럼 사라져 버린 테오리 타다츠루의 모습에 나는 당황할 뿐이었다. 하지만 무슨 일이 일어났는가는 자명했고, 뼈저리게 깨닫고 있었고, 내가 그것을 이해하고 싶지 않을 뿐이었다.

하지만 그런 나에게 오노노키는 무자비하게 말했다.

"죽였어."

"……."

"최대 위력으로 지근거리에서 후려쳤어. 귀신 오빠는 신경 쓰지 않아도 돼. 내가 멋대로 한 일이야. 귀신 오빠는 하지 말라고 했는데도, 내가 그 말을 거스르고 멋대로 처치했어."

"왜…."

왜 죽였어, 라고 말하고 싶었지만 머리가 새하얘져서 말이 나오지 않았다. 아니다, 왜 죽였는가는 자명하다.

그것은 나를 지키기 위해서고.

인질을 지키기 위해서고.

나에게 그것을 격앙할 자격 따윈….

"아니야, 귀신 오빠. 지키기 위해서나 구하기 위해서라면 죽이지 않는 방법도 분명 있었을 거야. 그런데도 죽인 것은."

오노노키는 말했다.

무표정하게 말했다.

"내가 괴물이기 때문이야."

"…오노노키."

"이렇게는 되지 마, 귀신 오빠. 인간은 이렇게 되어 버리면… 끝장이야."

019

후일담이라고 할까, 이번의 결말.

다음 날, 나는 두 여동생, 카렌과 츠키히에게 두들겨 맞고 눈을 뜬… 리는 없다. 그 두 사람은 칸바루네 집 이불 속에, 원래대로 밀어 넣고 왔으니까.

물론 칸바루도 그 옆에 있는 이부자리 속에 넣고 왔다. 틀림없이 옆 이부자리에.

그 뒤, 신사 안을 아무리 찾아봐도 세 여자아이는 없었다. 오노노키는 딱히 처음부터 그렇게 할 생각은 아니었던 모양이었다. 말했던 대로, 계획대로, 협의했던 대로 우선은 세 사람을 찾고 있었던 것이다.

하지만 없었다.

그것도 그럴 것이다. 아라라기 카렌, 아라라기 츠키히, 칸바루 스루가, 이 세 사람이 잡혀 있던 곳은 신사 안이 아니었던 것이다. 그렇다고 해서 어딘가의 덤불 안에 숨겨져 있었던 것도 아니다. 뱀이 발호하는 저 산속에, 정상적인 정신을 가지고 있다면 여자아이에게 아주 위험한 감금을 할 리 없다는 것은 내 예상대로였다.

정상적인 정신을 가졌다면 우선 유괴하지 않았을 것이고, 게다가 **새전함 안**에 숨기지도 않겠지만.

그렇다, 세 사람은 그 새전함 안에 접혀서 채워져 있었던 것이다. 그러니 얏코가 그렇게나 금방 넘쳐날 만했지. 종이접기 시계는 처음부터 어느 정도 채워져서 바닥이 높여져 있었던 것이다. 그러고 보니 옛날에 나는 카게누이 씨에게 접혀진 적이 있었는데, 그것과 같은 느낌으로 그 세 사람은 깔끔하게 접혀서 새전함 안에 들어가 있었다. 재워져 있었다.

재워져서.

즉 의식은 없었다는 이야기다. 그렇지만 밤에 잠들어서 자고 있던 거라면 아무리 유들유들한 인간이라도 여기까지 운반되고 접혀지는데 깨지 않을 리 없을 테니, 어떠한 특수한 수법을 사용해서 재웠던 것이겠지. 그것은 뭐… 다행스러운 일이기도 했다.

요컨대 그녀들은 아무것도 모르는 채로, 아무것도 알지 못하는 채로 꿈꾸는 느낌으로 그날 밤을 끝마칠 수 있었다는 이야기니까. 그렇다고 해도, 어떠한 수법에 의해 잠들어 있었다고 해도, 기압차가 있는 상공비행을 견뎌 낼 수 있다고는 생각하지 않았으므로 오노노키가 카렌과 칸바루, 내가 츠키히를 업는 형태로 계단을 이용해서 하산했다.

계단 도중에 카게누이 씨와 합류했다. 그렇다기보다, 카게누이 씨는 나뭇가지 위에 있었으므로 합류라고는 조금 말하기 힘들지만.

그렇다기보다 정말로 나무 위를 달리고 있었다….

그 즐거워 보이는 행위도 취미가 아니라 저주 때문에 하고 있다고 생각하면 견해가 달라지지만, 내가 그 사실을 들었음을 아직 모르는 듯한 카게누이 씨는 오노노키에게,

"해치워 부렸어?"

라고만 짧게 물었다.

"응."

오노노키도 짧게 끄덕이고 그것뿐이었다.

해치웠어, 라고.

그것뿐이었다. 확실히 일어난 일은 그것뿐이었으니까.

카게누이 씨는 '힘을 쓰는 일은 무리'라고 뻔뻔스럽게 거짓말을 하고는 그대로 정상으로 향했다. 타다츠루는 형체도 남지 않았지만, 그러나 그녀는 식신의 주인으로서 해야만 하는 뒤처리가 있는 것이겠지.

결코 인간을 짊어지는 것이 싫어서 도망친 것은 아닐 것이다.

오노노키와는 그 뒤에 아라라기 가 앞에서 헤어졌다. 태양이 그때 떠올랐고, 그리고 눈부신 아침햇살을 뒤집어써도 나는 사라지거나 하지는 않았다.

"다행이네, 귀신 오빠. 우선 귀신 오빠의 몸이 태양빛에 소멸될 일은 없었던 것 같아. 아직 당신은 햇살이 비치는 장소를 걸을 수 있는 몸이야."

그 말만 하고서 오노노키는 산 방향으로 걸어서 돌아갔다. 아마도 주인 곁으로 돌아간 것이겠지. '언리미티드 룰 북'을 사용해서 뛰지 않았던 것은 나에 대한 배려였는지도 모른다.

결국 나는 오노노키에게 감사 인사를 할 타이밍을 잃고 있었다. 목숨을 구해 준 이상, 고맙다고 말해야 했는데.

그렇지만 나는 아무 말도 할 수 없었다.

사람을 죽인 그녀에게 감사 인사도 하지 못했고.

구해준 그녀를 나무라는 말도 하지 못했다.

그것은 해서는 안 되는 일이라고 생각은 했지만, 그러나 여기서 타다츠루를 죽인 오노노키를 나무랄 수 있다면 얼마나 마음이 편했을까.

하지만 할 수 있을 리가 없었다.

그런 짓을 할 수 있을 리가 없었다.

시노부를 그림자에 받아들여 버린 내가, 인간으로서 그녀를 나무랄 말이 있을 리가 없었다.

그녀는 괴물이기에 인간을 죽였다.

그것뿐이었다.

하지만 왠지 모르게 나는 더 이상 오노노키와는 만날 수 없을 거라는 생각이 들었다. 이번 일이 어떠한 이야기였는가 하면, 타다츠루가 '배역'으로서 캐스팅된 이번 이야기가 대체 어떠한 이야기였는가 하면, 귀여운 애완인형인 오노노키 요츠기가 괴물로서 사람을 죽이는 장면을 내가 목격하게 만들기 위한 이야기였던 거라고, 그렇게 생각한다.

머리로는 알고 있어도 생리적인 혐오를 거부하지 못하고, 그녀를 보는 눈이 달라져 버리는 이야기.

적당한 선에서, 왠지 모르게.

얼버무리고, 속이고 또 속이고.

적당한 수준으로 사이가 좋아진 나와 오노노키 요츠기라는 관계에 골이 파이게 만드는 것이 목적이었을 것이다. …그 '어둠' 의

하치쿠지 마요이.

센고쿠 나데코에 이어서.

오노노키 요츠기를 나에게서 떼어 냈다.

타다츠루는 그것을 위해 목숨을 버리는 것에 저항하지 않았다.

그러기는커녕 될 대로 되라는 듯 그것에 따랐다.

그런 일이었다.

그런 이유로.

"자아. 밸런타인 초콜릿이야."

오전 중의 공부를 마치고 타미쿠라장으로 향했다. 오늘은 오후부터 타미쿠라장에서 센조가하라가 공부를 봐 주는 날이었는데, 도착하는 것과 동시에 초콜릿이 입안에 쑤셔 넣어졌다.

"어때? 맛있어? 맛있어? 코요코요, 맛있어?"

생글거리며 물어 오는 센조가하라.

그 웃는 얼굴을 보고, 그렇구나, 오늘은 밸런타인데이였구나, 하고 깨닫는다. 어제 깨닫고 있었을 텐데, 그 뒤의 이런저런 일들 때문에 깜빡 잊고 있었다는 걸 떠올리면서 나는 우물거렸다.

"응, 맛있어."

"후훗. 예~이."

그렇게 말하며 센조가하라는 승리 포즈를 취했다.

1년 전이라면 설령 목에 칼이 들어와도 그런 포즈는 취하지 않았을 그녀이지만, 사람은 변하려면 변하는 법이다.

아니, 변하려면 변하는 법이라고 하자면 나도 그런가. 내가 그런가. 1년 전까지의 나는 밸런타인데이라든가 어머니의 날이라든가 하는 그런 이벤트 같은 날을 몹시 싫어한다고 할까, 어쨌든 꺼렸으니까⋯. 그러지 않게 되었다는 것은, 뭐, 사회적 동물로서의 인간이라면 성장이라고 불러야 할 변화일 것이다.

다만 오늘은 그 성장이라고 불러야 할 변화가 아니라, 성장이라고는 부르지 않는 쪽의 변화에 대해 센조가하라에게 이야기해야만 했다.

"들어와, 들어와. 코요코요. 초콜릿은 아직 많아."

"아직 많은 건가…."

시노부는 골든 초콜릿을 좋아히는데, 과연 초콜릿 자체만 놓고 보면 어떨까. 그런 생각을 하면서, 이런 가운데서도 신이 나 있는 센조가하라에게 이제부터 해야만 하는 이야기를 생각하니 역시나 마음이 무거워졌다.

공부를 시작하기 전에 꺼내야 할 화제일 거라고 생각한 나는, 센조가하라가 차를 내온 시점에서,

"실은 말이야, 센조가하라."

라고 이야기를 꺼냈다.

"……흐응."

그렇게.

내 이야기를 다 듣고 나서, 내가 거울에 비치지 않게 된 것만은 어제 시점에서 이미 이야기했으므로 그 이후의 이야기, 들어야 할 부분을 다 듣고 나서 센조가하라는 끄덕였다.

역시나 표정에서 즐거운 분위기는 사라졌지만, 그러나 내가 예상하고 있던 정도로 비관적으로 받아들이는 눈치도 없이,

"그래서 평생 거울에 비치지 않으면 어떻게 곤란한데?"

라고 질문을 던져 왔다.

"어떻다고 해도…. 뭐, 그것을 들켰을 때에 눈에 띄게 되려나?"

"그 정도라면 뭐 어때. 설령 거울에 비치지 않을지 몰라도 아라

라기 군은 내 눈에는 계속 비치니까."

"⋯⋯."

멋진 대사인지 어떤지는 모르겠지만, 우선 센조가하라가 나를 배려하며 위로하려 하고 있다는 것만은 알았다.

"뭐⋯, 그렇다고 해도 앞으로의 일들은 생각해야만 하겠지. 그게 이제 나을 수 없는 것이 확정적이라면. 하네카와에게는 이미 상담한 거지?"

"너보다 먼저 상담할 리가 없잖아. 그렇다기보다, 뭐라고 말해야 좋을지 모르겠어. 그 녀석에게 바보로 여겨지고 싶지 않아⋯. 게다가 이제부터 내가 어떻게 될지도 사실은 모르겠고 말이지. 지금은 거울에 비치지 않는 것뿐이지만 앞으로도 계속 그렇게 있을 거라는 보증은 사실 없으니. 시노부에게 피를 빨리지 않아도 어떠한 계기로 균형이 무너질지도 몰라."

"전문가의 진단이 불확실하다는 거야? 그렇다면 세컨드 오피니언이라도 활용하는 게 어때?"

"아니, 불확실한 건 내 삶 쪽일지도. 입시는 물론 끝마칠 생각이지만⋯. 내 일상이, 내가 지금까지 살던 대로 보낼 수 있는 나날이 언제까지 이어질지 모르겠어. 그것만은 확실해."

"지금까지 살던 대로 보낼 수 있는 나날이라."

센조가하라는 내 말을 반복했다.

"저기, 아라라기 군. 카이키는 말이야."

"응?"

그렇게 갑자기 튀어나온 그 이름에 움찔한다.

적어도 센조가하라 쪽에서 그 이름을 꺼내는 것은 처음 있는 일
이었다.

  "카이키는, 그런 말을 하면서 폼을 잡고 싶어 하는 녀석이었어.
온화한 일상이라든가 지금까지 살던 대로의 나날 같은 것을 부정
할 법힌, 지금끼지 살던 대로의 차분한 나날이, 관계가 계속 이어
질 거라고는 전혀 생각하지 않는 녀석이었어. 자기 인생에 생활감
이 나는 것을 싫어했던 걸까. 뭐, 나는 그런 스탠스를 멋지다고 생
각해 버리는 실수를 했었지만… 하지만 그런 것이 멋지다면, 나는
아라라기 군은 멋없어서 좋다고 생각해."

  "……."

  "지금이라면 하네카와도 그렇게 말하지 않을까? 옛날 정도로 제
대로 하라고 말하지 않게 되었잖아. 그 애도…."

  센조가하라가 여기에서 카이키나 하네카와에 대한 것을 꺼내면
서까지 말하고 싶었던 것을, 내가 어디까지 이해할 수 있었는가는
미묘했다.

  하지만.

  센조가하라가 나에게 뭔가를 전하려 했다는 것은 전해졌다. 확
실히.

  전해졌다.

  "…그러고 보니 오늘은 하네카와 녀석, 뭘 하고 있을까?"

  "글쎄…. 아마 아직도 그 애는 여전히 오시노 씨를 찾고 있는 듯
해. 보아하니 아무래도 그 애만 파악하고 있는 사정도 있는 모양이
야."

"오시노를 찾으라고 타다츠루도 말했으니, 그 부분도 하네카와 하고 제대로 이야기를 나누는 편이 좋을지도 모르겠어."

분명히 하네카와밖에 모르는 사정도 있을 것이다.

그것은 틀림없다.

그러니까 어찌 됐든 간에 그녀와는 이야기를 해야만 한다. 설령 그때 아무리 혼이 나더라도.

"그러니까 오늘 집에 돌아갈 때에라도 만나서 이야기하려고 생각하고 있는데 말이야."

"그래. 그러면 아라라기 군에게 부탁이 있어."

센조가하라는 말했다.

"그건 내일 해 주세요."

웃는 얼굴로 말했지만 어쩐지, 그 부탁은 생각 외로 강제력이 있는 강한 어조였다. 내쪽에서도 일단 전할 것을 전하고 공부를 마친 뒤에 나는 시키는 대로 곧장 집으로 돌아갔다.

현관의 신발 벗는 곳을 보니 카렌과 츠키히는 이미 학교에서 돌아와 있는 듯했다. 칸바루의 집에서 곧바로 등교한 모양이다. 뭐, 어제부터 만나지 않았으니까. 귀가하자마자 그 녀석들의 얼굴 따윈 흘끗이라도 보고 싶지 않지만, 그러나 분위기는 봐 두는 편이 좋을 것이다. 만에 하나라도 어제 일을 어렴풋하게나마 기억하고 있다는 케이스도 있을지 모르고 말이야.

"야~. 카렌, 츠키히."

오래간만에 여동생을 그런 식으로 한꺼번에 부르면서, 그녀들의 방을 노크도 없이 갑자기 열었다. 그리고 얼어붙었다.

확실히 두 사람은 돌아와 있었지만.

그러나 한창 교복에서 평상복으로 갈아입던 중인 그녀들 뒤에, 2층 침대 부근에 기대듯이 한 인형이 놓여 있던 것이다.

무표정한, 드로워즈 스커트를 입은 인형.

그게 아니라, 오노노키였다.

"크헉!"

고꾸라질 뻔하면서도 꺄아꺄아 소리치는 여동생들을 헤치며 나는 오노노키 곁으로 달려갔다.

"뭐 하고 있는 거야."

"UFO 캐처 안에 있었는데 여동생들에게 뽑혀 나왔어."

작은 목소리로 묻자, 작은 목소리로 대답이 돌아왔다.

"귀신 오빠에 비해 츠키히 씨는 상당히 실력이 있네. 동전 세 개만에 뽑혔어."

"…아니, 그게 아니라."

"이번 일이 귀신 오빠와 나 사이에 균열을 만드는 것이 목적이었다…고 한다면 그것에 거슬러야 한다는 것이 가엔 씨, 그리고 언니의 판단이야. 이 마을이 안정될 때까지 오히려 전보다 가깝게, 전보다 밀접하게 귀신 오빠의 곁에 있으래."

그런 이유로 한동안 신세를 지게 될 거야, 라고 오노노키는 태연하게 말했다. 태연하게 평담하게, 무표정으로 앞으로 아라라기 가의 여동생 방에 머무르겠다고 선언했다.

"자, 잠깐만. 너, 웃기지 마!"

"오빠, 뭐 하고 있어? 내가 내 힘과 내 돈으로 뽑아 온 인형에게 말을 걸다니, 그러지 마."

"맞아, 오빠. 정말이지 오빠는 아무리 시간이 지나도 어른이 될 수 없는 어린애라니깐."

"……."

여동생들의 비난을 한 몸에 받으면서 나는 오노노키의 어깨를 흔들었지만, 그녀는 이미 인형인 척을 하고 있었다.

아니, 인형인 척이 아니라 원래 인형이지만.

꼴좋구먼, 라는 목소리가 그림자 속에서 들린 기분이 들었다. 그런 이유로.

이거야 원.

소란스런 나날은 조금 더 이어질 것 같았다.

마지막에 웃는 사람이 가장 잘 웃는 것이란 말이 있습니다만, 이 말을 제 나름대로 해석하면 마지막에도 웃지 말라는 뜻이 될지도 모릅니다. 웃으면 복이 온다고도 합니다만, 섣불리 웃은 직후에 그 앞길의 골목에서 복이 아닌 재앙과 맞닥뜨리게 되는 일도 있곤 하니까요. 내년 일을 이야기하면 귀신이 비웃는다*고 해도 그 귀신이 마지막에 비웃은 귀신이라 단정할 수는 없고, 비웃은 귀신이 그 뒤에 선견지명이 없다고 비웃음당하는 일도 역시 세상에는 흔합니다. 1엔을 비웃는 자는 1엔에 운다? 이것 역시 처음에 웃은 자가 마지막에 운다는 패턴이라고 말할 수 있을 것 같습니다만. 대체 무슨 이야기를 하고 있느냐 하면, 인생이든 세상이든 결국은 마지막까지 어떻게 굴러갈지 모른다는 이야기이며, 안정이라든가, 언제까지나 이어지는 평온이라든가, 언제까지나 계속되는 지옥이라든가 하는 건 의외로 없구나 하는 느낌입니다. 다만 그 '언제까지나'의 길이가 인생보다 짧다는 보증은 어디에도, 어떤 곳에도 없습니다만. 인생은 내일 무슨 일이 일어날지 알 수 없고, 무슨 일이 일어나지 않을지도 알 수 없습니다. 어제 즐거웠던 일이 원인이 되어 오늘이 지옥이 되거나, 오늘이 지옥이었던 탓에 내일이 천국이 되거

※내년 일을 이야기하면 귀신이 비웃는다 : 미래를 예측하는 것의 어리석음을 비웃은 일본 속담.

나, 오히려 그런 일들뿐이니까요. 마지막이란 대체 언제 오는 걸까요? 끝이 좋으면 전부 좋다는 말은, 요컨대 결과가 전부라는 의미이니 사실은 그다지 웃을 수 있는 속담은 아니지요.

그리하여 이야기 시리즈 열세 번째 책입니다. 무표정하고 웃지 않는 요츠기가 메인인 이야기입니다.

열세 권. 나올 만큼 나왔다는 느낌입니다만, 물론 당초에 이 시리즈가 이렇게 이어질 예정은 없었습니다. 그렇다기보다 시리즈로 만들 예정조차도 없었습니다. 정신이 들고 보니 일이 이렇게 되었네! 같은 느낌입니다. 아니, 그런 건 아무리 그래도 중간에 깨달으란 생각이 들지도 모릅니다만, 정말로 깨닫지 못했습니다. 기분으로는 첫 단편인 「히타기 크랩」을 썼을 때에서 전혀 미동도 하지 않았습니다만, 물론 그러고 있을 수만은 없겠지요. 애초에 변하지 않는 것과 일관되는 것은 다르므로, 그 부분은 잘 판별하고 싶습니다. 첫 번째 책을 쓸 때는 첫 번째 책을 쓰는 기분으로, 열세 번째 책을 쓸 때에는 열세 번째 책을 쓸 때의 기분이고 싶습니다. 그리고 물론 시리즈의 종언으로 향하는 이야기를 쓸 때는, 그런 기분이고 싶습니다. 그리하여 아라라기 코요미도 슬슬 밀린 것을 정산해야 할 때, 이 책은 100퍼센트 종언으로 향하는 이야기입니다. 『빙의 이야기 · 제체화 요츠기 돌』이었습니다.

애니메이션 쪽에서 먼저 나왔습니다만, 원작소설에서는 오노노키 요츠기가 처음으로 비주얼화된 표지입니다. VOFAN 씨, 감사합니다. 시리즈도 나머지 『끝 이야기(가제)』, 『속 · 끝 이야기(가제)』, 두 권을 남겨 두게 되었습니다. 이 책부터 시작하는 파이널 시즌, 이야기 종언 3부작을 잘 부탁드립니다.

니시오 이신

　이런저런 사정 때문에 이야기 시리즈의 국내 발간 속도가 애니메이션의 진도에 추월당한지가 좀 되었지요. 상황이 상황인 만큼 금방은 어려워 보입니다만, 꾸준히 노력하다보면 언젠가 따라잡을 수 있을 거라 생각합니다.

　언젠가 후기에도 적었듯이 저는 애니메이션 쪽은 거의 보지 않고 애니화 소식만 전해 듣고 있는데, 이런 내용들을 정말 용케 애니메이션으로 옮기고 있구나 하는 생각이 들더군요. 사실 한때는 저도 이야기 시리즈 연재가 끝나면 애니메이션을 처음부터 챙겨 봐야겠다는 생각을 한 적이 있었습니다. 지금은 뭐, 다 끝난 뒤에 생각해보기로 했습니다. 이미 분량부터 정주행하기 부담스러워져서 말이지요.

　애니메이션 얘기가 나와서 말인데, 다음 권인 『달력 이야기(가제)』는 (2015년 10월 현재) 아직 애니화 되지 않은 12편의 단편으로 구성되어 있습니다. 오래간만에 독자분들께서 애니메이션의 영향 없이 즐길 수 있는 한 권이 되지 않을까 싶습니다. 너무 늦지 않기 위해 열심히 작업 중입니다.

　……그건 그렇고, 분명 『빙의 이야기』의 작가 후기에서 '시리즈

도 나머지 『끝 이야기(가제)』『속 끝 이야기(가제)』, 두 권을 남겨두게 되었습니다.' 라는 문장을 봤던 것 같은데, 정말 예측을 못하겠네요. 게다가 현재 일본에서는 이미 『속 끝 이야기(가제)』 발간 이후로 이미 한 권이 발간된 상황입니다. 뭐, 앞으로는 무슨 일이 있너라도 놀라지 않으렵니다. 이제 아무 것도 무섭지 않아……(2).

현정수

FAUST BOX

빙의 이야기

2015년 11월 7일 초판 발행
2020년 11월 30일 3쇄 발행

저자	니시오 이신
일러스트	VOFAN
옮긴이	현정수

발행인	정동훈
편집 팀장	황정아
편집	노혜림

발행처	(주)학산문화사
등록	1995년 7월 1일
등록번호	제3-632호
주소	서울특별시 동작구 상도1동 777-1
편집부	02-828-8838
마케팅	02-828-8986

ISBN 978-11-256-4279-4 03830

값 12,000원